FOLIO POLICIER

Joachim Sebastiano Valdez

Celui qui sait lire le sang

Une enquête impériale de l'Inca Tupac Hualpa

Gallimard

Joachim Sebastiano Valdez est le pseudonyme d'un Français qui, croisant le destin d'une Chilienne exilée en France, a été si fasciné par les peuples andins qu'il a eu envie de faire revivre la prodigieuse civilisation inca. Il est par ailleurs auteur à L'Écailler du Sud d'une série dédiée, avec *Trente loups gris* et *Meurtre d'une milliardaire suisse*, à une capitaine de gendarmerie.

Pour Raphaël et Violaine, mes enfants

Ama sua, ama llulla, ama quella
Ne sois pas voleur, ne sois pas menteur,
ne sois pas paresseux

PROVERBE INCA

C'est une grande douleur
de penser que bien que ces Incas
fussent païens et idolâtres,
ils surent si bien gouverner
des territoires si grands,
alors que nous, Chrétiens,
avons détruit tant de royaumes.

PEDRO CIEZA DE LEÓN
Rapport au Roi d'Espagne

TUPAC HUALPA, ENQUÊTEUR CRIMINEL DE L'EMPIRE INCA

Vers le milieu du XVe siècle lorsque se termine en France la guerre de Cent Ans, l'Amérique du Sud voit s'épanouir une civilisation prodigieuse que nous appelons l'Empire inca* et que ses habitants nommaient le Tahuantitsuyu**, l'État des quatre horizons. Le héros de ce polar historique, Tupac Hualpa l'enquêteur impérial, est un haut fonctionnaire de cet empire mythique.

Des hauts plateaux andins aux déserts de l'actuel Chili, des forêts amazoniennes aux rives du Pacifique, sans connaître ni la roue ni l'écriture, sans animaux de trait hormis le modeste lama***, les Incas parvinrent à assurer une vie décente à des millions d'êtres humains. À quoi tient ce « miracle » ? Sans doute en premier lieu aux étonnantes capacités administratives des Incas qui

* INCA : à l'origine désigne le chef, l'Empereur, puis par extension le Peuple de la Vallée de Cuzco dont il était issu. *(On trouvera en fin de volume un lexique des termes « incas » et des noms de lieu, ainsi qu'une liste des principaux personnages qui apparaissent dans le roman.)*

** TAHUANTITSUYU ou TAHUANTI : Empire des Incas, l'État des quatre horizons ou des quatre quartiers.

*** LAMA : ruminant des Andes, la seule bête de somme des Incas.

réussirent à organiser un État d'une efficacité et d'une cohérence rarement atteintes dans l'histoire. Pour gouverner ces territoires vastes comme la France et l'Espagne réunies où vivaient des dizaines de peuples fédérés (soumis ou volontaires), le Sapa-Inca* s'appuyait sur une immense administration supervisée par un corps d'élite : les totoyrikoks**, littéralement « ceux qui voient tout ». Pendant que certains de ces hauts fonctionnaires organisaient un réseau routier digne de la Rome antique ou veillaient au ravitaillement des plus grandes villes existant alors dans le monde, d'autres comme Tupac Hualpa conduisaient les enquêtes criminelles.

Mais ici s'arrête la « vérité historique », place au « polar historique » !

J.S. VALDEZ

* SAPA-INCA : l'Empereur.

** TOTOYRIKOK : inspecteur impérial, haut fonctionnaire.

Carte du Tahuantitsuyu, « l'État des quatre horizons »
que nous appelons l'Empire inca, vers 1450

L'orage atteignit Cuzco la Capitale de l'Empire, à l'heure de la troisième prière nocturne

Depuis le crépuscule il grondait dans les montagnes. On était au début de la saison humide, en quelques minutes la pluie atteignit son paroxysme et réveilla l'enfant. Il observa la chambre qu'éclairait faiblement une lampe à huile, distingua les silhouettes des médecins, des astrologues, des serviteurs et perçut la présence de sa mère. Se redressant sur sa couche il demanda d'une voix épuisée :

— Pourquoi n'est-il pas là ?

Avant de répondre sa mère prit le temps de lui essuyer le front avec une serviette de vigogne* :

— Il est aux faubourgs, un coureur est venu l'annoncer. Nous allons faire un peu de toilette en l'attendant.

Une ombre tendit une cuvette d'eau parfumée et demanda à l'enfant :

— Voudrais-tu un peu d'infusion, j'en ai préparé pour toi ?

* VIGOGNE : animal domestique (cousin du lama) fournissant une laine fine, capable de vivre à très haute altitude (+ de 4 000 m).

— Ma tendre nourrice, tu me manqueras dans les jardins de Viracocha*.

Il se mit à pleurer, sa mère regarda la nourrice avec désapprobation. Percevant l'échange muet entre les deux femmes, l'enfant poursuivit d'une voix faible :

— Toi aussi mama auki ! Tu n'oublieras pas de donner mes jouets comme je te l'ai indiqué…

Il dut s'interrompre pour reprendre souffle :

— Je suis inquiet pour Sisa ma guenon.

Une silhouette robuste vêtue d'une cape d'apparat, la tête ornée de plumes blanches, s'agenouilla à son chevet :

— Prince, je veillerai sur elle, un de mes collaborateurs du nom de Roca s'occupe déjà d'une guenon. Il saura très bien…

Il ne put en dire davantage, éclata en sanglots. Ce fut l'enfant mourant qui dut réconforter le gouverneur de Cuzco** :

— Manco, je sais la confiance que mon père a en vous, je suis sûr que Sisa ne manquera de rien. Je connais Roca, il est quipu-kamaoc*** à l'inspection criminelle, sa guenon se nomme Jaya.

Sa mère intervint :

— Canchari, ne t'épuise pas mon chéri.

— Mère, je n'ai que sept ans pourtant il me semble que le fils d'un Empereur a des devoirs. Je ne veux pas quitter le monde d'en-bas avant

* VIRACOCHA : le Créateur, assez semblable au Dieu des Chrétiens, omniprésent, abstrait, compatissant.

** CUZCO : capitale de l'Empire, le « Nombril du Monde ».

*** QUIPU-KAMAOC : tresseur de quipus, scribe, archiviste.

d'avoir mis de l'ordre dans mes affaires. C'est aussi pour cela que j'attends mon père.

L'un des fonctionnaires accompagnant le gouverneur s'approcha de l'Impératrice :

— Respectée Coya*, l'escorte vient de franchir la première porte.

— Enfin, murmura l'enfant.

Le gouverneur Manco, comme s'il avait voulu excuser le retard de son souverain, expliqua :

— Votre père se trouvait à plus de dix jours de marche lorsqu'il a appris votre maladie. Il s'est mis en route aussitôt.

— Qui commande au Nord maintenant ? Mon oncle, le Suprême, est à Cuzco.

— Ne vous inquiétez nullement Prince, votre père a laissé la direction des Armées au général Nitila, un homme de grande expérience.

— Il combattait déjà avec grand-père n'est-ce pas ?

Aussi bouleversé par la maturité du prince Canchari que par sa mort prochaine, le gouverneur demeura désemparé. La nourrice rompit le silence :

— Bois un peu de tisane, elle t'éclaircira la voix.

L'enfant portait le bol à ses lèvres lorsqu'un tintamarre de tambours perça la rumeur de la pluie.

— Mama auki tu dois aller l'accueillir.

La Coya, mère du Prince héritier, demi-sœur et première épouse de l'Empereur parut défaillir. Elle s'agrippa au bras de Manco pour sortir sur la

* COYA : première épouse de l'Empereur (généralement une de ses demi-sœurs).

terrasse. Il pleuvait à torrents. En quelques instants les plumes d'aras ornant la coiffure du gouverneur pendirent tristement, l'ascu* ornée d'émeraudes de l'Impératrice ne fut plus qu'un chiffon ruisselant. Ils descendaient le grand escalier suivis d'une cohorte de courtisans quand la litière impériale — bois de cèdre, or et rubis — déboucha dans la cour d'honneur précédée d'une centaine de musiciens et de porteurs de torches. Les flammes de salpêtre crépitaient sous l'orage projetant sur les murailles une inquiétante lueur d'incendie. Les tambours s'arrêtèrent et Pachacuti, le neuvième Sapa-Inca, le Maître des quatre horizons, le fils bien-aimé du Soleil, un homme de taille moyenne au visage fin et délicat malgré ses oreilles déformées par de lourds anneaux, sortit de sa litière. Écartant d'un geste le préposé au dais il traversa la cour tête nue sous l'averse, tenant d'une main distraite la Maskapaicha**, la frange écarlate symbole de la dignité impériale. S'approchant du groupe formé par la Coya et le gouverneur, il dit tristement :

— À quoi aura servi de construire un nouvel observatoire, aucun de mes astrologues n'a pu prévoir la maladie de mon fils avant que je ne parte aux armées ?

Puis saisissant l'Impératrice par la main et l'englobant dans un même regard que Manco, il ajouta :

* ASCU : vêtement féminin.
** MASKAPAICHA : frange rouge, symbole de la dignité impériale.

— Viracocha est déjà cruel de vouloir me prendre mon héritier, souhaitez-vous tous deux tomber malades à m'attendre sous cette pluie glacée pour que je n'aie plus ni épouse ni gouverneur ?

Nul n'osant répondre à sa remarque, il s'engouffra dans l'escalier, déboucha dans la salle où sur un lit d'herbes odorantes se mourait l'héritier de l'Empire. S'approchant avec précaution, l'Empereur tendit la frange impériale à son fils. Canchari la saisit d'un geste décidé :

— Tataj*, j'avais espéré pouvoir au soir de ton règne te délivrer de ce fardeau. Hélas, les Dieux en ont décidé autrement, je suis désolé !

— Fils bien-aimé, j'ai grondé chaque jour mes porteurs de leur lenteur. C'était très injuste mais je voulais tant te revoir.

À ce moment l'enfant ouvrit les bras, son père le saisit. Ils demeurèrent un long moment unis, le jeune prince murmura des mots sans suite que Pachacuti ne comprit pas mais qu'il approuva. Puis, comme la vague se retirant d'un rivage, la vie quitta Canchari. L'Empereur resta longtemps encore à caresser les cheveux noirs de son fils. Enfin il tourna son visage ravagé de chagrin vers la Coya et la nourrice :

— L'une l'a enfanté, l'autre l'a nourri. Veillez bien à ce qu'on le pare avant qu'il ne se présente devant Viracocha.

La voix écrasée de douleur reprit ensuite le ton du commandement :

— Manco, fais ce que nous avons prévu !

* TATAJ : père.

Le gouverneur de Cuzco avait ôté sa parure de plumes, son crâne rasé luisait dans la pénombre. Sa voix résonna, forte et décidée :

— La mort du jeune prince doit être tenue secrète, ceux qui ont assisté à son agonie sont consignés dans cette pièce pour le reste de la nuit. Demain à l'aube vous partirez tous avec l'Empereur et la Coya pour prendre les eaux à Tambo Machaï*.

Au fond de la pièce une ombre tenta discrètement de fuir mais les gardes bloquaient les sorties. L'Impératrice s'approcha de Manco :

— Envoie chercher le mari de la nourrice.

— Pourquoi Majesté ?

— Si je porte bientôt un nouvel héritier, il faut aussi qu'elle soit engrossée ; comment pourra-t-elle sinon m'aider à l'allaiter ?

Déconcerté par cette logique féminine, Manco approuva de la tête avant de s'éloigner. Il disposait du reste de la nuit pour organiser le départ de la Cour en évitant que la nouvelle de la mort de Canchari ne franchisse les murs du Palais. La pluie torrentielle résonnait sur les toitures de schiste. Le gouverneur se sentait épuisé. Un éclair splendide et violent illumina la ville, il songea alors que Inti Illapa** le Dieu du tonnerre et des orages, en noyant Cuzco sous ce déluge, ne paraissait guère enclin à l'aider.

* TAMBO MACHAÏ : station thermale.

** INTI ILLAPA : Dieu des orages et de la pluie.

Derrière la cordillère de Varabaya le ciel se colorait de rose

Avec l'aube et l'orage s'étant apaisé, l'air de Cuzco avait retrouvé sa pureté légendaire. Ocllo se leva, étira son corps mince, passa sa robe de jour, une ascu de laine fine que venait de confectionner sa sœur. Elle frissonna, il faisait froid dans la caserne de la milice où était installée l'inspection criminelle impériale et où ils vivaient. La flamme de la lampe à huile vacillait dans le vent. Tupac et Anas dormaient enlacés sous l'édredon d'alpaga*. Ocllo leur enviait parfois cette intimité mais préférait s'allonger à l'écart. Aussi loin qu'elle se souvenait elle avait toujours été plus solitaire qu'Anas sa cadette. Elle avait conscience que sa sœur était au lit la préférée de leur maître mais elle était heureuse qu'il s'en remette à elle pour l'assister dans ses enquêtes. Anas soupira dans son rêve, ce vagissement attendrit Ocllo. De leur père, un pêcheur tacna** disparu au cours d'une tempête, ne restait

* ALPAGA : ruminant proche du lama qui donne une laine de grande qualité ; par extension, tissu.

** TACNA : région et peuple des bords de l'océan.

qu'une flûte de jonc. Un serpent laki avait tué leur mère. Les deux fillettes seraient mortes dans les brumes du désert côtier si une patrouille ne les avait pas trouvées, soignées, adoptées comme mascottes avant de les conduire à un orphelinat militaire. Dans cette institution, bien des lunes plus tard, l'enquêteur impérial Tupac Hualpa était venu les chercher, l'Empereur Pachacuti lui ayant fait don de deux jeunes serves pour tenter d'adoucir son veuvage. Malgré ce début d'existence dramatique, Ocllo estimait que la vie n'avait pas été trop cruelle à son égard. Ce sentiment non de bonheur mais de paix, elle le devait à l'affection bienveillante de sa cadette. Anas ne connaissait pas les noms secrets de Viracocha le Créateur du Monde. Elle se désintéressait du mouvement des étoiles et des formules rituelles qu'on murmure au crépuscule devant les décoctions de miané pour décupler les forces de la nuit qui habitent ces grandes herbes. Elle ne connaissait que peu de poèmes sacrés. En vérité Anas était ignorante de la plupart des connaissances qu'Ocllo voulait à toute force faire siennes. Sa sœur aimait le chant des sources, les oiseaux multicolores, la danse et les gâteaux de quinoa*. Elle savait accueillir le voyageur avec une timbale d'eau fraîche, le réconforter d'une galette de pommes de terre jaunes, masser ses jambes d'huile parfumée pour en ôter la fatigue des longues marches. Quand ce voyageur était leur maître, Anas savait aussi le conduire

* QUINOA : graine et nourriture de base des Incas.

jusqu'au plaisir qui fait crier. Même cela sa cadette le partageait. À cette évocation Ocllo sentit ses seins se durcir. Serrant sa robe, elle s'approcha de la fenêtre. Chaque matin elle savourait ce moment où les montagnes passent du noir au bleu, où retentit le cri du premier condor dans le ciel de cristal, où Cuzco est encore silencieuse mais déjà éveillée. Elle entendit le pas d'une patrouille, le chant lointain d'un coq, le grincement d'un volet. Elle frotta son ventre douloureux. Ocllo n'appréciait pas autant l'amour qu'Anas, tout en aimant être avec eux quand ils le faisaient. Une caresse pouvait un jour lui être délicieuse et le lendemain désagréable. La blancheur du jour naissant succéda au rose de l'aurore. Sur les toits de Coricancha*, le Grand Temple du Soleil orgueil de Cuzco et de tout l'Empire, les feux de veille brûlaient toujours, Ocllo avait donc le temps. Anas avait préparé hier au soir crêpes et soupe d'herbes, elle n'avait qu'à les réchauffer. La soupe commença à bouillir, elle la versa dans les écuelles, disposa les crêpes sur le plateau de joncs. Chaque matin elle préparait ainsi, c'était sa manière de souhaiter un nouveau jour heureux à Tupac et Anas. Elle contempla encore une fois Cuzco qui s'éveillait. Était-ce vraiment la plus grande ville du monde ? Une fois elle avait entendu son maître affirmer que, très loin vers le Nord, un autre Empire existait. Encore un secret comme il y en avait tant

* CORICANCHA : le grand temple de Cuzco, enceinte d'or vouée au culte d'Inti le Soleil Dieu.

dans le Tahuanti ! Quelque chose qu'une yana*, une serve comme elle, n'aurait jamais dû savoir… Son esprit imaginatif glissa le long des cordillères, survola des forêts immenses et des lacs d'émeraude, longea ce grand océan qu'elle n'avait plus revu depuis son enfance mais où, espérait-elle, Tupac la reconduirait un jour, atteignit des plateaux immenses et ocre. À ce point de son voyage imaginaire Ocllo se perdait toujours : elle n'arrivait jamais à atteindre l'autre Empire, si toutefois il existait, car elle était subjuguée par la splendeur de Cuzco ! Soudain elle remarqua qu'on commençait à éteindre les feux sur Coricancha. Les premiers rayons d'un soleil hésitant se reflétaient sur les fresques d'or. Bientôt battraient les tambours sacrés, l'Empire des quatre horizons retournerait à son labeur. Des pêcheurs du lac Titicaca** aux mineurs, de l'innombrable foule des paysans à l'élite des fonctionnaires impériaux, tous reprendraient le travail. L'Empereur Pachacuti lui-même se dégagerait des bras de la concubine qui avait partagé sa couche, pour commencer ses audiences. Tupac lui avait expliqué que si les Incas avaient pu dominer tant de peuples, fédérer tant de cités et de royaumes dans leur immense État, ils le devaient autant à leur labeur incessant qu'à leur connaissance des astres ou à la protection des Dieux. Ocllo se hâta vers la chambre. Elle se préparait à relever

* YANA : personne non libre, serf ou serve (souvent prisonnier de guerre).

** TITICACA : plus haut lac navigable du monde.

le rideau de laine lorsqu'il lui sembla qu'on appelait de la rue. Elle sortit sur la terrasse, aperçut une haute silhouette soulevant le heurtoir de pierre : Roca ? Si tôt ? Intriguée par cette visite matinale, posant soupe et galettes, elle descendit vers le rez-de-chaussée. Le vieux milicien préposé à la garde s'escrima un moment pour déverrouiller les barres de bois qui la nuit bouclaient l'inspection criminelle. Ocllo se trouva face à l'adjoint de Tupac. Elle chercha du regard Jaya sa guenon familière, sans la trouver. Par contre la jeune yana distingua une ombre derrière Roca. Elle les fit entrer et reconnut à son costume que l'ombre était un potier.

*

Lorsque l'homme fut assis devant lui, Tupac Hualpa resta quelques instants à l'observer pendant qu'Anas déposait le maté* sur la table. Il avait appris de Ninancoro son maître toute l'importance de l'observation. « Poser le juste regard, tout est là » aimait à dire le vieil embaumeur. « Trop rapide, l'observation n'ôte pas tes préjugés sur ton interlocuteur, trop longue elle déclenche chez lui la peur qui est mère du mensonge. » Le potier devait approcher la trentaine, il avait le visage mince, le nez busqué et l'œil dur des montagnards. Lorsque Anas se fut retirée laissant dans la pièce un peu de son parfum, Tupac prit la parole

* MATÉ : boisson tonifiante.

de sa voix douce qui déconcertait souvent témoins et criminels :

— Roca me dit que tu te nommes Quizo, exerces la profession de maître potier à Cuzco le Bas et que ta femme, qui te seconde, a disparu il y a trois jours. Est-ce exact ?

— En effet respecté enquêteur impérial. Onitola mon épouse a quitté notre atelier pour livrer une commande au Harem du Suprême. Elle n'y est jamais arrivée et n'est pas revenue. Il y a tant de vauriens étrangers maintenant dans notre capitale !

— Vois-tu des causes possibles à son départ ?

— Des causes possibles ?

— Vous étiez-vous pris de querelle ? Souffrait-elle de mélancolie ? Approchait-elle de ses règles ? Fréquentait-elle beaucoup le Temple ? Craignait-elle la lune noire ? Avait-elle lu de mauvais présages dans les étoiles ?

— Mon épouse était une femme travailleuse qui ne se plaignait jamais.

— Puis-je poser une question ? demanda Ocllo qui était assise sur le sol à la gauche de Tupac.

— Bien sûr ! Il ajouta à l'attention du potier : s'agissant d'une affaire concernant une femme j'ai souhaité que ma yana m'assiste. Ocllo a déjà participé à plusieurs enquêtes. Bien qu'elle porte un bracelet de servitude son témoignage est juridiquement recevable car elle est orpheline et non prisonnière.

Une lueur d'hostilité traversa le regard sombre du potier juste avant que Ocllo ne formule sa question :

— Savez-vous si quelque chose ou quelqu'un inquiétait votre épouse ?

— Ma femme parlait peu, nous travaillions du chant du coq à la nuit. Sa nouvelle grossesse la contrariait, nous avons déjà cinq enfants.

— Quelle sorte de poterie ta femme livrait-elle ? demanda Roca.

— Des boîtes à fards destinées aux concubines du frère de l'Empereur. Malgré tous les désœuvrés qui rôdent à l'affût d'un mauvais coup, il me semble exclu qu'on ait pu attaquer mon épouse pour lui dérober ces objets. Ils portaient tous la marque du Suprême et sont donc impossibles à utiliser.

— Pourquoi ne vous êtes-vous pas inquiété plus tôt ? demanda Ocllo.

— Nous avons une servante pour s'occuper des enfants et Onitola devait passer chez sa sœur à Cuzco le Haut.

— A-t-elle rendu visite à sa sœur ?

— Non, mais je ne le savais pas.

— Elle a donc disparu depuis trois jours et trois nuits, constata Tupac, dubitatif. Les patrouilles de ville n'ont rien signalé ?

— Quelques bagarres d'ivrognes, répondit Roca.

— Votre épouse risquait-elle de perdre l'enfant qu'elle portait ? demanda Ocllo.

— Qu’est-ce que je peux savoir de ces affaires de femme ?

— C’est pourtant vous qui l’aviez mise enceinte…

Aux intonations de la voix d’Ocllo, Tupac sut que sa serve bouillait de colère contenue. Du fauteuil de bois où il était assis, il ne pouvait pas voir son visage car elle lui tournait le dos. Il effleura sa nuque brune, elle se retourna vers lui, le fixa brièvement de ses yeux brillants. Roca aussi avait dû percevoir sa tension car il intervint :

— L’homme ensemence la femme, les Dieux décident pour l’enfant.

— Tes paroles sont de bon sens, approuva le potier.

Un long silence s’installa où Tupac Hualpa eut le temps de songer à Chimpu son épouse et à leurs trois enfants morts noyés avec elle. Il avait pleuré Chimpu des années maudissant le batelier et son imprudence. Maintenant son image s’estompait. Elle ne quitterait certainement jamais son cœur mais le parfum d’Anas avait remplacé le sien. Chimpu ne s’était jamais plainte de ses grossesses. Si les remous de l’Urubamba* ne l’avaient pas capturée, aurait-elle un jour craint la fécondation ? « Le sage ne se pose pas de questions sans objet » disait Ninancoro. Tupac Hualpa se savait encore loin de la sagesse. Une question de Roca sortit l’enquêteur impérial de sa nostalgie.

— Ta femme venait du même village que toi ?

* URUBAMBA : fleuve.

— Pas du tout, Onitola appartient au peuple Colla*.

— Comment avez-vous fait pour épouser une femme colla ? s'étonna Tupac.

— Tambobanca où je suis né est une cité réputée pour ses poteries. Pour préserver nos secrets de fabrication nous ne nous marions pas avec les gens des environs. Il y a eu ainsi beaucoup d'enfants difformes. Notre sinchi** avait combattu les Collas et appréciait la robustesse de leur race, il a décidé d'organiser un échange avec une cité colla qu'il connaissait où vit une communauté de potiers. Les prêtres s'y sont d'abord opposés mais notre chef a obtenu un quipu*** de l'Empereur autorisant l'échange. Vingt-deux de nos filles sont parties et vingt-deux filles collas sont venues. On m'a donné Onitola comme épouse. Au début elle ne parlait pas notre langue. Elle avait appris de son père une manière particulière de cuire une poterie très fine qui plaît beaucoup.

— Aurait-on pu l'enlever pour lui voler son secret ?

— J'y ai pensé, tout est possible de nos jours.

— Nous allons demander à la milice de surveiller les ponts, les auberges et les embarcadères autour de Cuzco. Ses ravisseurs peuvent vouloir la conduire jusqu'à un atelier dissimulé. Nous allons aussi fouiller le quartier des potiers.

* COLLA : peuple du lac Titicaca, province Sud de l'Empire.

** SINCHI : chef de village, officier subalterne.

*** QUIPU : message exprimé par des nœuds sur des cordelettes de diverses couleurs.

*

Avant cette matinée, si l'on avait demandé à Tupac Hualpa combien Cuzco le Bas abritait de potiers, il aurait répondu quelques dizaines. Jusque-là il n'avait eu pour vases et cruches qu'un regard distrait parfois arrêté par la beauté d'une forme ou contrarié par sa propre maladresse lorsque lâchant une poterie par inadvertance, il la brisait sur les dalles. Pourtant, lorsque Inti* le Dieu Soleil ayant triomphé des nuages atteignit son zénith, l'enquêteur impérial avait révisé ses convictions : la capitale comptait plusieurs centaines de potiers que Roca et lui étaient dans l'impossibilité matérielle de visiter tous. Ils avaient découvert tant de canchas**, ces cours closes typiques des quartiers d'artisans, vu tant de fours qu'ils en perdaient le compte, inspecté tant d'ateliers que le monde leur paraissait n'avoir plus d'autres couleurs que les bruns et les ocres des terres à modeler. Les deux hommes fatigués envisageaient la suite à donner à l'enquête lorsque Anas déboucha d'une ruelle vêtue d'une ascu rouge et portant un panier de victuailles. Tupac admira un instant les formes rondes de son amante puis un torrent de chair heureuse le submergea pendant que les lèvres d'Anas prenaient possession des siennes. Il se rendait compte que son atta-

* INTI : Dieu Soleil.

** CANCHA : cour fermée protégeant un groupe de maisons.

chement pour sa yana avait dépassé la simple satisfaction sensuelle et qu'il appréciait sa bonne humeur égale, sa bonté attentive, son art de la cuisine, sa beauté opulente.

— Que nous as-tu préparé aujourd'hui ?

— Des cornets de maïs à la viande, des galettes de pommes de terre pimentées, des bananes frites et un gâteau au miel.

— Comment peux-tu faire autant à manger ? Comment peux-tu être ma sœur ? demanda Ocllo dans un mélange déconcertant de désapprobation et de tendresse.

L'enquêteur impérial observa ses deux yanas installant plats et écuelles sur la nappe que Anas avait disposée sous un hangar, à l'abri de la pluie. Il avait été si écrasé de chagrin à la mort de Chimpu qu'il avait pensé son cœur éteint pour toujours. Il avait accepté les deux serves dont Pachacuti lui avait fait présent comme des commodités. Elles tiendraient sa maison et lui éviteraient de fréquenter, sans satisfaction, des femmes publiques. Lorsque Chimpu vivait, Tupac n'avait jamais envisagé de prendre une concubine, l'idée d'avoir de la tendresse pour deux femmes lui paraissait incompréhensible. Pourtant maintenant il avait deux concubines ! Elles étaient si différentes : Anas dans ses rondeurs tranquilles, Ocllo dans sa minceur incandescente presque douloureuse. Seules leurs peaux couleur mangue disaient qu'elles étaient sœurs. Brusquement Anas, prenant conscience de l'absence de la guenon familière de Roca, demanda :

— Où est Jaya ?

— Craignant qu'elle ne casse trop de poteries je l'ai laissée dans sa cage. Je viens d'envoyer un milicien la chercher, Tupac veut lui faire flairer la piste d'Onitola.

— Onitola est un prénom colla, le savez-vous ?

— Nous l'avons appris ! répondit Tupac avec étonnement. Toi, comment le sais-tu ?

— À l'orphelinat j'ai eu une amie qui s'appelait ainsi.

— Qu'est-elle devenue ?

— Elle a été sacrifiée à Inti.

— « Songe, ô bienheureuse élue ! quand le couteau du sacrificateur approchera de ta gorge brune, que t'attend la splendeur infinie dans la vallée de l'éternelle abondance ! » déclama Ocllo en saisissant la main de sa sœur.

— La vie ne ressemble pas à la poésie. J'ai veillé avec elle durant sa dernière nuit, elle était révoltée disant que les prêtres incas truquaient l'observation des astres et choisissaient toujours des Collas pour les sacrifices.

Il y eut un silence seulement troublé par des cris d'enfants jouant dans une cour proche. Des larmes glissaient sur les joues d'Anas. Tupac voulut la prendre dans ses bras, elle se dégagea doucement.

— Mangez, ça sera bientôt froid !

Restaurés d'abondance, ayant bu la chicha* fraîche qu'une commère du voisinage avait voulu à toute force leur offrir, Tupac et Anas somnolaient

* CHICHA : bière de maïs, parfois sacrée.

enroulés dans une couverture quand un bruit de grelots et de tambourins parvint jusqu'à eux. La jeune serve fut la première à ouvrir les yeux. La place était déserte, Ocllo et Roca avaient disparu. Le tintamarre se rapprochait maintenant ponctué de rires sourds. Une douzaine de garçons et de filles débouchèrent en courant.

— Jaya arrive, constata Anas, fini le repos !

Conduite par un des serviteurs de Roca, mais n'était-ce pas plutôt elle qui le conduisait ?, une grande guenon noire fit son entrée dans un tumulte. Comme chaque fois les gens sortaient des maisons voisines pour l'admirer et rire de ses facéties. Tupac Hualpa commençait à s'inquiéter lorsque Roca et Ocllo arrivèrent eux aussi. Roca s'adressa à la foule en liesse :

— Vous connaissez Jaya, elle adore les bananes, toutefois je vous demande de ne pas la gaver car elle doit travailler. La potière Onitola a disparu. Avec son odorat exceptionnel Jaya va nous aider à la retrouver.

— C'est donc bien une enquêtrice impériale ! cria un plaisantin qui toutefois préféra rester caché.

— Elle mériterait ce titre, dit aimablement Tupac, car elle a déjà permis d'arrêter plusieurs criminels.

Voyant qu'il appréciait l'humour la foule partit d'un bon rire.

— Allez, nous devons tous nous remettre au travail. Si l'un de vous découvre quelque chose à propos de cette disparition, qu'il se rende rapidement à l'Inspection criminelle.

Lorsque la foule eut quitté la place Tupac interrogea Roca et Ocllo :

— Où étiez-vous passés ?

— Nous nous sommes demandé s'il existait un moyen de se rendre au harem du Suprême sans passer par les ponts surveillés par la milice.

— Avez-vous trouvé quelque chose ?

— Il existe à l'extrémité ouest un ancien temple dédié au Dieu des orages. Peu de gens lui rendent encore hommage, ils préfèrent aller à Coricancha pour prier. Du temple un escalier taillé dans la roche descend vers la rivière Tullumayo.

— Bon, nous allons y conduire Jaya voir si elle trouve une piste.

*

Tout l'après-midi avec une ténacité qui eût justifié son titre d'enquêtrice du Sapa-Inca, la guenon suivit la piste sans se lasser. Elle dévala avec une telle vivacité les marches de l'escalier du temple qu'un instant Tupac pensa fondée l'intuition d'Ocllo et crut qu'Onitola, contrainte ou consentante ?, avait quitté le quartier des potiers par la rivière. Cependant lorsqu'elle atteignit la rive, Jaya parut entrer en grande perplexité. Elle parcourut plusieurs fois la plage de sable gris, saisit quelques pierres qu'elle huma pensivement avant de s'en désintéresser. Puis elle s'assit sur un rocher et y demeura méditative dans une attitude familière qui cette fois encore troubla Tupac Hualpa tant elle lui paraissait une muette négation des affirmations des prêtres selon lesquelles, à la création du monde, Inti a tracé un abîme pour séparer les animaux des hommes. Soudain la guenon poussa un cri d'appel.

— Elle a dû sentir quelque chose.

Ayant pris Jaya dans ses bras et ôté ses sandales, Roca pénétra dans la Tullumayo. À cet endroit le courant était faible, le lit peu profond. Il fit une trentaine de pas avant de crier :

— Venez, il y a un autre escalier.

— Est-il indispensable d'entrer dans la rivière, demanda Tupac d'une voix inquiète, avec toute cette pluie ?

— Il y a un passage sur le sable, la crue n'arrivera pas avant ce soir, répondit Roca d'une voix apaisante.

La remontée fut pénible, les marches n'avaient pas été entretenues depuis des années. Tupac pesta plusieurs fois contre sa gloutonnerie et son embonpoint dont il supportait maintenant les inconvénients. Il n'aurait pas dû manger tant de cornets de maïs, seulement Anas avait une manière si délicieuse de cuire la viande qu'il n'arrivait pas à se contenir devant ce plat. Ils débouchèrent sur une plate-forme face à ce que les habitants de Cuzco nommaient le harem du Suprême, en fait le Palais d'une blancheur absolue qu'il avait fait construire pour Xo sa favorite à la peau claire. À côté d'eux arrivait le vieil aqueduc devenu inutile depuis qu'une dizaine d'années auparavant les ingénieurs de l'Empereur avaient réalisé un réseau allant chercher une eau bien plus pure dans les monts de Varabaya. La guenon hésita avant d'entrer dans le conduit à ciel ouvert de l'aqueduc. Ils la suivirent.

— Il n'y a pas de risques d'effondrement ? demanda Roca.

— Nos grands-pères aussi savaient bâtir, répondit Tupac.

Ils marchèrent un moment dans une sorte de couloir où ils ne voyaient rien hormis le ciel.

— Les eaux de l'Apurimac* coulaient vraiment ici autrefois ? questionna Ocllo. Tout a l'air si vide.

L'enquêteur impérial allait répondre à l'inlassable curiosité de sa yana quand Jaya s'immobilisa. Il lui sembla que la guenon tremblait ; désignant de la main un recoin sombre elle se mit geindre, Tupac avait déjà sorti son épée.

— Attention, il y a peut-être un serpent !

— Il se sera enfui avec le bruit que nous faisons.

— Allume !

Roca battit le briquet, une étincelle jaillit des pierres dures, le salpêtre s'embrasa. S'étant saisi de la torche, Tupac Hualpa s'approcha du coin sombre, l'épée levée, prêt à frapper.

— Il n'y a rien.

— Si, du sang ! murmura Ocllo.

À ce moment l'enquêteur impérial vit la tache sur le sol. Elle mesurait bien trois pieds de long et seule sa crainte d'un animal dangereux l'avait em-

* APURIMAC : fleuve.

pêché de la remarquer. L'effleurant de l'index, il reconnut l'odeur familière.

— Voudras-tu lire le sang, maître ?

Ocllo se tenait derrière lui, il lui sembla qu'elle grelottait.

— Tu as froid ?

— Non.

— Pose le coffret à terre.

La jeune serve dénoua les liens de cuir qui fermaient la boîte à drogues. À la clarté de la flamme Tupac s'aperçut que sa main tremblait.

— Quelque chose t'inquiète ?

À ce moment l'écho d'un orage parcourut les gorges de la Tullumayo, la pluie se mit à tomber avec violence.

— J'ai songé que des mains malveillantes pourraient ouvrir les vannes.

— Pouvons-nous sortir rapidement ? demanda Tupac.

— Il existe un escalier d'entretien à moins de cent coudées, affirma Roca.

L'enquêteur impérial s'accroupit pour racler le sang séché avec une spatule de bronze puis tendit le prélèvement à Ocllo qui le fit dissoudre dans un flacon d'alcool de maïs. La pluie ruisselait sur son mince visage mouillant la chevelure brune. À la lueur d'un éclair Tupac croisa son regard inquiet. Les affirmations de Roca se vérifièrent ; un escalier leur permit de quitter le boyau oppressant de l'aqueduc. Ils débouchèrent dans une ruelle. La nuit descendait sur Cuzco, la tempête secouait les lampes murales. On allumait les feux de veille sur

Coricancha et sur la Maison des Vierges du Soleil. Un air de musique leur parvint à travers le fracas de l'orage. Jaya s'agita, poussa quelques cris rauques.

— Elle a perdu la piste ! Venez, il existe une tambo* tout près d'ici, nous pourrions nous y réchauffer avant de traverser la place Huajaipata**, dit Roca.

— Comment fais-tu pour si bien te repérer ? demanda Ocllo.

— Mon école de quipu-kamaoc se trouvait par là autrefois.

Une flûtiste jouait pour une vingtaine de buveurs installés dans la pénombre. Tupac choisit une table à l'écart. La serveuse posa devant eux un poêlon où des pommes de terre bleues cuisaient dans la braise. Jaya voulut en attraper une, elle la lâcha en grognant. Ils restèrent un moment silencieux à écouter l'averse en sirotant leur chicha.

— Crois-tu qu'elle pourra reprendre la piste demain matin ? demanda l'enquêteur impérial.

S'adressant directement à la guenon, il ajouta :

— Retrouveras-tu la trace ?

D'un geste lent Jaya lui tendit la main, découvrit ses dents du bas en une sorte de sourire. Puis baissant la tête soupira profondément.

*

* TAMBO : relais auberge des routes impériales.

** HUAJAIPATA : plus grande place de Cuzco.

La nuit andine baignait depuis longtemps l'inspection criminelle quand Tupac secondé par Ocllo entreprit de lire le sang prélevé dans l'aqueduc. Ils travaillèrent d'abord sur la solution froide mais elle ne réagit pas davantage à la teinture d'aconit, pourtant réputée pour stimuler les esprits, qu'à la cinabre rouge capable de soigner n'importe quelle blessure. Ils chauffèrent la solution, essayèrent toutes les macérations que contenait le laboratoire : la teinte sanguine ne se modifia pas.

— Ce sang est mort, constata Tupac.

— Veux-tu accomplir le rituel de Pacha Mama, la Terre Mère ? Je mâcherai les cosses d'andiroba en priant. Lorsque tu me prendras ta force s'unira à la mienne, nos deux esprits s'allieront à celui de Pacha Mama. Alors ce sang retrouvera vie et tu pourras le lire.

— Je me suis uni à ta sœur tout à l'heure !

— Anas est ta préférée, n'est-ce pas maître ?

Tupac perçut la tristesse dans la voix d'Ocllo.

— Ta sœur et toi m'êtes chères toutes les deux.

Comme elle demeurait mélancolique, il ajouta :

— Quand Chimpu mon épouse vivait, je disais que si Viracocha avait voulu que les hommes aient plusieurs femmes, il aurait créé davantage de femelles humaines que de mâles. Je le crois toujours. Pourtant lorsque je suis allé à l'orphelinat j'ai dû vous emmener toutes les deux, autrement vous auriez été séparées.

Elle lui sourit dans la pénombre, il murmura avec plus de tendresse que de désir :

— Ôte ton ascu et ton pagne, accroupis-toi, commence à mâcher ; nous allons suivre les commandements de la Terre Mère.

Tupac Hualpa pénétra l'aînée de ses serves, les yeux bandés conformément au rituel de la force primordiale. Racine d'andiroba en bouche, Ocllo psalmodia un grand chant sacré invoquant la marche de la Terre dans le fleuve du temps. À l'instant où elle perçut le plaisir de son maître elle déposa sa salive chargée du souffle de Pacha Mama dans la coupelle d'or. Le liquide sanguin vira au bleu.

— Un sang de lune !

— Pourtant Onitola était enceinte.

— Le sang d'un avortement alors ?

— Comme les grossesses, les fausses couches doivent être déclarées, c'est la loi.

*

Les soldats atteignirent les abords du village à l'aube, sous un orage violent. Au cours de son passage au-dessus des steppes, la pluie s'était chargée d'aiguilles de glace qui perçaient leurs capes de laine, les plongeant dans un silence hébété. Les fantassins du troisième régiment de marche de Sillustani* étaient tous de rudes combattants, habitués tant aux coups de main rapides en montagne qu'aux affrontements prolongés dans les déserts

* SILLUSTANI : ville fortifiée.

brûlants. Ce matin pourtant ils étaient mécontents de tout, de leurs mauvais manteaux qu'ils comparaient aux uncus* de cuir de leurs officiers, d'avoir dû quitter une route pavée pour crapahuter de nuit par des sentiers incertains, d'avoir franchi à gué des torrents ayant emporté leurs ponts et surtout d'accomplir tout cela pour atteindre un village de trente feux dont personne ne savait rien. Les premiers à apercevoir leur troupe furent deux jeunes bergers qui gardaient des lamas près d'un temple abandonné. Eux aussi avaient eu une nuit difficile : la pluie violente avait certes protégé leurs animaux d'une attaque de puma mais une femelle s'était blessée et, dans leur hâte à la secourir, ils avaient laissé s'éteindre le feu qui les protégeait du froid et des démons. Incapables de le rallumer sous l'averse, ils grelottaient en attendant le jour. Lorsqu'ils aperçurent les torches des soldats le plus âgé intima à son compagnon :

— Va prévenir notre sinchi, ne fais pas de bruit.

Resté seul l'aîné hésita. La nuit était encore profonde, les soldats ne verraient peut-être pas ses lamas. De toutes façons s'ils étaient décidés à en tuer un pour faire bombance, il ne pourrait pas les en empêcher et risquait un mauvais coup. Il s'introduisit dans les ruines du vieux temple, gagna une cachette qu'il connaissait pour l'avoir utilisée lorsqu'il fuyait la colère de son oncle. Il resta silencieux dans ce recoin de pierres à regarder passer la

* UNCU : vêtement masculin.

cohorte des soldats. Les porteurs de massues marchaient en tête protégés par leurs boucliers ronds, les archers les suivaient vêtus de tuniques rembourrées de coton, enfin venaient les lanciers dont les armes luisaient de pluie. Le jeune berger frissonna devant ces ombres menaçantes en se demandant ce qu'une troupe d'une telle importance venait faire dans leur village. Il laissa les soldats prendre de l'avance puis, confiant la protection du troupeau à Inti Illapa qui grondait dans les monts, il se décida à les suivre. Lorsque leur avant-garde pénétra sur la place du village, elle trouva trois hommes qui attendaient à côté des pierres sacrées. Le plus ancien d'entre eux tenait à la main une torche. Il semblait que les tourbillons de l'orage allaient terrasser dans l'instant cette lueur incertaine mais, composant avec la furie des éléments, changeant sans cesse de position, l'homme parvenait à la maintenir en vie. L'image de la mer au large des rives du pays tacna, loin vers le sud, traversa la mémoire du commandant du détachement :

— Respecté Sinchi, aurais-tu été marin ?

— Autrefois !

Il y eut un court silence où les deux hommes restèrent prisonniers d'on ne sait quelle nostalgie maritime. L'adjoint du commandant intervint :

— Nous avons mission de chercher le maître fondeur Taipi, où pouvons-nous le trouver ?

— Il est mort, il y a cinq lunes.

— Dire que nous avons fait tout ce chemin…

— J'ai envoyé un quipu à la Confrérie des fondeurs.

— Je ne te reproche rien, nous sommes partis avec trop de hâte.

— Pourquoi cherchez-vous Taipi ?

— Tu sais sans doute qu'il a fondu le disque d'Inti qui orne la grande salle de Coricancha.

— Qui pourrait l'ignorer ?

— Capac Yupanqui notre commandant en chef veut offrir à son frère l'Empereur un disque encore plus grand pour la rénovation du temple de Pachacamac*.

— L'océan est si bleu à Pachacamac... Personne ne sait donc fondre à Cuzco ?

— Le Suprême souhaite faire une surprise à Pachacuti, votre village est idéal pour installer discrètement une fonderie. Maître Taipi n'a transmis son art à personne ?

— Pas à ma connaissance !

Il n'y eut plus que le crépitement de l'eau sur les pierres sacrées et le grondement de l'orage dans les montagnes. Le commandant parut hésiter. Il allait donner l'ordre à ses soldats de prendre un peu de repos avant le pénible retour quand une voix juvénile lui parvint à travers le fracas de la pluie :

— Moi, je sais !

La silhouette de l'aîné des bergers émergea de l'obscurité.

— Qui es-tu ?

— Zambiza, le fils de Maître Taipi.

* PACHACAMAC : site sacré sur les rives du Pacifique.

— Ton père t'a vraiment appris quelque chose ? demanda incrédule le chef du village.

— Avant de mourir mon père m'a transmis son art et ses secrets.

— Pourquoi gardes-tu les lamas ?

— Demandez-le à mon oncle ! Je comptais attendre la saison sèche pour m'enfuir à Cuzco et chercher un emploi de fondeur.

— Jeune homme, dit le commandant d'une voix aimable, il ne s'agit pas de fabriquer quelque bracelet mais de réaliser un disque parfait en or pur…

Il s'arrêta comme écrasé par ce qu'il allait dire :

— … pesant le poids de cent hommes !

Le jeune berger parut vaciller sous cette annonce prodigieuse.

— Avant de confirmer que tu es en mesure de fondre le disque d'or, mâche tes paroles. Si tu réussis tu seras élevé aux plus hautes dignités du Tahuanti mais si tu échoues tu auras offensé l'Empereur et seras mis à mort. Il n'existera pour toi aucun asile, aucun lieu où fuir la main de l'Inca. Nous te retrouverons où que tu te caches pour te conduire au supplice.

— Je réussirai, dit le jeune berger, avec l'aide d'Inti et de ce que m'a appris mon père.

Attirés par cette discussion et le bruit des soldats, une partie des habitants étaient sortis pour observer la scène. Le commandant s'adressa à eux :

— Votre village a été désigné par Capac Yupanqui, le Suprême, Commandant en chef des armées, pour que s'y accomplisse une grande œuvre : un disque d'or monumental doit être fondu ici sous la responsabilité de Zambiza, le fils de Maître Taipi.

— C'est un gamin à peine capable de garder les lamas, dit une voix de femme.

— Mon père m'a confié ses secrets avant de mourir.

Il s'approcha des pierres sacrées, tendit les mains :

— Je le jure sur l'esprit des ancêtres.

La pluie redoubla de violence, il répéta :

— Je le jure sur l'esprit de mon père.

— Bien ! dit le commandant. La vie de votre village va être bouleversée, le secret absolu doit être gardé. Dès à présent personne ne peut plus franchir les limites de la communauté villageoise qui est placée sous administration militaire. Mes archers abattront quiconque ne respectera pas cet ordre. À l'inverse soyez certains que si la fonte réussit votre village sera richement doté par le Suprême.

Puis se tournant vers Zambiza :

— De quoi auras-tu besoin ?

— Du plus grand des greniers pour installer mon atelier, de trente lamas de bât avec leurs conducteurs pour chercher l'argile, de beaucoup de bois pour chauffer les fours, de grandes quantités de gomme et de cire mais là je dois d'abord vérifier les réserves, de cinq hommes faits comme manœuvres, du sourd-muet qui travaillait avec mon père pour m'assister, d'une jeune potière habile aux finitions, de pouvoir consulter votre astrologue afin de déterminer les jours de fonte et bien sûr de beaucoup d'or fin.

— Où protégerons-nous les graines si tu vides le grenier principal ? cria un villageois en colère.

— Nous apporterons des jarres à grains, répondit le commandant.

*

Au matin Tupac Hualpa, Roca et la guenon Jaya reprirent la piste de la potière disparue. Ils partirent cette fois de l'autre point de son itinéraire : le harem du Suprême où elle devait livrer les boîtes à fards. La pluie avait cessé, Cuzco brillait de toute sa beauté. Partout les innombrables chantiers redémarraient, les caravanes se mettaient en route. Après une nuit de repos Jaya semblait avoir retrouvé calme et odorat. Roca lui ayant donné à flairer un vêtement d'Onitola, elle avança dans les rues que parcouraient déjà des représentants de tous les peuples de l'Empire. Arrivée à l'Huajaipata, la guenon parut hésiter avant de s'engager sur l'immense place de sable blanc. L'ayant traversée, elle commença à descendre la rue conduisant à Coricancha. Quand ils atteignirent l'entrée principale du temple elle fut prise d'une grande fébrilité. Aucun animal ne pouvant pénétrer dans l'espace consacré au Dieu Soleil, Roca dut la retenir, il demanda :

— Que se passe-t-il ? Pourquoi n'entrent-ils pas ?

Contenue par un cordon de miliciens, une population bigarrée, Tacnas de l'Océan dans leurs grandes capes blanches, femmes canaris aux chevelures parées de laines multicolores, aristocrates chimus* exhibant leurs diadèmes de malachite, attendait les bras chargés d'offrandes. Un vieux milicien que Tupac connaissait s'approcha :

— Vous êtes bien rapide, respecté totoyrikok ! Le corps de cette malheureuse vient à peine d'être découvert.

— Où l'a-t-on trouvée ?

— Dans la salle des offrandes.

— Garde notre guenon. Je te ferai prévenir lorsque tu pourras ouvrir aux pèlerins.

Les enquêteurs traversèrent une enfilade de cours richement décorées qu'ornaient des statues d'or et des bassins où glissaient des carpes de couleur. Tout était désert, silencieux, même les aras sacrés se taisaient serrés sur leur perchoir. L'odeur du marbre mouillé se mêlait au parfum des plantes aromatiques brûlant dans des vasques de bronze. Tupac crut voir une silhouette se dissimulant sous les colonnades. Un instant il eut la tentation de la poursuivre, glissa sur la pierre humide, faillit tomber puis, jugeant absurde son attitude, reprit sa marche vers la salle des offrandes.

— Huascar sera là ? demanda Roca d'une voix inquiète.

— Ça paraît inévitable.

* CHIMU : royaume et peuple fédéré dans l'empire Inca.

Un disque d'Inti le Dieu Soleil, moulé dans l'or pur, pendait à la charpente de la grande salle. Une représentation de la Voie lactée avait été peinte sur les cloisons d'acajou. Rubis et saphirs y figuraient les étoiles. Au centre de la salle devant l'autel aux offrandes, deux groupes attendaient, séparés de quelques pas. À gauche les prêtres vêtus de carmin serrés autour de leur chef Huascar. À droite les acclas*, les Vierges consacrées au Dieu Soleil, semblaient figées dans leurs ascus blanches. Un frémissement parcourut l'assistance lorsque Tupac Hualpa et son adjoint approchèrent, la Mère des Vierges s'inclina :

— Respecté enquêteur impérial, merci d'avoir fait vite !

Un porteur de torche s'avança pour mieux éclairer la scène et Tupac put ainsi découvrir la victime : Onitola reposait nue au pied de l'autel dans une posture impudique qu'immédiatement il pensa voulue par son ou ses meurtriers. La potière était une femme séduisante, au corps typique des peuples du Tahuanti : peau brune, cuisses robustes, ventre légèrement bombé, seins fermes malgré les maternités, toison sombre et abondante. Tupac Hualpa songea que dans leur nudité les femmes, qu'elles soient Incas, Collas ou Tacnas, demeuraient toujours aussi émouvantes. Son regard parcourut plusieurs fois le corps sans vie. Il se baissa pour mieux l'observer, lui secoua un bras : la rigidité cadavérique s'estompait. Des

* ACCLA : vierge vouée au culte du Soleil.

taches sombres s'étaient formées sur ses flancs. La potière était probablement morte depuis plus d'une journée. Un lacet de cuir serrait son cou. Sur la peau fine des cuisses il devina le rouge du sang. Il allait demander un drap pour la couvrir lorsque son attention fut attirée par la main droite d'Onitola. Elle avait tellement serré son poing avant de mourir qu'il fallut à l'enquêteur toute sa force pour dénouer les doigts. Lorsqu'il y parvint, il découvrit une pointe de flèche taillée dans l'obsidienne.

— Sacrilège ! Sacrilège !

La voix de Huascar, cette voix célèbre, tonitruante, capable d'imposer silence à la foule rassemblée devant Coricancha pour la grande fête du Solstice, la voix gronda comme un fauve dans la nuit, prit à ce point possession de l'immense salle qu'un instant Tupac se demanda si Inti lui-même ne parlait pas.

— Est-il homme ou démon celui qui a ôté la vie de cette femme et a déposé ici son cadavre souillant ce lieu sacré ? poursuivit la terrible voix.

À la lueur des torches Tupac distingua le visage exalté du Grand-Prêtre, son crâne rasé surmonté d'une couronne de plumes, ses oreilles déformées par les pendentifs d'argent, son regard magnétique. Pour rompre le cercle de crainte qu'il sentait s'installer, il choisit de lui répondre :

— Vénéré ministre, je ne m'occupe que des crimes terrestres. Celui-ci en est un.

— Qui t'en rend si certain ?

— Observe, vénéré grand-prêtre, ces traces dans la poussière, vois ce lacet de cuir ! Peut-être quelque esprit infernal avait-il pris possession de l'assassin ? Si nous parvenons à le capturer, il sera à ta disposition. Pour le moment je dois m'en tenir au tangible.

Tupac attendit la colère de Huascar, s'y prépara mais celui-ci, ne se départant pas de son calme, reprit d'une voix onctueuse :

— Moi-même, nos frères et nos sœurs avons toute confiance en toi. Ta réputation est parvenue jusqu'au Temple. Fais selon ta convenance.

Huascar et ses prêtres quittèrent la salle au son des flûtes. Lorsque leur cortège ne fut plus qu'ombres rouges au détour d'une colonnade, Tupac s'adressa à la Mère des Vierges, une femme robuste aux courts cheveux blancs qui avait observé dans une immobilité absolue l'échange entre l'Enquêteur impérial et le Grand-Prêtre d'Inti.

— Mère, je vais devoir faire conduire le corps à la Maison des Morts pour l'examiner. Connaissais-tu cette femme ?

— Je l'avais vue quelques fois en prière, hélas je ne sais rien d'elle hormis qu'elle était potière.

— Mon adjoint le quipu-kamaoc Roca va observer les lieux, j'aimerais que tu désignes deux de tes filles connaissant bien le temple pour le seconder.

— Lesquelles d'entre vous étaient de service au lavoir ?

Deux Vierges s'approchèrent.

— Vous allez aider mon adjoint à fouiller. Nous devons savoir qui a tué Onitola et pourquoi.

— Je me souviens maintenant qu'elle m'avait dit son nom, mais où sont passés ses vêtements ? questionna la Mère des Vierges consacrées.

Tupac Hualpa parcourut du regard l'immense salle, il n'y avait effectivement aucune trace de l'ascu de la victime. Comment son cadavre nu était-il arrivé là sans attirer l'attention ? La Mère le tira de ses interrogations :

— Puis-je renvoyer mes autres filles à leurs tâches ? Nous devons livrer soixante capes brodées à la fin de cette lune.

— Fais ! Inutile d'ajouter la perturbation à l'effroi, le labeur permettra de surmonter leur inquiétude et ne gênera pas notre enquête.

Pendant que la Mère donnait ses instructions, Tupac s'approcha des porteurs de torches et s'adressa au plus âgé :

— Connais-tu bien Cuzco le Haut ?

— Je crois.

— Vois-tu la Place aux trois fontaines ?

— Je connais la caserne de la milice où se trouve l'Inspection criminelle.

— Tu vas t'y rendre et demander Ocllo et Anas mes yanas. Dis à Ocllo de gagner la Maison des Morts pour y commencer l'examen du corps sans m'attendre, je la rejoindrai plus tard. Ensuite demande à Anas de préparer un repas pour quatre personnes et de le porter à la Maison des Morts.

Ayant ainsi distribué ses instructions, Tupac Hualpa s'accroupit à nouveau près du cadavre. Lorsqu'il avait compris que la potière avait disparu depuis trois jours, il avait su qu'on ne la retrouverait jamais vivante. Les nuits de Cuzco autrefois paisibles étaient devenues dangereuses ces dernières années. Bien sûr il n'avait pas voulu écouter la voix sinistre de son expérience ! Il y avait plus de vingt ans que Tupac Hualpa avait sauvé de la noyade celui qui était alors le prince héritier Pachacuti ; pour le récompenser d'avoir ainsi épargné de graves troubles dynastiques au Tahuanti, le précédent Empereur l'avait promu lui, le fils d'un forgeron, aux sommets de l'administration impériale. En le faisant totoyrikok, le Sapa-Inca lui avait demandé à quel poste il souhaitait servir. À cette heure Tupac ignorait toujours quelle force l'avait poussé à choisir l'inspection criminelle. Autour de lui la salle était maintenant déserte. Une lumière pâle jouait sur le disque d'or. Flottait dans l'air la même odeur d'aromates brûlés qui l'avait dérangé en arrivant. Il sortit d'une poche de son vêtement la flèche d'obsidienne. Un signe y était gravé : un jaguar et cinq étoiles. Il faudrait envoyer Roca au Conservatoire Impérial des Symboles de Sacsahuaman* pour vérifier si quelqu'un l'avait déposé. Tupac quitta le temple par une porte secondaire et déboucha ainsi sans l'avoir voulu sur la Place des eaux et des routes où était installée l'administration du même nom. Il n'y était jamais revenu depuis que Chimpu s'était noyée. Au pied de l'escalier monumental il hésita. Marca, la sœur de son épouse morte, y travaillait toujours, elle serait certainement heureuse

* SACSAHUAMAN : citadelle protégeant Cuzco.

de le revoir. Il monta l'escalier, admirant une fois de plus la perfection de son tracé et la splendeur multicolore de son revêtement. Pénétrant dans le hall il découvrit à nouveau la gigantesque carte du Tahuanti et de ses provinces, modelée dans la glaise. Le Chincha*, ce gouvernorat du Nord mal soumis, écrasé de chaleur, était teinté d'ocre rouge. À l'est les forêts impénétrables de l'Anti** étaient naturellement peintes en vert sombre. Le jaune des moissons recouvrait la plaine centrale du Cunti***. Le Colla montagneux se distinguait par ses cimes enneigées taillées dans le marbre blanc. Les cartographes des eaux et des routes avaient encore tracé sur cette représentation de l'immensité de l'Empire le cheminement des fleuves et des rivières en turquoise, le réseau des aqueducs en fines lamelles de malachite. Enfin, pour matérialiser leur fierté suprême, le maillage arachnéen des routes impériales, ils avaient usé de centaines de barrettes de rubis. Tupac Hualpa se tint un moment immobile devant cette maquette fabuleuse puis, submergé par la douleur toujours vivace de la mort de Chimpu, il sortit sans s'enquérir de sa belle-sœur. L'idée de revoir les lieux où Chimpu avait autrefois exercé ses talents lui parut brusquement insupportable. Un gardien s'approcha pour lui demander quel fonctionnaire il souhaitait ren-

* CHINCHA : province Nord de l'Empire (actuel Équateur).
** ANTI : province Est de l'Empire (Amazonie actuelle).
*** CUNTI : province Ouest de l'Empire (actuelle région de Lima).

contrer, il répondit qu'il avait seulement voulu revoir la grande carte et sortit sous la pluie.

*

Lorsque Ocllo eut terminé de laver le corps, elle ouvrit un pot d'onguent aux aromates et entreprit d'enduire le cadavre pour retarder le plus longtemps possible sa décomposition. La victime n'étant qu'une potière, la jeune serve savait que jamais sa dépouille ne serait conduite à l'étage supérieur où, face à la beauté de la Cordillère de Varabaya, officiaient les embaumeurs. Il lui fallait simplement retarder la corruption pour que Tupac ait le temps d'examiner la victime. En massant la chair morte, geste qu'elle s'efforçait d'accomplir avec détachement, Ocllo prit conscience que ce cadavre différait de ceux qu'elle avait traités jusqu'à ce jour. Elle s'interrompit, se rinça soigneusement les mains avec une décoction de saponaire comme son maître le lui avait appris, saisit une lampe à huile et commença un examen minutieux de la peau d'Onitola. Quelque chose dans sa pigmentation lui parut étonnant, la potière morte était à la fois beaucoup plus sombre qu'elle et beaucoup plus pâle. À l'aide d'une pince en bois, elle serra la chair avec force, aucun hématome ne se forma. Inti était encore bas sur l'horizon, Tupac n'arriverait pas avant l'heure du repas si les porteurs qui avaient amené le corps avaient dit vrai. Elle se demanda si le vieux Ninancoro était là-haut, lui pourrait sans doute expliquer ce mystère. En grimpant les escaliers, Ocllo se demanda pourquoi la curiosité la dévorait perpétuellement. Certes elle voulait servir son maître pour lui plaire mais il existait en elle un besoin de savoir qui n'avait pas de lien avec lui. L'odeur singulière à la fois sucrée et balsamique de l'atelier des embaumeurs lui parvint avant qu'elle n'ait atteint l'étage. Elle heurta le gong pour signaler sa présence, Ninancoro se retourna, ses cheveux complètement blancs luisaient dans la pénombre :

— Ma colombe, ici, au royaume des morts !

Ocllo s'accroupit devant lui, tête baissée en signe de déférence :

— Pardonne à ma jeunesse de te déranger mais une question me tourmente.

— Ton maître t'aura répudiée à cause de ton effronterie ou, lassé de te voir étudier, aura pris quelque jeune Chachapoya* pour égayer sa couche d'une peau claire, dit-il en plaisantant.

— Tupac est un homme de bien, il apprécie ma personne et mon labeur.

— Je le sais et j'en suis heureux. On m'a dit que le cadavre d'une potière a été amené, j'imagine qu'il t'a demandé de le préparer.

— Justement ce corps ne ressemble pas à ceux que j'ai traités jusqu'ici. Veux-tu descendre ? Ton avis me serait fort utile.

— Et te permettrait d'éblouir notre enquêteur !

— Je ne possède qu'une beauté commune et

* CHACHAPOYA : peuple à la peau claire de l'actuelle Amazonie.

dois bien compter sur mon intelligence pour me l'attacher.

— Il t'est déjà attaché à sa manière, sois patiente ma colombe !

— En es-tu sûr, ne préfère-t-il pas ma sœur Anas qui possède plus de douceur ?

— À la mort de Chimpu et de leurs enfants, j'ai cru qu'il n'allait pas survivre. Tous les jours je priais pour lui, Viracocha m'a entendu. Tupac est pour moi comme un fils, il était tout jeune homme lorsque le père de Pachacuti me l'a amené. Contrairement à beaucoup de hauts fonctionnaires il n'a jamais souhaité posséder plus d'une épouse. Pourtant il commence à vous aimer toutes les deux, ta sœur et toi.

— Puisses-tu dire vrai !

Ninancoro retira du feu un pot d'argile dont s'échappait une vapeur rose.

— L'élixir est prêt, je descends avec toi.

Arrivé près du cadavre, il saisit un couteau de bronze qu'il enfonça dans le bras d'Onitola. Lorsqu'il le ressortit on entendit un bref bruit de succion mais aucune goutte de sang ne perla.

— Cette femme a été vidée de son liquide vital.

— Pourtant on l'a étranglée !

Le vieil embaumeur s'approcha du visage comme endormi de la potière, lui ouvrit la bouche.

— Regarde et apprends : si cette femme avait été privée du souffle divin, sa bouche serait noire, ses traits déformés. En vérité ce lacet est un leurre. Elle était déjà morte quand on l'a disposé.

— Comment a-t-elle pu être saignée à mort sans blessure ?

— Ne perds-tu pas du sang à chaque lune ?

Ninancoro écarta les cuisses de la potière ; sous la toison pubienne le sexe s'ouvrit sombre et rouge.

— Voilà par où elle est morte, chose trop fréquente pour les femmes qui accouchent.

— Celle-ci n'était pas à terme.

— Certaines femmes savent tuer leurs enfants en elles.

— Au fond des forêts de l'Inambari* peut-être. Pas ici, à Cuzco où la nourriture abonde.

Elle poussa un soupir mélancolique :

— Pourquoi Viracocha tolère-t-il la cruauté et le mal ?

— Personne ne peut répondre à cette question.

Elle reconnut la voix douce de Tupac, se retourna, lui sourit. Il poursuivit :

— J'ai arrêté plus de personnes qui avaient versé le sang que mes mains ne comptent de doigts, ce qui les avait poussées au meurtre m'a paru le plus souvent obscur. Je ne suis pas un prêtre, seulement les yeux de Pachacuti. Certains de ses yeux surveillent moissons et greniers pour que chacun dans le Tahuanti reçoive sa part de quinoa, d'autres vérifient que les aqueducs amènent une eau fraîche pour que vieillards et nourrissons puissent boire à satiété. Mon travail est d'empêcher

* INAMBARI : fleuve, région de forêts.

que l'agile ne dérobe à l'infirme, que l'homme mûr ne viole la fillette, que le fort ne tue le faible. L'Empereur est le garant de l'harmonie du monde, tout crime impuni trouble cette harmonie. Pourtant, même Pachacuti ne sait pas pourquoi le mal existe !

À ce moment Anas entra portant un grand panier de joncs, elle observa la scène en silence.

— Il ne pleut plus, veux-tu monter avec nous sur la terrasse pour partager notre repas ? proposa Tupac à Ninancoro.

— Mon fils tu sais mon peu d'appétit, toutefois votre compagnie réjouira mon cœur.

— Qu'avons-nous à manger aujourd'hui ?

— Beignets de tortue, lièvre en ragoût, gâteau aux fleurs d'hibiscus, répondit Anas.

— Il y a bien longtemps que je n'ai pas mangé de beignets de tortue, feue mon épouse s'entendait à les faire frire dans la graisse, soupira l'embaumeur.

— Les miens sont cuits à l'huile de palme, j'espère qu'ils vous plairont, dit humblement la jeune yana.

Ils avaient presque terminé leur repas sur la terrasse de la Maison des Morts lorsque Ocllo remarqua des fumerolles sur l'horizon des montagnes.

— On dit au marché que le Suprême se prépare à rejoindre l'armée malgré le mauvais temps, raconta Anas.

— Qu'en pense le gouverneur Manco ? interrogea Ninancoro.

— Je n'ai pas réussi à le voir. Écoutant l'avis de son nouvel astrologue, l'Empereur est parti à Tambo Machaï pour prendre les eaux, Manco l'a accompagné, il reviendra dans deux ou trois jours.

— Je ne peux m'empêcher d'être réticent vis-à-vis de ces astrologues qui prétendent lire les astres en pleine saison humide, conclut Ninancoro.

*

Guidé par deux Vierges du Soleil attentives, Roca passa la matinée à parcourir les dédales de Coricancha. Le temple comportait tant de corridors, de patios, de cours intérieures, de galeries et de bâtiments annexes qu'il crut s'être perdu plusieurs fois. Tellement de gens hantaient ce lieu sacré célèbre dans tout le Tahuanti, il y circulait de si nombreux porteurs d'offrandes qu'il fut vite convaincu : amener le corps d'Onitola jusqu'au grand autel avait dû être assez simple pour des gens décidés. Il était donc découragé lorsqu'il gagna les archives impériales, vaste bâtiment jouxtant le Palais du gouverneur de Cuzco. Dans ces salles perpétuellement humidifiées par crainte des incendies étaient chaque jour enregistrés, copiés et classés les milliers de quipus constituant le système nerveux de l'Empire. Avec cette obstination méthodique qu'appréciait Tupac, Roca consulta d'abord les messages en provenance du pays Colla ou s'y rapportant. Il y avait là des états concernant les communautés paysannes indiquant le nombre d'enfants et de lamas nés dans l'année, des rapports de contrôleurs militaires attirant l'attention sur le mauvais entretien de certains postes, des récriminations de prêtres d'Inti se plaignant des agissements du clergé de Viracocha et des protestations des adeptes de la nouvelle religion dénonçant le rapt de jeunes filles pour garnir les Maisons de Vierges. Parfois au détour d'une file Roca décrochait un quipu marqué de l'écarlate impérial : copie d'une réponse de l'Empereur à un capitaine qui, ayant combattu à ses côtés, pouvait se permettre de court-circuiter tous les niveaux de la hiérarchie. Il constata aussi devant la multiplicité des messages bordés de mauve que le Suprême, non content d'organiser les armées, n'hésitait jamais à se mêler des conflits de répartition des eaux ou à ordonner la rénovation d'un pont. Ensuite venait une mer de quipus de toutes tailles et de toutes couleurs où, d'un responsable provincial des greniers au commandant d'un fort, d'un maître des pêches à un constructeur de pont, chacun s'efforçait d'intervenir, de défendre son territoire et ses attributions, n'hésitant jamais ni à se recommander de la protection d'un puissant ni à contredire l'ordre d'un autre… Dire que leurs ennemis imaginaient l'Empire du Tahuanti comme une classe d'enfants disciplinés obéissant à son seul maître ! Le soir approchait, Jaya gavée de bananes somnolait à ses pieds. Les archives étaient silencieuses, Roca imaginait déjà le parfum de la jeune veuve qu'il devait retrouver ce soir aux bains quand son attention fut attirée par trois quipus établis par un même ingénieur militaire nommé Anquimarca. Ils étaient tous trois adressés à Capac Yupanqui et dans chacun, après avoir indiqué que les travaux de la forteresse de Pisac* se poursuivaient normalement, l'ingénieur apparemment familier du Suprême recommandait à sa protection « Onitola une potière capable de réaliser des pièces uniques qui plairont j'en suis sûr aux concubines de votre Grandeur ». Il méditait sur les liens possibles entre la morte et l'ingénieur militaire lorsque l'archiviste en chef, par ailleurs ami d'enfance de sa mère, s'adressa à lui :

— Peut-être était-elle rongée de mélancolie ?

— De mélancolie ?

— Avant que le père de Pachacuti ne vienne à bout des Collas, les femmes de ce peuple avaient la réputation chez ceux de nos guerriers qui les avaient approchées d'avoir une sensualité ardente et en même temps d'être sujettes à d'insondables accès de tristesse. Certains prétendaient que loin de la steppe elles ne pouvaient pas vivre. En outre les Collas ont des mœurs fort différentes des nôtres. Les jeunes filles sont très libres et n'aspirent guère au mariage.

— Onitola habitait depuis longtemps à Cuzco et avait déjà donné plusieurs enfants à son mari. Non, ta mélancolie ne me convainc pas, respecté archiviste. Je cherche d'autres causes plus banales. Connais-tu un ingénieur militaire du nom d'Anquimarca ?

* PISAC : ville fortifiée protégeant Cuzco.

— Cet homme occupe des fonctions importantes, c'est le bâtisseur de la citadelle de Choque-Colahu*.

— Alors pourquoi s'intéresse-t-il à une potière ?

— Pourquoi un homme puissant regarde-t-il une femme de condition inférieure ?

— Tu vois, nous en…

Roca interrompit sa phrase car Jaya bondit brusquement en direction du couloir. Montrant les dents la guenon grognait de manière menaçante, Roca se précipita derrière elle. À cette heure les corridors des archives, seulement éclairés par des lampes à huile flottant dans des jarres d'eau, étaient très sombres, il distingua pourtant une forme qui fuyait. Il cria :

— Inspection criminelle, arrêtez-vous !

Loin d'obéir la silhouette se mit à courir. Roca accéléra. Devant lui Jaya semblait toute proche du fugitif. La guenon allait s'abattre sur le fuyard quand celui-ci fit face, jeta quelque chose dans sa direction. Jaya poussa un cri terrifiant. Roca entrevit une petite ombre velue qui avançait en bondissant vers la guenon, celle-ci cherchait où fuir en hurlant. Il dégaina son sabre de bronze. Le premier coup rata la mygale, le second la coupa en deux. Jaya se réfugia dans ses bras. Elle tremblait comme une feuille et l'ombre avait disparu.

*

* CHOQUE-COLAHU : ville citadelle.

— Une araignée géante de l'Anti ! murmura le gouverneur Manco. Qu'on surveille ton quipu-kamaoc est déjà surprenant mais qu'un espion transporte sur lui un animal aussi répugnant que dangereux ici à Cuzco où le climat en outre ne lui convient guère…

Tupac Hualpa observait son supérieur. Comme souvent lorsqu'il devait réfléchir, Manco arpentait la pièce à grands pas énergiques. Les flammes claires des torchères de naphte découpaient sa silhouette splendide, mettaient en valeur son pectoral d'or et faisaient luire son crâne rasé.

— Roca ne serait-il pas compromis dans un adultère ? D'ailleurs pourquoi n'est-il pas remarié ou n'a-t-il pas une ou deux concubines ? Son statut de quipu-kamaoc le lui permet.

— Il m'a juré ne fréquenter actuellement qu'une jeune veuve.

— Alors on en veut à ton enquête ou à ta guenon ! Jaya est trop connue.

— Nous devons redoubler de précautions. Je ne dispose en propre que de dix miliciens, je souhaiterais doubler ce nombre. J'aurais aussi besoin du lieutenant Cusi.

— Je vais réfléchir ! Je pourrai sans doute te l'affecter à nouveau.

À cet instant une serve inconnue à la peau claire, une de ces Chachapoyas dont la possession semblait le rêve de tous les mâles de l'aristocratie impériale, posa sur la table un service de gobelets en tumbaga*. Lorsque la jeune yana passa à sa portée Manco lui caressa familièrement la croupe. L'enquêteur impérial se demanda si Cusirimay, l'aristocratique épouse du gouverneur qui séjournait à Tambo Machaï près de l'Impératrice, connaissait son existence. Comme si elle sentait sa muette interrogation la jeune femme se tourna vers Tupac et dit dans un sourire :

— Mon maître affirme que vous êtes le meilleur enquêteur de l'Empire.

— L'estime de ton maître m'est chère, hélas il a tendance comme beaucoup de nos hauts fonctionnaires à confondre Cuzco et l'ensemble de l'Empire. J'ai des collègues talentueux dans les Quatre horizons.

— Et sur quoi enquêtez-vous, respecté totoyrikok ?

— Une potière a été retrouvée morte dans le Grand Temple. Il est à craindre que ce sacrilège ne jette de l'huile sur les braises mal éteintes du conflit entre ceux d'Inti et ceux de Viracocha.

— A-t-elle été tuée à Coricancha ?

— Non mais on a essayé de le faire croire. Il semble qu'elle ait été victime d'un avortement spontané ou provoqué, nous ne savons pas.

— Était-elle originaire de l'Inambari ? Dans ces tribus sauvages les femmes n'attachent guère d'importance à leurs fruits et savent s'en débarrasser.

* TUMBAGA : mélange de cuivre et d'or utilisé par les orfèvres incas.

— C'était une Colla.

— On dit ces femmes très portées sur la galanterie : cherchez l'amant !

— Nous l'avons peut-être trouvé.

— Recommander une artiste n'est pas une preuve d'adultère, murmura Manco.

— C'est la seule piste que nous ayons pour le moment.

— Sois prudent Tupac, tu sais que le Suprême n'apprécie guère qu'on s'intéresse à son entourage.

— Pachacuti aime à rappeler que dans le Tahuanti personne n'est au-dessus des lois.

— Certes mais Capac Yupanqui et son état-major savent se retrancher derrière le secret des affaires militaires.

Un silence s'installa pendant lequel Tupac s'interrogea une fois de plus sur ce qu'il ressentait pour le gouverneur de Cuzco, amitié véritable ou infranchissable distance ? Tupac Hualpa était le fils d'un forgeron et d'une orfèvre, la mère de Manco une concubine impériale, son père un général. Le gouverneur n'avait jamais vécu que dans la Panaca*, la Cour, le premier cercle du pouvoir. Certains laissaient même entendre que l'ancien Sapa-Inca était son père. Manco que cette assertion aurait pu servir s'en défendait toujours disant qu'il avait été conçu longtemps après que sa mère eût quitté le Palais, l'Empereur l'ayant offerte à

* PANACA : premier cercle du pouvoir, la cour.

son père pour le récompenser d'avoir su jeter un pont sur un fleuve en crue durant une guerre contre les Chimus. Tupac sentait que dans cet écart de naissance résidait à la fois la source de leur amitié et l'origine de leurs incompréhensions. Une question rompit sa méditation :

— Mon maître dit que vous croyez que chaque être comporte son jour et sa nuit, que cette nuit peut toujours survenir, que chacun peut devenir un meurtrier, dit la jeune serve.

— Dans certaines circonstances ! Ton maître sur qui repose, outre la responsabilité de Cuzco, la sécurité de l'Empereur n'a guère de temps à consacrer aux théories criminelles, je peux donc aisément le convaincre des miennes.

Elle l'observa de ses immenses yeux clairs puis proposa :

— Voulez-vous que je joue un air de flûte avant que le disque d'Inti n'ait disparu ?

Manco ayant approuvé de la tête, la jeune femme se leva souplement, porta à ses lèvres une flûte d'argile et se mit à jouer un air mélancolique. Il sembla à Tupac que cette musique était comme la preuve tangible de la présence de Viracocha le créateur du monde et de sa Grande Harmonie. Il resta un moment à écouter puis lui vint la nostalgie du corps d'Anas et il se décida à rentrer. En arrivant chez lui il prit soudainement conscience du double silence de Manco. Le gouverneur n'avait pas dit un mot de la famille impériale ni prononcé le nom de sa nouvelle serve.

*

Le lendemain l'aube n'était guère avancée lorsque Tupac accompagné d'Anas, de deux servantes, cinq miliciens, une dizaine de lamas de bât et leurs conducteurs, quitta l'inspection criminelle en direction de la forteresse de Pisac, résidence de l'ingénieur Anquimarca. De gros nuages gris barraient l'horizon mais il ne pleuvait pas. Il avait été convenu que Ocllo et Roca poursuivraient l'enquête au quartier des potiers. En les laissant Tupac leur recommanda la plus grande prudence. C'était inutile tant l'épisode de la mygale les avait impressionnés. Au fur et à mesure que l'enquêteur impérial et son escorte s'éloignaient du centre de Cuzco, les temples devenaient plus rares, les maisons plus modestes, le pisé remplaçait la pierre, le cuivre l'or. Ils atteignirent bientôt les faubourgs de la capitale dont les zones maraîchères fournissaient le Nombril du Monde en fruits et légumes. Les territoires des ayllus*, les communautés paysannes, y étaient délimités par des bornes sculptées aux formes de leur animal totémique. Le paisible lama était le plus répandu, les moutons pullulaient, condors et pumas étaient plus rares. Profitant d'un répit dans les pluies, un peuple nombreux s'affairait dans les plantations de courges, de patates ou de manioc. Partout flottait l'odeur dou-

* AYLLU : communauté rurale de base.

ceâtre du guano*. À la différence des autre villes de l'Empire, Cuzco, le Nombril du Monde, ne possédait pas d'enceinte, elle était défendue par un cercle de forts qui en contrôlaient tous les accès. Ils quittèrent donc la ville sans s'en rendre compte. Au fur et à mesure de leur journée de marche, le paysage changea insensiblement. Les champs de quinoa succédèrent aux maraîchages, les troupeaux aux cultures. Ils atteignirent la tambo où ils devaient passer la nuit alors que résonnaient dans la montagne les grondements de colère du dieu des orages.

— Je suis heureuse d'être arrivée avant la pluie, dit Anas.

À ce moment l'aubergiste se présenta à eux :

— Un chasqui** m'a prévenu de ton arrivée, respecté enquêteur impérial. Nous allons déboucher en ton honneur une jarre de chicha de la troisième lune.

— Je te suis reconnaissant maître de tambo, ta bière de maïs est certainement excellente, pourtant n'abreuve pas trop mon escorte, nous devons repartir demain pour Pisac.

— Qu'Inti Illapa te soit favorable ! Cependant pour te parler franc je crains deux ou trois jours de forte tempête. Vous risquez d'être immobilisés, la montée vers Pisac est rude en cette saison. Les ponts de cordes peuvent devenir dangereux, les chaussées glissantes. L'an dernier à la même pé-

* GUANO : fiente d'oiseau utilisée comme engrais.
** CHASQUI : coureur de la poste impériale.

riode des marchands de guano, arrogants comme le sont si souvent ces gens-là qui croient tout savoir du Tahuanti pour l'avoir parcouru en tous sens, ont ri de mes conseils : ils ont perdu six lamas et un de leurs hommes est mort.

Les prévisions de l'aubergiste se révélèrent exactes. Pendant deux jours le ciel demeura d'une noirceur de suie et il plut sans interruption. Dans l'enclos aux lamas, les bêtes se pressaient tant les unes contre les autres que des bagarres éclatèrent. Les conducteurs durent rétablir l'ordre à grands cris. En dehors de ces tumultes, la tambo et ses habitants somnolaient. Comme il pleuvait trop pour que les cuisinières sortent chercher des légumes et tuer des volailles, la nourriture se limita vite à un ragoût de mouton fumé aux pommes de terre séchées. Miliciens et caravaniers multipliaient les parties d'osselets, des paysannes brodaient, un vieux quipu-kamaoc montrait à quelques curieux l'art des messages tressés. Beaucoup somnolaient comme le faisaient Tupac et Anas sous leur édredon d'alpaga. Émus par cette promiscuité, ils envisagèrent de chercher une grange pour s'unir puis renoncèrent en apprenant que plusieurs personnes y avaient assisté aux ébats d'un couple de jeunes mariés.

Au troisième matin le ciel redevint d'un bleu limpide, un condor salua le jour nouveau. Ils repartirent et s'engagèrent bientôt sur une route militaire qui dominait d'un bon millier de pieds le cours de l'Urubamba. Anas s'émerveilla de voir ce fleuve puissant réduit à l'apparence d'un ruban d'argent. À cette altitude les cultures devenaient rares, ces terres rudes parsemées de longues touffes d'ichus étaient le royaume des vigognes. On sentait la cohérente organisation de l'Empire : les surfaces attribuées à l'Empereur et aux prêtres étaient plus réduites qu'en bas. Les chaussées étaient entretenues, les greniers surveillés, les ponts vérifiés, cependant on devinait à l'extrême modestie des villages terrés au bord d'à pic vertigineux qu'ici, sans la vigilance permanente de l'administration impériale, la montagne n'aurait pas tardé à dévorer ses habitants. Hormis les désagréments du franchissement des ponts suspendus que, depuis la mort de Chimpu, Tupac redoutait comme tout ce qui avait trait aux rivières, il n'y eut aucun incident jusqu'à Pisac. Bêtes et gens arrivèrent à la tambo épuisés par une ultime et redoutable montée. S'étant régalés de gâteaux de manioc et d'une soupe aux herbes, l'enquêteur impérial et son escorte sombrèrent dans un sommeil réparateur avant même qu'Inti n'ait disparu derrière l'horizon.

*

Lorsque Tupac Hualpa accompagné de deux miliciens approcha du chantier de la forteresse de Pisac, il fut impressionné par l'ampleur des constructions. Perchée sur un éperon rocheux dominant le lit tumultueux de la rivière Vilcanota, Pisac constituait une véritable ville mêlant les ouvrages proprement militaires aux temples et maisons d'habitation. Tout autour sur les pentes parfois vertigineuses les ingénieurs avaient aménagé une série de terrasses accessibles seulement de l'intérieur de la forteresse et qui, dans leur esprit, devaient lui assurer une longue autonomie alimentaire en cas de siège. Un vent froid avait chassé les nuages, le ciel d'un bleu intense renforçait l'ocre des pierres donnant à la citadelle une beauté splendide et menaçante. Près du portail monumental une douzaine de terrassiers curaient un fossé, des tailleurs de pierres ajustaient des parements, des charpentiers remplaçaient des poutres. Lorsqu'ils atteignirent la seconde cour, des soldats leur en interdirent l'entrée. Tupac montra son quipu d'enquêteur aux couleurs de Pachacuti, il était habitué à ce que cette preuve de l'autorité impériale bouscule les barrières. Sans s'émouvoir outre mesure le sergent commandant les sentinelles lui déclara :

— Respecté œil de l'Empereur, cette cour est un périmètre accessible aux seuls militaires, dites-moi la raison de votre visite je m'efforcerai de vous satisfaire.

— Je cherche l'ingénieur Anquimarca.

— Il se trouve dans la salle des plans tout près de la porte principale, vous devez rebrousser chemin.

À cet instant Tupac bénit Viracocha de lui avoir suggéré l'idée de laisser Ocllo enquêter à Cuzco car nul doute qu'elle se serait rebellée devant cet ordre et n'aurait pas manqué d'expliquer au sergent que son maître le Totoyrikok Tupac Hualpa avait sauvé la vie de Pachacuti. Il retourna vers la salle des plans où il trouva Anquimarca penché sur une maquette d'argile des travaux. L'ingénieur était un homme de petite taille à l'élocution rapide :

— Respecté enquêteur impérial, on me dit que vous souhaitez m'entendre pour un meurtre ayant eu lieu à Cuzco. Je n'ai guère quitté Pisac depuis le dernier solstice et doute donc pouvoir vous être utile.

La phrase avait été prononcée sans arrogance comme la simple constatation d'un homme très occupé. Avec cet instinct de chasseur qui sommeillait derrière sa bonhomie apparente, Tupac décida de frapper :

— Le corps d'Onitola a été retrouvé dans la salle principale de Coricancha. Il n'a…

Il ne put en dire plus. Sans lâcher la spatule avec laquelle il travaillait la glaise Anquimarca s'effondra sur les dalles. Tupac et les deux miliciens furent cernés par des militaires armes au poing.

— Que lui avez-vous fait ?

— Je l'informais du meurtre d'une potière de Cuzco nommée Onitola lorsqu'il s'est brusquement évanoui.

— Par Inti, je crois que c'est sa sœur de lait !

Anquimarca bougea faiblement, un des soldats se baissa pour lui tendre un gobelet d'eau. Il avala une gorgée. Son visage avait pris une couleur de cendre, sa respiration semblait difficile. Tupac Hualpa s'assit près de lui. Il y eut un silence puis l'ingénieur dit dans un souffle :

— Il l'a tuée n'est-ce pas ?

— Son mari ?

— Qui d'autre que cette brute pourrait vouloir du mal à une telle artiste ?

Le beau visage intelligent de Chimpu passa dans la mémoire de l'enquêteur impérial. Il chercha ce que sa femme disait de la jalousie, ne parvint pas à retrouver ses mots précis et si justes. Un instant il fut au bord des larmes, écrasé par le souvenir de son épouse morte auquel le chagrin d'un autre tendait un miroir douloureux.

— Le mari d'Onitola paraissait accablé par sa disparition, pourquoi l'aurait-il tuée ?

— Parce qu'il jalousait ses dons et voulait sans cesse la rabaisser. Elle n'en pouvait plus d'être enceinte sans interruption.

— Cette fois elle a fait une fausse couche ou provoqué un avortement. Peut-être avait-elle été fécondée par un autre que son mari ?

— Elle était bien trop vertueuse pour ça.

— Vous paraissez le regretter…

— Certes oui, je déplore son excessif respect des liens conjugaux, comme…

Sa voix n'était plus qu'un murmure, il parut hésiter, vouloir se taire, avant de reprendre avec violence :

— … ma faiblesse, ma lâcheté.

— Vous aimiez Onitola ?

— Sans le lait de sa mère je serais mort dans mon enfance. De tout temps, il avait été promis que nous serions époux. Il a fallu que ce fou de sinchi de Tambobanca veuille mêler le sang de ses potiers au nôtre.

— Votre honnêteté est grande mais fait de vous un suspect idéal : vous venez d'avouer que vous désiriez Onitola…

Tupac Hualpa lut dans les yeux noyés de larmes de l'ingénieur un tel désespoir qu'il reprit de sa voix douce, si surprenante chez un homme ayant voué sa vie à traquer le crime.

— Je crois que vous êtes innocent.

— Jamais je n'aurais voulu lui nuire, j'aurais préféré mourir, je préfère mourir. Arrêtez-le !

— Peut-être son mari jalousait-il son savoir-faire pourtant cela n'en fait pas un assassin. Chaque année dans le Tahuanti il se commet de nombreux meurtres entre époux. Il s'agit presque toujours de crimes commis sous l'emprise de la boisson ou de la colère, rarement d'assassinats mis en scène comme celui-là.

— Cet homme est une brute ! Pourtant vous allez le protéger sinon il vous faudrait reconnaître que les déplacements autoritaires de populations sont un désastre.

De sa longue pratique d'enquêteur, de ses propres deuils aussi, Tupac Hualpa avait acquis la conviction que la douleur de la perte d'un être cher est pire que la morsure d'un serpent, que ce terrible venin peut conduire à toutes les déraisons. Face à la folie où s'enfonçait Anquimarca, il décida de transgresser le secret de l'enquête. Fouillant les poches de son uncu, il en sortit la pointe d'obsidienne.

— Onitola tenait ceci dans son poing fermé comme si elle l'avait arraché à ses meurtriers. Pouvez-vous observer ce qui y est gravé ?

Anquimarca fixa avec attention le dessin du jaguar et des cinq étoiles. Autour d'eux, soldats et miliciens se taisaient.

— Avez-vous déjà vu un signe semblable ?

Plus tard Tupac Hualpa se souvint que l'ingénieur avait eu une hésitation avant de répondre :

— Jamais.

*

Lorsque l'enquêteur impérial atteignit la tambo, des bergers poussaient chèvres et lamas vers leurs enclos. La brume du soir prenait possession de la montagne. Demain ils reprendraient la route de Cuzco. La saison des pluies allait s'installer, le trajet de retour risquait d'être difficile. Ce voyage ne lui avait apporté que peu de lumières. Il était convaincu de l'innocence d'Anquimarca, il faudrait réinterroger le mari d'Onitola, tenter de reconstituer les derniers jours de la victime. Peut-être Ocllo et Roca auraient-ils découvert d'autres pistes ? Il devait trouver le ou les assassins avant que Huascar et le clergé d'Inti n'entament les cérémonies de purification du Grand Temple souillé par ce meurtre. Les risques d'affrontements religieux étaient réels. Pour ses ennemis comme pour beaucoup de ses dirigeants, le Tahuanti semblait un roc indestructible. L'enquêteur impérial en pressentait les failles secrètes, les lignes de rupture mal colmatées, les incendies souterrains prêts à renaître. Soudain il aperçut la robe rouge d'Anas, une tendresse immense s'empara de son cœur. Il espérait qu'ils pourraient bientôt s'unir, que dans la nuit complice retentiraient les cris de joie de sa chère yana. Comme si elle avait perçu le rêve de son maître et amant, la jeune femme se mit à courir vers lui. Il se préparait à l'accueillir dans ses bras ouverts quand elle s'arrêta à quelques pas de lui et dit dans un sourire :

— Mon aimé, nous devrons freiner encore nos ardeurs, la délégation d'un village t'attend.

— Ne leur as-tu pas expliqué que je ne traite que les affaires criminelles ?

— Trois jeunes mariées, toutes trois enceintes, ont disparu depuis la dernière lune. Les villageois ont fouillé partout sans trouver la moindre trace. Leur sinchi a adressé un quipu à l'inspection criminelle, ils s'étonnent de ne pas avoir reçu d'aide.

— Un quipu annonçant trois disparitions et personne n'a répondu !

— Viens je t'en prie, ils sont très inquiets.

Le maître de tambo avait installé la délégation dans un coin calme. Lorsque Tupac Hualpa s'assit près d'eux un serviteur déposa sur la table un pot d'infusion fumante, le parfum agréable des fleurs aromatiques et du miel flatta ses narines. Il invita chacun à boire avant de prendre la parole :

— Ma yana m'a fait part de la disparition de trois jeunes mariées, elle m'affirme que vous avez prévenu l'inspection criminelle or aucun quipu ne nous est parvenu. Pouvez-vous m'expliquer ?

Un homme d'âge aux cheveux totalement blancs comme ceux de Ninancoro prit la parole :

— Étant le sinchi de cette communauté, j'ai d'abord organisé les recherches. Les trois disparues se rendaient de Simo-Alma notre village qui se trouve plus haut dans la montagne à celui de Simo-Pichu sur la route de Cuzco.

— Quelle distance entre les deux ?

— Normalement une demi-journée de marche suffit ; dans ce cas comptons une journée entière car elles étaient toutes trois enceintes.

— Elles ne sont jamais arrivées à Simo-Pichu ?

— Un berger les a saluées alors qu'elles se désaltéraient à la source de l'oiseau bleu.

— L'esprit de cette source aide les femmes à accoucher, c'est ce que nous croyons à Simo-Alma, dit une mère de famille dont le nourrisson tétait le splendide sein brun.

— Ensuite plus personne ne les a revues. S'il n'y avait eu qu'une seule femme, nous aurions peut-être suspecté quelque histoire d'adultère mais trois… et jeunes mariées ! Nous avons commencé à les chercher. Le deuxième jour des soldats se sont joints à nous. Il existe un poste près de notre village, eux non plus n'ont rien trouvé.

— Pas de traces inconnues, rien qui fasse penser à une lutte ? demanda Tupac.

— Absolument rien !

— Et le quipu ?

— Au bout de cinq jours, ayant parcouru en tous sens leur itinéraire, ayant sondé tous les abîmes où elles auraient pu tomber, nous ne savions plus que faire. Le chef du poste militaire m'a suggéré de prévenir l'inspection criminelle. Je n'arrivais pas à croire qu'on ait pu faire du mal à trois de nos femmes. Vois-tu mes cheveux blancs, respecté enquêteur impérial ?

— Je les vois, père de ta communauté, répondit rituellement Tupac.

— Eh bien, je venais de me marier lorsqu'un meunier a tué son frère. Depuis il n'y a plus eu de crime dans notre vallée.

— Le chef de poste a donc dû insister ?

— Il a tressé lui-même le quipu demandant l'aide de l'inspection criminelle et l'a remis à un chasqui. La poste impériale aurait dû te l'apporter.

— Il arrive à la capitale tant de messages que chaque année quelques dizaines s'égarent, avoua Tupac.

Il y eut une pause dans la conversation, Anas la mit à profit pour resservir l'assemblée en tisane. Le vent s'était levé secouant le toit de paille de la tambo, l'écho lointain d'un orage roulait sur les monts.

— Anas, veux-tu demander en cuisine si nous pourrions avoir un ragoût d'agneau et des gâteaux au miel. Je vais vous inviter mes amis, je ne connais votre vallée que depuis peu, il me semble pourtant qu'Inti Illapa peut y être fort coléreux. Il est plus sage que vous dormiez ici.

— Sois remercié de ta générosité, répondit le Sinchi.

— Demain matin vous me conduirez à la source de l'oiseau bleu. Maintenant parlez-moi des disparues : étaient-elles potières ? Leurs grossesses avaient-elles été déclarées ?

— C'était des paysannes comme nous toutes, répondit la mère de famille.

— J'ai adressé à temps les quipus signalant leurs grossesses.

— Pourquoi se rendaient-elles à Simo-Pichu ?

— Pour carder la laine de vigogne. Chez nous la terre est trop humide, les vigognes prennent une maladie par les sabots et meurent. À Simo-Pichu le sol est plus sain, il y a moins d'esprits mauvais, les vigognes prospèrent. Après la tonte les jeunes femmes de notre village vont donc aider à carder et reviennent avec des ballots de laine qu'elles pourront tisser durant l'hiver. Il y a bien des années que cet échange a été institué.

— Donc tout le monde dans les proches vallées savaient qu'elles allaient se rendre à Simo-Pichu.

— Bien sûr, ainsi que les autorités de la province et même l'administration impériale des laines à Cuzco.

— Étaient-elles parentes ?

— Si tu demandes si elles étaient sœurs, je peux te répondre par la négative. Elles avaient pourtant du sang commun, il y a moins de cent feux dans notre village. Tout le monde a donc les mêmes ancêtres.

— Votre sang a-t-il été mêlé à celui des Collas ?

— Ceux du lac Titicaca ? demanda le sinchi avec étonnement. Mon père les a combattus dans sa jeunesse avant que le père de Pachacuti ne les fédère aux peuples des Quatre Horizons. Personnellement je n'en ai pas rencontré et à ma connaissance aucun Colla n'est jamais venu au village.

Le reste de la délégation approuva dans un brouhaha confus.

— Que pouvez-vous me dire des trois disparues ?

— La plus âgée avait un caractère difficile et se querellait parfois avec son époux. Les deux autres étaient l'amabilité même, toujours prêtes à aider les anciens, à rendre service. Leurs deux maris les pleurent jour et nuit, nous ne savons que faire pour eux. J'ai préféré qu'ils restent au village afin de t'exposer calmement les événements.

— Tu as bien agi, respecté Sinchi.

— C'était leur premier enfant ? demanda Anas.

— Oui, les trois mariages avaient été célébrés à la lune des semailles.

— Ces enfants étaient bien de leurs maris, pas d'adultère possible ? questionna prudemment l'inspecteur impérial.

— Qu'allez-vous imaginer, ce n'est pas Cuzco ici ! Nos femmes savent rester honnêtes même si les mœurs se relâchent parfois durant les fêtes.

— Donc trois jeunes mariées sérieuses dans une vallée paisible ont disparu depuis bientôt une lune, résuma Tupac Hualpa.

Le sinchi se contenta d'opiner de la tête, la mère de famille aux beaux seins allait peut-être ajouter quelque chose quand des serviteurs arrivèrent avec des écuelles, une marmite fleurant bon l'agneau et des pommes de terre jaunes cuites à la braise.

Le lendemain lorsqu'ils atteignirent la source, Anas fut à la fois séduite par la beauté du lieu, un bassin de pierres retenant une eau claire dans un val parsemé d'iris bleus et de violettes des monts et désespérée par l'état du terrain où semblait-il plusieurs troupeaux de lamas avaient piétiné. Elle devina le mécontentement de Tupac car tout espoir de retrouver les traces d'éventuels ravisseurs était compromis. Le dernier lieu où les jeunes mariées avaient été aperçues ne pouvant rien révéler, ils passèrent le reste de la matinée à suivre le chemin conduisant de la source au village de Simo-Pichu. À l'arrivée il leur fallut s'incliner devant les pierres sacrées puis supporter le discours de bienvenue du sinchi, beaucoup plus prétentieux que celui du village des disparues. Tupac devant consacrer l'après-midi à écouter une multitude de témoins dont Anas savait d'expérience qu'ils voudraient tous parler en n'ayant rien vu, la jeune serve craignait que son maître ne soit de mauvaise humeur s'ils ne pouvaient toujours pas s'unir à cause de la promiscuité. Comme sa propre sensualité réclamait les caresses de Tupac, elle mit à profit l'interminable défilé des témoins pour rechercher un logement. N'en trouvant pas, tant Simo-Pichu était un village pauvre et surpeuplé, elle parvint cependant à négocier avec une jeune veuve de partager sa couche devenue trop grande depuis la mort de son époux. Ainsi par une nuit venteuse, pendant que les esprits des morts couraient la vallée, Tupac Hualpa se trouva devoir honorer deux femmes : sa chère Anas dont le sexe distilla effectivement toute la joie qu'il avait espérée et Pinca, veuve de dix-huit ans privée d'homme depuis dix lunes qui demanda à se joindre à leurs ébats et leur démontra son contentement par des gémissements expressifs. C'est sans doute à ce plaisir inattendu pour elle que l'enquête dut d'avancer brusquement. En effet comme le jour se levait Pinca s'extirpa de l'édredon d'alpaga. Ayant mis son ascu pour se protéger du froid, elle tira d'une jarre à quinoa un objet enveloppé dans un chiffon. Tupac et Anas qui s'éveillaient lui sourirent, elle dit alors avec un peu de mélancolie dans la voix :

— Tendres amis de Cuzco, je vais vous faire un cadeau pour que vous ne m'oubliiez pas quand vous serez retournés dans votre capitale.

Elle dénoua le chiffon ; stupéfait, l'enquêteur impérial découvrit un poignard de bronze.

— Où as-tu trouvé ça ? demanda-t-il avec brusquerie.

— Je ne l'ai pas volé, répondit-elle d'un air buté.

Mi parce qu'il voulait obtenir des informations, mi parce qu'il se souvenait des caresses échangées, Tupac Hualpa choisit de dire la vérité à Pinca :

— Je suis venu à Pisac à cause d'une potière trouvée morte dans le grand temple du soleil. Ici trois jeunes mariées ont disparu, le quipu annonçant cette disparition n'est jamais parvenu à l'inspection criminelle et toi tu me montres une arme de guerre.

Brusquement la cabane fut submergée de silence. Dehors des enfants jouaient, un condor criait dans les nues, un homme parlait à son lama.

— Où l'as-tu découvert ? demanda Anas.

— Dans les joncs près de la source. Je cherchais des violettes des monts lorsque j'ai entendu des hommes qui parlaient. Je me suis cachée derrière un rocher. J'ai aperçu deux soldats qui fouillaient les abords du bassin. Ce n'était pas ceux du poste, je les connais tous. Ils avaient l'air mécontents et sont partis par le sentier qui rejoint la route de Cuzco. Plus tard en arrachant des cressons j'ai vu le poignard.

Elle paraissait au bord des larmes :

— Je me sens si seule depuis la mort de mon mari ! Je viens d'un village de la basse puna*, ici c'est une autre vie, plus dure, plus froide !

— Quelqu'un t'a vue ?

— J'ai regardé partout avant de sortir de ma cachette.

— Tu n'en as parlé à personne ?

— Non ! Je voulais le garder. Je vous l'ai montré parce que j'ai été si heureuse de vos caresses. Je ne suis restée mariée que trois lunes. Avant je ne connaissais rien du plaisir qu'un homme et une femme peuvent se donner. À peine avais-je connu cette joie qu'elle m'a été retirée.

— Un nouvel époux te sera certainement proposé pour la fête d'automne.

* PUNA : steppe des hauts plateaux andins.

— Je crains que notre sinchi ne se débarrasse de moi qui ne suis pas du village en me désignant comme servante du soleil, on dit que c'est possible pour une veuve.

— Ne pouvons-nous pas l'emmener avec nous ? demanda brusquement Anas. Tu aurais une autre concubine.

— Quand Chimpu mon épouse vivait je n'avais pas de concubine. Maintenant je vous ai déjà ta sœur et toi. Je crains parfois de pas bien prendre soin de vous deux, alors Pinca en plus…

— Ocllo qui manie mieux les mots que moi dirait certainement que c'est pour cette délicatesse qu'elle et moi t'aimons. Aujourd'hui il s'agit d'autre chose : Pinca n'est pas en sécurité ici car elle a découvert une arme probablement liée aux disparitions. Prends-la quelques lunes dans ta maison ensuite nous lui chercherons un bon époux et elle nous quittera.

Tupac regarda alternativement sa ronde et tendre Anas et la mince paysanne aux muscles durcis par les travaux des champs, il se demanda un instant s'il parviendrait à satisfaire leurs jeunes ventres sans compter celui moins exigeant d'Ocllo. Quand Chimpu dormait à ses côtés, il avait cru sa vie tracée comme la route des étoiles. Puis toutes ses certitudes avaient disparu dans les remous de l'Urubamba. Il opina de la tête à la proposition d'Anas.

Venue des steppes du pays nazca,
la pluie s'abattit, quatre jours durant,
sur le Nombril du Monde

Dans les temples voués à Inti Illapa, les prières succédaient, en vain, aux sacrifices. Il devint impossible à Ocllo de poursuivre l'enquête. Elle sut que Roca continuait ses recherches aux Archives. Que cherchait-il ? Elle l'ignorait. Contrainte à l'inactivité par la furie des éléments, elle resta couchée, aux frontières du sommeil et du rêve, oubliant de se nourrir. Lorsque enfin le Dieu Soleil reprit possession du monde, elle se leva affamée, la curiosité en éveil, dans une bonne humeur seulement tempérée par sa nostalgie de Tupac et d'Anas. Elle engloutit plusieurs gâteaux de quinoa que sa sœur avait préparés pour elle puis descendit vers le quartier des potiers. Elle voulait parvenir à mieux cerner la personnalité d'Onitola, à préciser ce qu'elle avait fait durant les dernières heures avant sa disparition. Toute la journée, Ocllo visita des ateliers, interrogea des voisines, discuta avec l'astrologue que consultait la potière. Personne ne se souvenait avec précision de ses derniers gestes. Elle tenta d'aborder le sujet d'un possible avortement mais se heurta à un mur de silence. La jeune serve regagnait, perplexe, l'inspection criminelle quand un nouvel orage éclata. Les lampes à huile de l'éclairage public furent rapidement noyées, l'obscurité devint totale pendant que les rues en pente se muaient en torrents. Prisonnière de ce déluge, Ocllo dut s'abriter dans un temple où elle eut le plus grand mal à trouver le sommeil tant la foule qui s'y était réfugiée était nombreuse. Des commères se lamentaient sur le dérèglement du climat, des enfants pleuraient, des querelles éclataient autour des parties d'osselets, des musiciens jouaient en sourdine. On devinait à des mouvements obscurs, à des cris indistincts qu'une bagarre éclatait, qu'un vol venait d'être commis. Au petit jour, profitant d'une éclaircie, la jeune serve se mit en marche vers l'inspection criminelle. Des équipes de cantonniers et de couvreurs étaient déjà à l'œuvre, dégageant les obstacles apportés par les flots, s'affairant à regarnir les toits, à réparer lampes et ornements. L'immense place Huajaipata, fierté de l'Empire avec son sol de sable blanc apporté de l'océan par des caravanes de lamas, n'était plus qu'un lac de boue désolante. Ses bannières aux couleurs des peuples du Tahuanti pendaient telle une lessive dérisoire. Le corps las, Ocllo se glissa sous l'édredon d'alpaga où dormaient habituellement sa sœur et Tupac. À son réveil, une évidence s'imposa : selon tous ceux qu'elle avait interrogés, la victime était une artiste habile à cuire des pièces délicates, or elle n'avait vu aucun travail sorti de ses mains. Ocllo redescendit donc vers le quartier des potiers, cette fois bien décidée à rechercher des spécimens du travail de la potière. L'atelier semblait vide, elle entra. Le mari d'Onitola la surprit alors qu'elle ouvrait un placard.

— Que fais-tu là, qui t'a autorisée à fouiller l'atelier de mon épouse ?

— Mon maître, l'enquêteur impérial Tupac Hualpa m'a chargée…

— Ah oui, je te reconnais. Comment une yana peut-elle être l'assistante d'un totoyrikok ? Pas étonnant que les peuples vaincus dressent la tête, l'Empire va périr de tant de laxisme !

— Les Tacnas n'ont jamais été vaincus, nous sommes vos alliés depuis toujours.

— Silence jeune serve ! Depuis quand oses-tu répondre à un maître inca ? Ôte ton ascu, quelques coups de fouet te rendront moins insolente.

— Vous n'oseriez pas !

— Soumets-toi ou j'appelle mes commis.

Apeurée par cette menace, Ocllo commençait à dénouer son vêtement quand un jeune homme pénétra dans l'atelier. Il portait la tenue jaune et verte de l'administration des subsistances :

— Mon frère, arrête cette folie, tu sais que notre Empereur a donné les plus fermes instructions pour combattre la justice privée qu'il considère comme un des fléaux du Tahuanti. Or cette jeune femme n'est pas seulement la yana du respecté Tupac Hualpa, c'est sa concubine.

— Est-ce vrai ? demanda le potier avec inquiétude.

— Je dors avec lui.

— Pourquoi n'as-tu pas dit que tu étais à cet homme ?

— Je suis un être humain, non une femelle lama, je partage volontairement la couche de mon maître.

— Voilà où nous conduiront toutes ces réformes : les yanas ne veulent plus obéir, les femmes raisonnent. Tout cela finira mal.

Là-dessus, il sortit en maugréant.

— Excusez mon frère, ce n'est qu'un grossier manieur d'argile, souvent colérique mais rarement méchant.

— Vous connaissiez bien Onitola ?

— Je l'appréciais.

— Pourquoi ne trouve-t-on pas ses poteries ?

— Vous parlez de la cuisson colla je pense ?

— Celles qui lui valaient sa réputation.

— Elle les cachait de peur que son mari ne les vende avant qu'elle les trouve parfaites.

— Elle les cachait ?

Il eut un sourire enjôleur :

— Vouloir vous fouetter, quelle sottise ! Si vous quittiez cette belle ascu, j'aurais d'autres projets… Enfin, venez !

Ils descendirent un escalier, débouchèrent dans une cave où reposaient des dizaines de poteries non cuites.

— Voici le premier secret des potiers collas, laisser la terre au frais plusieurs lunes avant de la cuire, puis la frotter de talc pour l'assécher avant sa mise au four.

Il saisit une lampe à huile, se baissa, parut chercher quelque chose, la paroi s'ouvrit.

— Quizo ne s'est jamais aperçu que sa femme avait construit cette fausse cloison.

Dans la lumière dorée de la lampe, Ocllo découvrit le trésor secret d'Onitola. Il y avait là, rangées sur des rayonnages, des dizaines de pièces aux lignes parfaites et aux couleurs surprenantes : gobelets, timbales, bols, coupes, boîtes à fards, brûle-parfum, lampes à huile.

— Votre belle-sœur était une véritable artiste.

— Le bureau impérial des œuvres en était convaincu.

— Elle travaillait pour la Cour ?

— La qualité de son travail avait attiré l'attention de la favorite du Suprême. Apprenant cela mon frère est devenu fou de jalousie.

— Croyez-vous qu'il ait pu la tuer ?

— Certes non, il l'adorait.

— Je croyais qu'il la maltraitait ?

— L'un n'empêche pas l'autre !

Devant la perplexité manifeste d'Ocllo, le quipu-kamaoc ajouta :

— Mon frère admirait sa femme avec excès, il la voulait toujours à ses côtés et éclatait fréquemment de jalousie devant son talent et sa beauté.

— Votre qualité de frère vous égare, toutes les personnes que j'ai interrogées affirment que votre belle-sœur subissait son mari.

— Que savent toutes ces commères de leur vie conjugale ? Étant encore célibataire, je vivais souvent dans leur intimité, j'ai une vue plus exacte.

Quizo et Onitola étaient certes fort différents. Mon frère est d'une robustesse prodigieuse. Je l'ai vu enfourner trois jours et trois nuits durant sans dormir pour honorer une commande des armées. Hélas, c'est davantage un tourneur de cruches qu'un potier. Onitola était subtile, victime de fréquents accès de mélancolie. Beaucoup de gens admiraient ses dons. Pourtant, malgré ces différences, mon frère et sa femme vivaient davantage comme deux amants que comme des époux qui ne se sont pas choisis.

— Je ne vous crois pas.

— Priez pour que mon frère ne retrouve pas l'assassin de sa femme avant votre maître, sinon vous devrez constater que je disais la vérité.

Ocllo ne répondit pas et entreprit un examen minutieux du trésor de la potière. Cachés derrière un rang de gobelets somptueusement décorés de blanc et de rouge, elle découvrit des objets cylindriques qui lui parurent d'une fabrication plus grossière.

— À quoi cela sert-il ?

Le quipu-kamaoc saisit une des poteries qui avaient attiré la curiosité d'Ocllo, l'observa attentivement et demanda d'une voix amusée :

— N'avez-vous jamais vu une chose semblable ?

— Non !

— Imaginez-la dans d'autres circonstances et d'une autre couleur…

Comme elle demeurait dubitative, il approcha la poterie d'une lampe à huile. Ocllo découvrit un sexe d'homme modelé dans la terre brune. Alors que les productions d'Onitola tiraient une part de leur beauté de leur ornementation, celle-ci n'avait pas été peinte mais simplement enduite d'une matière luisante. En la portant à ses narines, Ocllo reconnut le parfum de la graisse de vigogne. Évitant le regard moqueur du quipu-kamaoc, elle glissa dans sa poche le pénis d'argile.

Pendant son retour vers Cuzco le Haut, Ocllo ne put se défaire de l'impression d'être suivie. La pluie s'était apaisée, cependant les nuages étaient si bas que les sommets des cordillères semblaient avoir disparu. Bien que le jour n'eût guère dépassé le milieu de sa course, la nuit paraissait proche. Comme elle frissonnait, sans parvenir à démêler si c'était de froid ou de crainte, elle entra dans une tambo pour se réchauffer. L'infusion était bouillante, l'aubergiste aimable et discrète. Cachée derrière un pilier, Ocllo resta un long moment à observer la rue. Elle vit passer des mères de famille encombrées de marmaille, deux charpentiers portant une poutre, quelques prêtres couronnés de plumes, des militaires javelot à l'épaule et, bien sûr, quantité de paysans charriant des légumes ou des sacs de grains, mais personne qu'elle pût identifier comme un poursuivant. Ocllo avait déjà secondé son maître dans trois affaires de meurtres qui avaient, toutes trois, débouché sur la révélation de drames domestiques et l'arrestation de proches des victimes. L'arrogance de Quizo faisait de lui le suspect idéal. Cependant, du point de vue de l'environnement du crime, méthode que Tupac prisait et qu'il avait entrepris de lui enseigner, elle devait reconnaître que la culpabilité du maître potier n'était pas évidente. Il n'avait pas de mobiles matériels, la mort de son épouse le privant même des ressources que l'exceptionnelle qualité de son travail lui apportait. Enfin, alors qu'il existait dix moyens discrets pour se débarrasser d'un corps, le cadavre avait été déposé, de manière provocante, dans l'enceinte sacrée de Coricancha. L'esprit en ébullition de tant de questions, Ocllo se décida à quitter l'abri de la tambo. Elle s'attarda devant un étal pour observer si on la suivait. N'ayant rien vu de suspect, elle monta vers Cuzco le Haut par la nouvelle avenue des Peuples Unis, chemin plus long mais plus sûr que les ruelles du quartier des tisserands. Lorsqu'elle passa devant le siège de la guilde des marchands de guano — la célèbre maison aux condors —, il lui parut qu'un homme la suivait. Elle profita du marché aux fruits pour se mettre à courir et déboucha, essoufflée, sur la place aux trois fontaines, face à l'Inspection criminelle impériale. Son inquiétude fit place à la joie : une vingtaine de bêtes emplissaient le parc à lamas, Tupac et Anas étaient de retour !

*

Venue de l'océan lointain, la tempête secouait les volets de bois. La pluie roulait monocorde sur les toits. Le feu s'était éteint depuis longtemps. Blotties l'une contre l'autre sous un édredon,

Ocllo et sa sœur poursuivaient leur conversation à la lueur d'une lampe à huile.

— Je ne comprends pas pourquoi tu as insisté pour installer cette fille dans la maison et le lit de notre maître.

— J'ai pensé que si elle restait au village sa vie serait menacée, répondit Anas.

— Tu l'as déjà dit, loin de moi de te reprocher ton bon cœur, mais Cuzco ne manque pas de lieux d'accueil pour les jeunes villageoises.

Une patrouille traversa la place des trois fontaines, le sergent pesta contre le chantier mal signalé. Les deux sœurs écoutèrent les galoches des miliciens claquer sur les dalles, la voix de l'officier, maudissant les terrassiers peu consciencieux, se dissoudre dans la ville endormie. Anas sourit :

— Il était vraiment mécontent !

Elle hésita, baissa la tête comme lorsque enfant elle devait annoncer à Ocllo son aînée une bêtise qu'elle venait de commettre.

— Je voudrais savoir qui de nous ou de Tupac est stérile.

— Pardon ?

— Tu as très bien compris. Nous sommes ici depuis près de deux années. Notre maître me prend presque chaque jour et te possède au moins une fois par semaine. Pourtant, aucune de nous deux n'est enceinte.

— Crois-tu que nous sommes stériles ?

— Possible, Tupac a eu trois enfants de Chimpu.

— Cela ne m'avait pas préoccupée. Je pensais que tu étais encore bien jeune et moi trop indifférente au lit.

— Peut-être as-tu raison, je suis nubile depuis quatre ans seulement et toi tu es…

— Dis-le : nouée…

Ocllo ne termina pas sa phrase. Cuzco gémissait sous le vent et l'orage. Dans les profondeurs de la maison quelqu'un pleurait. Anas se leva, prit la lampe à huile.

— Pinca ?

Les sanglots redoublèrent. Anas s'avança dans le halo de lumière, elle distingua la jeune paysanne, accroupie sur le sol.

— Tu vas prendre froid !

Pinca installée sous un édredon, il fut possible d'en obtenir un récit cohérent. En la découvrant, couchée dans son laboratoire, Tupac lui avait aimablement signifié qu'il ne voulait pas d'elle comme concubine.

— Il a dit qu'à la mort de sa femme, il avait perdu goût à la vie, que Viracocha a provoqué votre rencontre et qu'il a réappris à vivre.

— Il a dit ça ?

— Oui, j'ai dit cela ! répondit la voix douce de Tupac.

— Tu nous écoutais depuis longtemps ? interrogea Ocllo.

— Je viens de me réveiller. Ne trouvant pas Pinca, j'ai pensé qu'elle était vers vous. J'ai résolu de demander à l'Empereur de vous libérer de la servitude. Je voulais en parler à Anas, durant le voyage. Mais nous avons rencontré Pinca et ta sœur m'a convaincu qu'elle était en danger en restant au village.

Pinca, ayant séché ses larmes, regardait Tupac avec attention. Il poursuivit pour elle :

— Jusqu'à présent ta vie a été celle d'une jeune paysanne, elle va changer. Lorsque l'enquête sera terminée, que tu ne seras plus menacée, tu devras apprendre un métier qui te permette de vivre à Cuzco, puis tu choisiras un mari.

— Je pourrai choisir mon époux ?

— Si tu deviens artisane ! Nous te conduirons à Mama Tami une astrologue très experte dans les choses du cœur.

— Il m'est arrivé trop de choses en si peu de temps, je ne sais que répondre à ta générosité, Tupac !

— Alors va dormir et faisons tous de même car demain Roca et Cusi arriveront tôt.

Une fois seuls, Anas et Tupac ôtèrent leurs vêtements. Avec la même joie que chaque soir, Tupac regarda la jeune femme dénouer son ascu. Sa peau couleur de mangue rayonna dans la pénombre, sa touffe sombre aux reflets bleutés lui parut, une nouvelle fois, une promesse de délices. Il restait encore dans la pièce un peu de la tiédeur du feu. Les deux amants demeurèrent nus, en face l'un de l'autre. Des larmes de bonheur brillaient dans les yeux d'Anas. Elle observa Tupac, songea qu'elle désirait ce corps rond et robuste, qu'elle voulait cette peau douce au teint de cuivre clair, qu'elle était submergée de tendresse devant les replis de ce ventre sur lesquels elle aimait tant s'endormir, tiède et mouillée, après le soleil fou de la jouissance. Avant de se blottir contre lui, dans un soupir heureux, elle eut encore le temps de se souvenir de ses mains caressantes, de sa patience dans l'amour, de la connaissance instinctive qu'il possédait des chemins parfois inattendus de son plaisir de femme.

*

Au matin, comme de plus en plus fréquemment après le miracle de leur communion amoureuse, Anas et Tupac eurent envie de prier : la jeune femme pour remercier Viracocha de l'amour partagé qu'elle sentait s'installer entre eux, lui pour avoir permis que la tendresse de sa yana commence à éteindre l'insupportable douleur de la mort de Chimpu. Songeant que la recherche des assassins d'Onitola avait aussi bien besoin de protection divine, l'enquêteur impérial réunit donc pour la prière tous ceux qui étaient présents à l'inspection criminelle : Anas et Ocllo, Pinca, Ninancoro, Roca et une demi-douzaine de miliciens, souvent accompagnés de leurs épouses. Une lumière grise pénétrait dans la pièce par la porte et avec elle le roulement obsédant de la pluie. L'enquêteur impérial s'inclina devant la statue d'argent de Viracocha, jeta une poignée de poudre à offrandes sur le feu sacré. Il y eut un crépitement qui surprit Pinca. La lumière du brasier devint incroyablement blanche. Elle ferma les paupières. Un parfum de fleurs séchées flottait dans la salle. Une main tiède saisit les doigts de la jeune paysanne.

— Ô créateur du monde, principe de toute vie, accorde à tes serviteurs ta protection et ton soutien. Maintiens-les dans la voie de la vérité et écarte de leur chemin l'orgueil et la suffisance. Donne-leur le discernement, la sagesse et la compassion !

Au son de la voix de Tupac, Pinca rouvrit les yeux. Face à l'autel de Viracocha, tous les participants avaient formé une chaîne humaine. Roca, mince sous sa coiffure de quipu-kamaoc, lui tenait la main en souriant. Elle se sentait à la fois heureuse et désorientée. Au village, on ne priait qu'Inti, le Dieu Soleil. Elle avait peu entendu parler de la nouvelle religion, la seule chose qu'elle en connaissait était le fait que les femmes pouvaient être prêtresses. Les doigts chauds de Roca quittèrent les siens, elle en eut comme un regret.

— Allez dans la paix et la justice ! conclut Tupac.

Le groupe allait se disloquer quand Anas prit la parole :

— Je ne suis qu'une cuisinière, vous me surpassez tous en doctrine, pourtant, si mon maître le permet, j'aimerais que nous priions aussi Inti et les anciens dieux de l'Empire, ceux qui ont veillé sur la naissance du Tahuanti.

Tupac ayant approuvé de la tête, Anas s'adressa à Pinca :

— Sœur, veux-tu les évoquer ?

— Moi ?

Tous les regards avaient convergé vers la jeune paysanne.

— Oui, toi ! dit l'enquêteur impérial.

Pinca hésita un instant avant de commencer :

— Inti, Soleil des puissants et des humbles, apporte-nous la prospérité et une nourriture abondante ! Défais nos ennemis et donne-nous la force de les écraser ! Et toi Inti Illapa donne à tes serviteurs la pluie douce dont ils ont besoin mais épargne-leur le feu du ciel, les inondations, la grêle brûlante et la neige glacée aux pieds des voyageurs.

— Ô Soleil père des humains, ne permets pas aux démons des éléments de retarder notre enquête, une femme est morte et ce crime doit être réparé, ajouta Tupac.

À ce moment, il chercha du regard Ocllo mais elle avait quitté la pièce. Il allait interroger Anas sur le départ de sa sœur quand le lieutenant Cusi entra. Proche de la quarantaine comme Tupac, originaire du pays Chimu, presque aussi large que haut, Cusi jouissait d'une grande renommée dans la milice de Cuzco. Sa robustesse était légendaire, son succès auprès des femmes aussi, tant son visage taillé à la serpe pouvait se parer d'un indéniable charme lorsqu'il souriait. Tupac et lui avaient eu l'occasion de s'apprécier au cours de précédentes enquêtes. Officiellement le rôle de Cusi se limitait à assurer la protection des enquêteurs, pourtant Tupac savait pouvoir compter aussi bien sur son esprit d'observation que sur sa connaissance étendue des astres et de leurs influences. Le lieutenant ferma la porte avec précaution comme s'il voulait contenir quelque esprit malfaisant, puis s'adressant avec familiarité à l'enquêteur impérial, demanda :

— Où en sommes-nous ?

— Roca, veux-tu faire le point.

Le jeune quipu-kamaoc redressa sa longue silhouette, salua d'un regard Pinca qui s'éloignait en compagnie d'Anas et commença son exposé :

— L'inspection criminelle a été saisie, de manière non officielle, de la disparition d'une potière dénommée Onitola. En effet, le beau-frère de cette personne et moi-même avons fait nos études ensemble. Lorsqu'on m'a prévenu qu'elle avait disparu depuis trois jours, j'ai amené ici son mari. L'enquête a commencé immédiatement. La disparue était une potière colla très douée dont le travail avait attiré l'attention de la favorite du Suprême. Elle attendait un nouvel enfant. Grâce à Jaya, nous avons trouvé sa trace et découvert une flaque de sang séché dans l'ancien aqueduc. Lisant le sang, Tupac est arrivé à la conclusion qu'il s'agissait d'un sang de lune. Onitola ne pouvant avoir de règles à cause de sa grossesse, elle avait donc été victime d'un avortement spontané ou volontaire. Le lendemain Jaya partant du harem du Suprême retrouvait à nouveau sa piste et nous conduisait à Coricancha : on venait d'y retrouver le cadavre d'Onitola.

— La volonté de sacrilège était évidente, poursuivit Tupac. Son corps nu avait été disposé au pied de l'autel aux offrandes dans une posture impudique. Elle tenait, serrée dans la main, une pointe de flèche en obsidienne marquée d'un jaguar et de cinq étoiles.

— Un jaguar et cinq étoiles ? demanda Cusi d'une voix attentive.

— Connais-tu ce dessin ?

— Je ne crois pas.

— Tu pourras l'examiner, affirma Tupac. Il ne semble pas avoir été déposé au Conservatoire Impérial des Symboles de Sacsahuaman.

— À partir de là, une série d'événements se sont produits. Ninancoro nous a démontré qu'Onitola était morte d'une hémorragie et non étranglée comme on avait voulu le faire croire. Alors que je cherchais des informations aux archives, on m'a espionné. Pour protéger sa fuite, l'espion m'a jeté une mygale. Je frémis encore au souvenir de cette horrible bête…

Tupac continua le récit :

— Roca ayant découvert aux archives l'intérêt qu'un ingénieur militaire nommé Anquimarca portait à la victime, je suis monté à Pisac pour l'interroger. Cet ingénieur s'est révélé être le frère de lait d'Onitola. Je le crois hors de cause, cependant il m'a paru se troubler lorsque je lui ai fait voir la pointe de flèche. En revenant de Pisac une délégation villageoise a voulu me rencontrer. Trois de leurs jeunes mariées, toutes enceintes, avaient disparu. Pinca, la jeune paysanne qui était tout à l'heure avec nous, a aperçu deux militaires inconnus près du lieu où ont été vues, pour la dernière fois, les disparues. Elle y a aussi trouvé ce poignard de bronze.

Il tendit l'arme à Cusi qui l'examina, sans faire de commentaires.

— Leur sinchi, un brave homme, avait normalement signalé ces grossesses, tant au chef de vallée qu'à l'administration centrale de la population à Cuzco. Nous avons retrouvé les quipus déclaratifs. Ce même sinchi nous a envoyé un quipu qui ne nous est jamais parvenu, dit Tupac.

— À Coricancha, poursuivit Roca, les prêtres semblent convaincus que le sacrilège est l'œuvre du clergé de Viracocha.

— Le gouverneur est inquiet pour la paix publique d'autant que l'Empereur et le Prince héritier Canchari sont partis à Tambo Machaï.

— La population s'alarme de savoir Pachacuti et sa famille partis prendre les eaux durant la saison humide. Beaucoup craignent que les astrologues de l'Empereur rendus aveugles par l'opacité des cieux ne lui conseillent des actes erronés, dit Cusi.

— On murmure même que le prince Canchari serait mourant et qu'à cause de cela le ciel est devenu noir, affirma Ocllo.

— Que je sache les pluies reviennent chaque année ! dit Roca.

— Elles sont exceptionnelles cette saison et ceci ne va simplifier ni notre enquête ni notre compréhension des désirs divins, affirma Tupac.

— Que penses-tu faire ? demanda Cusi.

— Envoyer des courriers dans les villages proches de la circonscription de Cuzco pour savoir si d'autres événements insolites se sont produits. Puis continuer l'enquête sur la personnalité et la vie d'Onitola.

Soudain, une bourrasque ouvrit la porte avec fracas. Tous sursautèrent. Dehors la lumière était toujours aussi grise, la pluie toujours aussi violente. Un milicien se précipita pour refermer. Dans le calme retrouvé, l'enquêteur impérial déclara close la réunion.

*

Lassé de jouer avec ses femmes, le Suprême sortit de l'eau tiède, s'immobilisa sur le rebord de pierre de la piscine couverte et attendit les yanas chargées de le vêtir. Il resta ainsi quelques instants, dans sa nudité sculpturale, à contempler Cuzco sous la pluie. La rumeur faisait du frère de l'Empereur le plus bel homme du Tahuanti. En l'observant ce matin, Xo sa favorite dut reconnaître que c'était vrai. Il possédait un corps de guerrier accompli, harmonieux, fuselé, avec des cuisses robustes capables de parcourir les longues étapes des routes impériales, un poitrail apte à porter le bouclier, des mains agiles pour manier le glaive ou tirer à l'arc. Son visage était tout aussi saisissant avec ses pommettes apparentes, ses immenses yeux noirs au magnétisme puissant et ses oreilles distendues par des bijoux d'or en forme d'étoiles. Avant que ses yanas lui passent son uncu de vigogne mauve incrusté d'améthyste, Xo eut encore le temps d'admirer son sexe long et sombre. Lorsque, d'un geste nonchalant, il caressa le ventre d'une jeune serve enceinte, une bouffée de jalousie la submergea ! À ce moment Sotaurco, l'intendant du harem, arriva. Ce métis mi-inca mi-chachapoya régnait à la fois sur le gynécée du Suprême et sur son réseau d'espions. Ce matin, revenant d'une filature, il portait encore une banale cape grise de charpentier. Toutefois, en arrivant au Palais, il avait fait coiffer à nouveau ses cheveux, réaffirmant ainsi son rang par le port de l'ilautu*, cette tresse enroulée autour du crâne que seuls pouvaient arborer les dignitaires de l'Empire. Il traversa rapidement la salle pavée de céramiques multicolores. Sans se retourner, le Suprême perçut son arrivée :

— Cette pluie m'exaspère !

— Beaucoup la réclamaient.

— Soucis de paysans ! Tant d'événements me contrarient en ce moment. Pourquoi n'est-ce pas une patrouille ordinaire de la milice qui a été appelée à Coricancha ?

— Les enquêteurs impériaux sont arrivés par eux-mêmes, conduits par leur guenon. Cet animal peut retrouver n'importe quelle piste.

— Tu devrais mieux surveiller les guenons, dit Xo en riant.

— Tu es là ma belle ! Que ta venue me fait plaisir !

* ILAUTU : tresse de différentes couleurs, symbole de l'aristocratie.

— N'as-tu donc point été satisfait de ta nuit ?

Il la regarda avec bienveillance :

— Xo, ma préférée, tu as grand tort de te rendre malade de jalousie pour cette petite princesse chimu que j'ai dû besogner sans plaisir.

— Alors renvoie-la à son père !

— Je ne crois pas être en mesure de me mettre à dos l'aristocratie chimu.

Elle baissa la tête, en elle se combattaient la conscience des enjeux et son incapacité à supporter l'arrivée d'une nouvelle concubine. Capac Yupanqui la saisit par les épaules. Leurs regards se croisèrent, celui sombre du frère de l'empereur et celui si étonnamment clair de Xo. Le Suprême respira l'odeur de sa favorite, parcourut des doigts cette peau blanche qui l'avait ensorcelé. Il eut envie de la coucher sur les dalles, de la prendre devant ses autres femmes, devant cette perruche chimu qu'une nécessaire alliance avait jetée dans sa couche. Xo dut sentir cela car, se détachant, elle murmura :

— Ce soir…

— Je dois encore assister à une fête donnée cette fois par le régiment de marche de Sillustani.

— Emmène-moi !

— Tu sais bien que la fille du général commandant ce régiment compte parmi mes concubines.

— Je ne connais que trop le nombre de tes régiments, des provinces de l'Empire, des innombrables peuples fédérés et de toutes leurs filles !

Ne sachant que lui répondre, il choisit de questionner à nouveau Sotaurco ce qui mit Xo de mauvaise humeur :

— Tes espions ont-ils appris du nouveau sur l'état de santé du prince Canchari ?

— Rien, je ne suis jamais parvenu à placer personne dans le premier cercle. La Coya surveille elle-même le recrutement des servantes qui viennent quasiment toutes du même village.

— Alors que faire ?

— S'en tenir au plan prévu, le jeune prince est très malade.

— Mon frère peut engrosser la Coya d'ici peu, les eaux de Tambo Machaï sont réputées.

— Encore faudrait-il qu'il l'honore fréquemment… On dit qu'il est très attaché à une nouvelle concubine, une musicienne d'un talent exceptionnel.

— Renseigne-toi sur elle ! ordonna le Suprême.

— En outre, rien ne dit que l'Impératrice gardera son fruit, elle les a tous perdus ces dernières années, dit Xo pour se mêler à leur conversation.

— Et toi, es-tu prête ?

— D'autres femmes sont arrivées.

— Où sont-elles ?

— À Choque-Colahu, comme convenu.

— L'endroit est commode mais il n'est pas sûr que ce soit prudent. Anquimarca est un bâtisseur de talent, hélas c'est aussi un homme de vertus.

— Je le croyais à Pisac.

— La rénovation l'occupe mais Choque-Colahu est son œuvre, je ne peux lui en interdire l'accès.

— Ces femmes ne serviront à rien si tu te disperses trop.

— Après cette fête nous partirons, toi et moi.

— Qu'Inti t'entende, mon prince ! répondit Xo d'une voix faussement enjouée.

*

Depuis trois jours Zambiza et les soldats cherchaient l'argile parfaite, la seule permettant de confectionner les moules du disque d'or dans la chaîne du Salcantay, trois jours de marche harassante sous une pluie glacée, avec pour seuls viatiques des pommes de terre séchées, trois nuits où il fut impossible d'allumer un feu à cause de la folie du ciel. Durant la première journée, les hommes du régiment de Sillustani avaient souri du jeune berger devenu fondeur. Selon leur expérience, il ne tarderait pas à s'écrouler, victime des roches coupantes, des brumes impénétrables, de l'eau glacée s'insinuant dans des vêtements impossibles à sécher, de l'angoisse que distillait la montagne. Qu'il ait repris la marche au matin du deuxième jour les avait stupéfiés, ils avaient mis sa détermination sur le compte de la peur. S'il n'arrivait pas à fondre le disque, il serait exécuté. Aussi, lorsqu'ils atteignirent la première argilière crurent-ils que leur calvaire se terminait. Zambiza était resté un long moment devant la veine, l'avait humée, pétrie, malaxée, soupesée, pour finalement conclure :

— Ce n'est pas celle-ci, il faut monter plus haut !

Ils avançaient à travers des pierriers interminables. Parfois, le brouillard s'entrouvrait brusquement pour les laisser apercevoir la silhouette menaçante du grand Salcantay, inaccessible repaire des Dieux. Des grondements parcouraient les vallées, des mugissements semblaient surgir du néant. Le vieux sergent commandant le détachement avait ordonné de puiser dans les réserves de torches, les flammes jaunes du salpêtre rassuraient les hommes, mais leurs regards butaient sur le mur de la brume.

— Nous allons nous perdre, maître fondeur !

— Souviens-toi des ordres : tout doit être mis en œuvre pour réaliser le disque d'or.

— Le souffle me manque. Nous ne pouvons pas continuer à monter, plus haut c'est le royaume des morts.

— Je compte y rejoindre mon père pour solliciter ses conseils.

À ce moment, les premiers flocons commencèrent à tomber.

— Il faut redescendre.

— Je dois trouver l'argile parfaite.

Ému par cette ténacité, le sergent proposa :

— Nous allons rebrousser chemin avant la nuit pour essayer de revenir à la falaise que nous avons longée en fin de matinée. On y trouve des grottes, nous passerons la nuit et pourrons allumer un feu. Pour la suite, nous aviserons demain matin.

Zambiza approuva sans discuter. La descente fut terrible. La neige leur collait aux pieds, un homme se brisa la jambe, il fallut le porter pendant qu'il hurlait de douleur. Lorsqu'ils atteignirent enfin le refuge des grottes, plusieurs soldats souffraient d'engelures :

— Dire que j'ai eu si chaud dans les forêts de l'Anti ! murmura le sergent.

Ils firent des feux où grillèrent pommes de terre bleues et épis de maïs, séchèrent leurs pelisses détrempées, se réchauffèrent les membres, se rassurèrent. Hormis le fracas lointain des avalanches, leur sommeil fut calme. Au matin, Zambiza sortit le premier de la tiédeur de la grotte. La surprise le cloua sur place. Il avait neigé toute la nuit, le massif n'était plus qu'un désert de dunes blanches. Même les pentes du grand Salcantay semblaient adoucies. Un silence infini avait pris possession du monde.

— Avais-tu déjà vu tant de neige ? lui demanda le vieux sergent.

— Je n'étais jamais monté aussi haut ! Crois-tu que dans l'Anti, il fasse chaud aujourd'hui ?

— Certes et la vermine doit toujours y grouiller ! Je ne sais ce que je déteste le plus du froid de ces montagnes ou de la torpeur étouffante des forêts.

— Toi qui as tout connu de l'Empire, qu'as-tu préféré ?

Surpris par la question, le vieux militaire réfléchit avant de répondre :

— Le Dieu Soleil s'endormant dans les flots du Titicaca, les plages blanches du pays tacna et, bien sûr, Cuzco et ses fontaines, surtout les nouvelles, celles du Cercle du serpent. Il en existe douze, de douze couleurs de pierres différentes, trois par province de l'Empire.

— J'espère les voir un jour ! En attendant, je ne sais que faire, dit Zambiza, comment trouver l'argilière dont parlait mon père ?

— Je vais te donner un guide, un montagnard, le seul de mes hommes qui connaisse vraiment ces immensités. Notre troupe va attendre là. Si quelqu'un peut trouver l'argile que tu cherches, c'est lui.

— Et après ?

— Tu veux dire, si vous trouvez la veine ?

— Comment ramènerons-nous la terre au village, nous avons marché trois jours.

— Prie Inti Illapa, lui seul peut quelque chose pour toi. Si la neige s'arrête tout deviendra possible : par beau temps, une caravane de lamas peut nous rejoindre en deux jours.

— Pourquoi le Suprême veut-il offrir un nouveau disque d'or à son frère l'Empereur ?

— Tu te poses trop de questions, jeune fondeur, ce qui préoccupe les puissants n'est pas souvent compréhensible.

Zambiza et son guide partirent sous un ciel bas, il ne neigeait plus mais Inti n'arrivait pas à franchir la barrière des nuages. Des heures durant, les deux jeunes gens montèrent à travers le pierrier maintenant recouvert d'une blancheur qui en dissimulait les pièges. Le guide paraissait se jouer de la pente, des pierres coupantes, de l'air froid. Parfois il s'arrêtait sans un mot pour attendre le fondeur puis, lorsque Zambiza l'avait rejoint, indiquait d'un geste de son bâton leur prochain objectif. Le jour déclinait lorsqu'une avalanche se déclencha sur les pentes du grand Salcantay. Zambiza observa l'énorme masse qui se détachait de la montagne et s'engouffrait vers les abîmes dans un grondement effrayant.

— Espérons que personne ne se trouvait dans le couloir ! dit le guide.

Depuis qu'ils avaient quitté l'abri de la grotte, c'était la première fois qu'il ouvrait la bouche. Jusqu'à présent le jeune fondeur avait respecté le silence de son compagnon, sa curiosité fut la plus forte :

— Des gens habitent ici ?

— Nous allons les rejoindre.

— Qui est-ce ?

— Mon peuple, ils doivent hiverner dans la haute vallée. Bon endroit pour passer l'hiver, on y trouve de l'eau, du bois et du gibier. J'étais enfant quand un homme d'en-bas est arrivé à notre camp cherchant l'argile parfaite. Je crois que c'était ton père.

— Mon père serait venu chez les tiens ?

— Il ne t'en a jamais parlé ?

— Il m'a seulement dit de monter, monter toujours, monter encore sur les pentes du petit Salcantay et lorsque j'atteindrai la falaise noire, je trouverai l'argile parfaite.

— Nous appelons cette falaise la Mère de la nuit, mes frères nous y conduiront.

— Pouvons-nous arriver à leur campement ce soir ? demanda Zambiza. Je suis si impatient !

— Je ne crois pas, nous devons trouver un abri, allumer un feu.

Ils marchèrent encore un moment avant d'atteindre un creux de terrain cerclé d'énormes pierres.

— J'avais peur de ne pas le retrouver, dit le guide.

— Ce sont les tiens qui ont préparé cet abri ?

— Bien sûr ! La montagne est notre mère, une mère terrible et pourtant généreuse.

Disant cela, il gratta la neige, des écorces apparurent et en dessous du bois sec. Ils firent un feu, avalèrent quelques galettes d'intendance délicieusement chaudes et s'endormirent. Le rugissement effrayant d'un félin réveilla Zambiza, il se demanda si la bête était vraiment proche ou s'il avait rêvé qu'un fauve se préparait à attaquer les lamas de son oncle. Le feu brûlait toujours, son guide y jeta du petit bois, les flammes crépitèrent.

— Un puma des neiges ! Normalement il n'attaque pas les hommes, hélas celui-ci paraît très affamé. Tant que les flammes dureront, nous ne risquerons rien, après nous devrons peut-être l'affronter.

Une vague de désespoir submergea Zambiza, ils étaient perdus dans une immensité glacée, menacés par un fauve. Le disque d'or s'éloignait de plus en plus, les soldats n'auraient pas besoin de l'exécuter, le puma les aurait dévorés avant. Avec le jour, les grognements redoublèrent d'intensité. La bête était toute proche, derrière le cercle protecteur des rochers. Le guide sortit de sa besace une pointe d'obsidienne terriblement effilée et la fixa au manche d'une lance.

— Nous allons nous adosser aux plus hautes roches, s'il veut nous attaquer, il devra le faire de face.

À ce moment, le puma blanc apparut devant eux. Il grimpa sur un rocher, se prépara, hésita, se retourna. Quelque chose l'avait inquiété. Il était en position de saut quand une flèche l'atteignit au flanc. Le fauve poussa un rugissement où la rage le disputait à la douleur.

— Attention, il est furieux !

Le guide tenait sa lance tendue dans l'attente du choc, il ne survint pas. Une deuxième flèche toucha l'animal en plein cœur.

— Ouptaka, Ouptaka !

Vêtus de fourrures des pieds à la tête, trois guerriers arrivaient. Ce fut un déchaînement de joie, ils sautaient et criaient comme des enfants, dans une langue que Zambiza ne connaissait pas. Quand le guide put enfin s'échapper des embrassades, il annonça simplement :

— Mes frères, ils pistaient ce puma depuis trois jours. Il s'était trop approché du camp. Nous ne laissons jamais un fauve rôder près des enfants.

Dans l'après-midi, après qu'ils se furent réchauffés de soupe d'herbes et restaurés de viande grillée, le guide et ses frères conduisirent Zambiza à la Mère de la nuit. Longue d'un bon millier de pas, la falaise noire dominait un précipice. Une veine d'argile blanche incongrue la parcourait telle la lumineuse marque d'Inti sur le sombre monde d'en-bas. Le jeune fondeur tomba à genoux sur la neige en balbutiant des mots sans suite.

*

Au fur et à mesure que des chasquis apportaient les résultats de l'enquête diligentée dans les villages entourant la Capitale, l'humeur de Tupac Hualpa s'assombrissait. L'enquêteur impérial et ses collaborateurs s'étaient installés dans la salle de commandement de la Milice pour attendre les réponses des chefs de village à leurs questions : des jeunes femmes avaient-elles disparu ? combien ? de quels âges et quels statuts ? Attendaient-elles un enfant ? leurs grossesses avaient-elles été régulièrement déclarées ? Avez-vous prévenu l'inspection criminelle de ces disparitions ? si oui, quand et comment ?

Située au centre de Cuzco, en haut d'une tour carrée, la salle dominait la ville et permettait d'en surveiller l'activité. Au centre de la pièce, une maquette de terre cuite de vingt pieds sur vingt représentait le site du Nombril du Monde. La capitale du Tahuanti y avait été modelée à l'échelle avec ses places, ses rues, ses temples, ses palais, ses jardins, ses rivières et le départ des quatre routes principales de l'Empire. La campagne environnante avait été aussi précisément reproduite avec les monts, les vallées, les plaines et les fleuves. Les artistes géographes avaient également indiqué le réseau des aqueducs et l'emplacement des bourgades et villages. Lorsqu'il eut déchiffré le quipu que venait de lui remettre le septième chasqui de la poste impériale, un géant débonnaire à peine essoufflé par sa course, Tupac se tourna vers Ocllo :

— Bourg de Sapnima, trois jeunes femmes disparues, toutes trois paysannes, jeunes mariées et enceintes. Leur sinchi nous avait envoyé un quipu.

La yana planta trois petits oriflammes blancs, à l'emplacement du village de Sapnima, à deux jours de marche, au nord-ouest de la Capitale.

— Déjà quinze disparitions recensées, fit observer le lieutenant Cusi.

— Nous sommes face à une opération bien organisée, nécessitant de multiples complicités, commenta Roca.

Tupac Hualpa ne répondit pas à son quipukamaoc. Il contemplait Cuzco sous la pluie. Son regard glissait sur les temples, les palais, les bâtiments administratifs, les bains, les parcs. Bêtes et gens en grand nombre hantaient rues et places, malgré le mauvais temps. L'harmonie profonde de l'immense cité s'imposa à lui une nouvelle fois. Pourtant, il avait le pressentiment que quelque chose d'infiniment grave se tramait derrière cette apparence paisible. Dans sa carrière d'enquêteur, Tupac avait affronté bien des visages du crime. Il avait démasqué des oncles incestueux et des beaux-pères cruels, arrêté des épouses empoisonneuses, mis en prison quelques parricides et de nombreux maris jaloux. Leurs mobiles ne lui étaient pas toujours apparus clairs. Cependant, il avait pu rattacher ces crimes à la banalité des déraisons humaines. Cette fois, face au cadavre d'une potière jetée nue au cœur de Coricancha, au cœur de l'Empire, son intelligence s'était mise en alerte. La disparition de tant de jeunes femmes enceintes lui apportait confirmation de la justesse prémonitoire de son intuition. Il entendit des pas sur le carrelage de grès, s'arracha à la contemplation de la ville.

— Un huitième chasqui, maître !

Il se retourna. Le messager attendait immobile. C'était un très jeune homme, à la finesse presque féminine.

— Quipu provenant du village de Lamoti, respecté enquêteur impérial, dit le chasqui en lui tendant le message de cordes tressées.

Tupac effleura les premiers nœuds : trois jeunes mariées avaient encore disparu. Il donna le quipu à Roca pour qu'il poursuive le déchiffrement. À ce moment, Anas entra essoufflée dans la salle de commandement. Elle lui sourit et s'exclama familièrement :

— Que c'est haut !

Il eut envie de la serrer contre lui, de l'embrasser, de lui ôter cette ascu rouge qui mettait si bien en valeur sa peau douce, de la chérir pour la beauté de son corps et la bonté de son cœur. Une odeur délicieuse de cannelle et de bananes frites s'échappait d'un panier de joncs qu'elle posa sur le sol. Tupac Hualpa s'adressa au jeune chasqui :

— Veux-tu manger avec nous mon garçon ?

— Merci, cela sent très bon !

Lorsqu'ils eurent terminé de déguster toutes les merveilles : sandre à l'ananas, purée de pommes de terre jaunes au lait de lama, bananes confites aux épices douces qu'avait confectionnées la jeune yana, il y eut un moment de calme où l'on n'entendit que le bruit de l'averse sur la toiture de chaume. Cusi et Roca étaient descendus à la recherche d'une cruche de maté. Ocllo regardait tomber la pluie, Anas avait posé la tête sur l'épaule de Tupac. Un moment, l'enquêteur impérial se sentit merveilleusement bien. Puis le pas rapide du neuvième chasqui grimpant l'escalier brisa cette paix éphémère. Il se leva pour accueillir le messager. Roca et Cusi avaient dû eux aussi l'entendre car ils entrèrent sur ses pas. Roca saisit le quipu.

— La même chose ? demanda Tupac.

— Non, aucune disparition signalée.

— D'où vient ce message ?

— Peroki.

— Voilà, je l'ai trouvé, dit Ocllo, que dois-je faire ?

— Mets un oriflamme bleu.

Lorsqu'elle l'eut placé, les enquêteurs observèrent la maquette d'argile. Un cercle de drapeaux blancs, signalant les disparitions, s'était formé autour de Cuzco dans trois directions du zodiaque. Seul l'est, la direction des forêts immenses et des fleuves sans fin de l'Anti, était marqué de bleu. Tupac Hualpa se tourna vers Cusi, dont les connaissances en astrologie étaient aussi réputées dans la milice que ses succès féminins, pour demander :

— À quelle constellation correspond actuellement la direction de la province d'Anti ?

— Le jaguar !

— Il faut informer le gouverneur, le mieux serait qu'il vienne ici.

— Je vais le prévenir, dit Cusi.

Lorsque Manco arriva, le soleil approchait de son déclin. On avait allumé des torches de salpêtre qui projetaient une lumière vive sur la maquette. Deux autres chasquis ayant apporté des quipus, Cuzco était maintenant cernée par les oriflammes blanches des disparues. Le gouverneur salua l'assistance, accepta le gobelet de maté que lui tendit Roca. Il resta un moment à observer en silence le cercle des disparues avant de murmurer comme pour lui-même :

— Pourquoi aucune disparition dans les villages proches de l'Anti ?

— Si nous pouvions répondre à cette question, je serais moins inquiet, dit Tupac. Ne faudrait-il pas prévenir l'Empereur ?

— Pachacuti m'a expressément interdit de le déranger pour quoi que ce soit sauf la guerre. Vous avez une tâche prioritaire, retrouver ceux qui ont intercepté les quipus. Sans ton voyage à Pisac, un événement très grave nous serait demeuré inconnu.

Manco sortit en silence, sans saluer personne ; à ce manque de courtoisie si éloigné de l'aristocratique politesse du gouverneur, l'enquêteur impérial sut que son supérieur partageait ses craintes.

Plus tard dans la nuit, lorsqu'ils eurent fait l'amour, Anas, allongée contre Tupac, satisfaite et heureuse, dit dans un souffle :

— Mon aimé, on disait ce matin au marché que le prince Canchari est mort.

Tout de suite, il fut en colère :

— Qui raconte de pareilles sottises ? Manco me l'aurait dit ! Je ne veux pas que tu colportes de pareils ragots.

— Je croyais bien faire en te rapportant ce que j'ai entendu.

Une nouvelle fois, le miracle se produisit, la sincérité de la jeune serve toucha son cœur.

— Je me suis emporté ! Ces événements étranges m'inquiètent. Mon grand-père m'a si souvent raconté les guerres qui opposaient autrefois les peuples de l'Empire.

— Le Tahuanti est unifié aujourd'hui.

— Certes, mais une autre source de division est apparue avec la nouvelle religion.

— En fait, tu penses que l'Empereur n'aurait pas dû rendre publique sa foi en Viracocha ?

Une phrase de Chimpu traversa la mémoire de l'enquêteur impérial : « La sagesse n'a que peu de rapport avec l'instruction » aimait à dire sa femme pourtant fort instruite et dont le père était l'un des grands architectes de l'Empire. Comment Anas, plus familière des jeux du lit que de la philosophie pouvait-elle être si humainement intelligente ? Comment parvenait-elle, chaque jour davantage, à remplacer dans son âme son épouse morte et tant aimée ? Qui des vieux prêtres d'Inti ou des trop belles prêtresses de Viracocha saurait répondre à ces questions ? Pourquoi se quereller, se combattre pour de prétendus savoirs, si ignorants que nous sommes face aux interrogations de la vie ? Il lui sembla que Chimpu lui souriait dans la nuit comme si elle voulait l'autoriser à aimer Anas endormie à ses côtés. De la main il chercha son ventre, sa toison ; apaisé, il plongea à son tour dans le sommeil.

*

Un soleil hésitant se levait sur Cuzco, Ninancoro traversait d'un pas vif le sud de l'Huajaipata quasiment vide à cette heure. Le vieil embaumeur ne prêtait guère attention à l'immense quadrilatère recouvert de sable marin que les urbanistes de l'Empereur avaient découpé au cœur de la Capitale. Il avait la nostalgie de l'ancien visage de la ville, du temps où elle était peut-être moins belle mais, du moins voulait-il le croire, plus sûre et plus douce à vivre. Sa mémoire tentait de reconstituer la vieille trame urbaine : ici le père d'un de ses amis était savonnier, là une sœur de sa mère tenait une tambo. Il se souvenait de la consistance épaisse des soupes comme de l'odeur du savon chaud. Il chassa ses souvenirs pour récapituler ce que lui avait appris une nouvelle nuit de travail sur le cadavre d'Onitola. À ce moment il aperçut l'enfant : agrippé en haut d'un mât à oriflamme, il ne devait pas avoir plus d'une douzaine d'années et paraissait surveiller la place. Tout se joua très vite, une prêtresse de Viracocha, vêtue de blanc, s'engagea sur l'Huajaipata. Lorsqu'elle fut à une vingtaine de pas de son perchoir, le garçon sortit une fronde et tira. La prêtresse s'écroula, trois hommes surgirent du néant — plus tard l'embaumeur fut dans l'incapacité de leur trouver une cachette logique sur cette place vide —, la rouèrent de coups et s'enfuirent vers le quartier des orfèvres. Ninancoro était trop vieux pour les poursuivre, il appela au secours. Lorsque deux charpentiers arrivèrent, la prêtresse gémissait et ses agresseurs avaient disparu.

— La milice a enregistré plusieurs plaintes ces derniers jours. Dans les deux camps des gens veulent en découdre, répondit Tupac à son père spirituel quand celui-ci lui eut fait part de l'agression à laquelle il avait assisté.

— Certes il y a des fanatiques aussi du côté de Viracocha, pourtant seuls les fous d'Inti molestent les prêtresses, affirma Ocllo avec colère.

— Du temps du précédent Empereur, de tels agissements auraient été inconcevables ! renchérit Ninancoro.

— Père, tu es mieux à même que moi de lire dans les astres les origines du désordre ambiant. Mais pour nous en tenir à des causes tangibles, il est certain que Pachacuti s'est trompé quand il a cru apaiser la rivalité des deux religions en faisant part de sa sympathie pour la nouvelle.

— Pourquoi ne le lui dis-tu pas ? N'oublie pas que tu lui as sauvé la vie ! Je crois aussi que le gouverneur Manco a tort de ne pas informer Pachacuti des disparitions. Tant de jeunes femmes enceintes enlevées, ce n'est pas une petite affaire criminelle. L'Empereur ne te refuserait pas une audience.

— Il faudrait que je dépose une demande auprès du Maire du Palais qui la transmettrait au Chambellan des Sources. Je serais convoqué à Tambo Machaï où je devrais attendre de longs jours perdus pour les enquêtes avant d'apercevoir Pachacuti au milieu de ses concubines. Deux femmes tendront devant lui une pièce d'étoffe de vigogne à travers laquelle il pourra me voir. Moi, je n'apercevrai de lui que l'écarlate de la Maskapaicha. Tout ceci me décourage d'avance ! Si toutefois je parvenais à lui parler et qu'à la suite de notre entretien, il dicte quelques instructions précises, ses fonctionnaires ne les appliqueront pas…

— Ne les appliqueront pas ! répéta outré Ninancoro, tu es totoyrikok !

— Ma mère est orfèvre et non concubine impériale, ces gens-là ne l'oublient jamais. Je préfère rester à Cuzco où je peux être utile, surtout dans cette période de tension. Je suis incapable de circuler avec aisance dans cette cour où si tu salues aimablement un dignitaire, un autre que tu ne connais pas devient ton ennemi, où lorsqu'une femme paraît sensible à ton charme, tu ne sais pas si elle agit sur ordre ou si tu risques ta tête car elle est la favorite du Trésorier du Cunti ! Sans oublier les courtisans qui ne manqueront pas de s'enquérir de la santé de Chimpu et voudront me trouver une épouse quand ils me sauront veuf depuis trois ans. Enfin, me nourrir de libellules au miel m'épuise ! J'aime mieux vivre ici simplement, déguster la cuisine d'Anas, dormir avec mes yanas, faire mon travail.

À ce moment Ocllo, habituellement réservée, lui prit la main et murmura d'une voix émue :

— Nous aimons mieux que tu sois avec nous !

— Merci de ton affection !

Se tournant vers Ninancoro, l'enquêteur impérial demanda :

— Père, as-tu pu examiner les viscères d'Onitola ?

— Oui, elle n'a été ni étranglée, ni empoisonnée, elle a succombé à une hémorragie résultant d'un avortement provoqué.

— Provoqué ?

— Probablement par une préparation à base de millaquita, une plante de l'Anti, aphrodisiaque, mais aussi abortive à forte dose. L'utérus n'a pas été perforé, il s'est rompu sous une violente contraction, c'est caractéristique de cette drogue.

— Étrange mort qui ne nous dit pas qui a porté son corps à Coricancha et a voulu maquiller ce décès en crime ? Jusqu'à présent, j'ai plutôt rencontré des assassins souhaitant déguiser leur crime en mort naturelle que l'inverse.

*

Dans les immenses locaux de l'administration centrale des postes impériales, plusieurs centaines de fonctionnaires réceptionnaient, enregistraient et répartissaient les milliers de quipus circulant chaque jour entre la Capitale et les villes du Tahuanti. Des peaux tannées translucides et imperméables avaient été disposées devant les fenêtres pour protéger les précieux messages tressés des intempéries tout en laissant passer la lumière d'Inti. Comme ces bureaux poursuivaient leur besogne la nuit en raison de l'immensité des territoires de l'Empire, de grandes lampes à huile étaient suspendues aux poutres. Le risque d'incendie constituant la hantise de l'intendant des Postes, ses ingénieurs avaient installé une prise d'eau sur un des aqueducs alimentant Cuzco et organisé la circulation de ce flot à travers les bâtiments, grâce à un réseau de canalisations à ciel ouvert.

— Vous pourriez ouvrir des bains, dit Tupac à l'adjoint de l'intendant qui le guidait à travers les services.

— C'est plus agréable en saison sèche ! J'aimerais pouvoir vous aider, malheureusement les messages sont répartis entre les quatre directions correspondant aux quatre quartiers de l'Empire. Il vous faudra donc interroger les fonctionnaires des quatre directions.

— De trois seulement, aucune jeune femme n'a disparu du côté de l'Anti.

— En outre, je dois vous dire mon sentiment : si un ou plusieurs de nos fonctionnaires ont commis le crime de détournement de correspondance, il sera probablement impossible de le prouver ; à moins d'être stupides, ils auront procédé à l'enregistrement des quipus reçus, ce qui renverra le problème sur les collaborateurs de la Milice.

Tupac Hualpa poussa un soupir de découragement.

— Nous n'avons donc aucune chance de découvrir les coupables.

L'intendant adjoint eut un triste sourire et conclut :

— Sauf dénonciation naturellement ! Si l'intendant y consent, nous pourrions offrir une promotion à toute personne apportant des informations.

L'enquêteur impérial eut une hésitation, il lui répugnait à libérer, par un appel à la délation, les mille jalousies et envies qui devaient fermenter dans ce monde clos. Il savait d'expérience que la vérité n'en sortirait pas intacte, que dans le désordre des accusations des innocents pourraient trébucher et les coupables parvenir à s'échapper. D'un autre côté, l'énormité du problème, vingt-deux disparitions, dissimulées pour certaines depuis plusieurs lunes, ne lui laissait guère le choix des moyens.

— Limitez d'abord votre offre à une seule direction.

— Laquelle ?

— Celle du Cunti.

— Pourquoi ?

Tupac Hualpa examina son interlocuteur. L'adjoint de l'intendant avait à peu près son âge et peu de traits caractéristiques. Peut-être venait-il du Cunti, ou même de l'ancien royaume de Chimu qui conservait dans certains domaines une part de souveraineté ? Tupac ne se sentait pas d'humeur à entamer une discussion sur le sujet toujours délicat de la place des différents peuples fédérés dans l'Empire et choisit de répondre de manière neutre :

— Les premières disparitions signalées ont eu lieu à Simo-Alma, près de la route du Nord.

*

Durant quelques jours les enquêteurs n'effectuèrent qu'un travail de routine. Ocllo s'évertua sur une nouvelle et vaine tentative de reconstitution des dernières heures de la victime. Le lieutenant Cusi courut les observatoires pour consulter des astrologues à propos de la constellation du jaguar. Roca partagea son temps entre les archives, où il chercha avec son obstination coutumière le quipu miraculeux susceptible d'expliquer aussi bien la mort de la potière que les disparitions, l'administration centrale de la population où il ne découvrit rien de suspect à propos des grossesses des disparues et les rues de Cuzco qu'il arpenta longuement avec Jaya dans l'espoir que sa guenon retrouve une piste. Ninancoro rencontra plusieurs herboristes à propos des racines de millaquita qui avaient provoqué chez Onitola sa fatale fausse couche. Il obtint peu de réponses dans l'immédiat mais déclara à Ocllo, un soir qu'elle lui avouait son découragement : « J'ai lancé des lignes, le poisson va mordre ». Tupac Hualpa, quant à lui, passa des jours entiers à circuler sous la pluie allant de bureaux en tambos, de bains en ateliers et de temples en échoppes pour y rencontrer ses informateurs : lavandières à l'écoute des discussions de fontaine, mariniers connaissant les fleuves, les ports, les pirogues et leurs équipages, contrôleurs des subsistances sachant lire derrière les mouvements des greniers les rivalités des dignitaires, prêtres de Viracocha ayant peut-être aperçu dans le regard d'un mourant la trace d'un crime, femmes publiques connaissant tous les intrigants de la Panaca. Au cours de ces périples, il prit froid et se mit à tousser ce qui lui valut quelques massages énergiques d'Anas mais n'apprit quasiment rien si ce n'est la préoccupation de la population de Cuzco due à l'absence persistante de son Empereur en pleine saison humide, mécontente des pluies violentes, inquiète des nuages interdisant toute lecture des astres, apeurée par les rumeurs de déplacements des régiments vers le Nord qui faisaient craindre une nouvelle guerre encore plus lointaine et donc encore plus coûteuse.

La première dénonciation se révéla sans objet, il s'agissait en fait d'une affaire d'adultère dont il n'était même pas prouvé qu'il avait été consommé. Tupac convoqua le mari, auteur de l'accusation, et le sermonna sur la gravité du crime de faux témoignage. C'était un Tacna mélancolique qui semblait glisser dans les couloirs de l'inspection criminelle comme une ombre, ne dit pas trois mots et repartit aussi silencieusement qu'il était venu. En vérifiant les informations fournies par le deuxième délateur, le lieutenant Cusi mit au jour une fraude sur les grains. Plusieurs quipus avaient effectivement été détournés, ils émanaient du sinchi d'une communauté de la haute vallée de l'Urubamba. Ce chef de village y faisait part de ses soupçons à l'égard d'un collecteur du trésor. Selon lui la part des récoltes prélevée au nom du Sapa-Inca, celle qui servait à la fois à nourrir l'administration impériale et à constituer les réserves permettant de faire face aux mauvaises récoltes, dépassait le tiers légal. Une surveillance fut établie, les balances vérifiées, le coupable confondu et, plus tard, envoyé pour trois ans aux mines de Potosi*.

— Ceci fait certes avancer la justice mais guère notre enquête, maugréa Tupac Hualpa en apprenant l'arrestation du fraudeur.

Plusieurs jours s'écoulèrent encore, il pleuvait presque sans discontinuer. La saison humide si excessive alimentait les conversations, jusqu'à l'obsession. Un matin, le disque d'Inti étant enfin parvenu à franchir la barrière des nuages, Anas décida qu'elle irait aux étangs de Mazalda chercher du poisson frais. À moins d'une heure de marche de l'inspection criminelle, sur la route de Sicuani avait été aménagé un impressionnant ensemble de bassins d'élevage qu'entretenait une communauté de pêcheurs Uros** amenés du Titicaca. Anas ai-

* POTOSI : mines d'argent, dans l'actuelle Bolivie.
** UROS : peuple des rives du lac Titicaca.

mait s'y rendre tant pour la diversité des espèces proposées, Tupac raffolait du singli-opa, un goûteux poisson noir aux longues antennes piquantes, que pour le plaisir d'entendre le ruissellement des cascades, de voir les nuages se refléter sur les eaux, de rire des facéties des enfants, de parler avec ses amies uros. Elle choisit des sandres qu'elle pouvait conserver deux jours en cette saison, de longues anguilles bleues qu'elle comptait fumer et évidemment un gros singli-opa qu'elle préparerait le soir même pour son maître et amant. Anas revint à la maison fatiguée mais heureuse, s'accorda un moment de repos, but un bol de rusca parfumée puis décida qu'il était temps de passer en cuisine. Au fond du panier, les anguilles vivaient encore. En les versant dans une bassine, elle découvrit le quipu. Il avait été confectionné dans une laine indigo qui se confondait avec les corps sombres des anguilles. Malgré les exhortations d'Ocllo qui brûlait de tout apprendre et tout connaître, Anas n'avait jusqu'à présent suivi que distraitement les explications de Roca sur l'art de déchiffrer les quipus. Elle savait, malgré tout, reconnaître le triple nœud caractéristique indiquant comme destinataire l'enquêteur impérial. Laissant là sandres et singli-opa, elle descendit vers les bureaux, rencontra sa sœur en premier :

— Que tu sens mauvais ! Tu seras encore allée à Mazalda chercher ces affreux poissons.

— Affreux, mais délicieux. Tupac adore le singli-opa, je n'en trouve jamais au marché. Regarde, quelqu'un a mis ce quipu dans mon sac !

Ocllo saisit prudemment le message tressé.

— Veux-tu bien le rincer, l'odeur est insupportable.

— Descends avec moi au lavoir.

Deux épouses de miliciens faisaient la lessive. Ocllo s'excusa de les déranger, assurant que c'était pour motif de service. Elles retirèrent donc leur linge, Anas put ôter la senteur de poisson qui incommodait tant sa sœur. Ocllo commença le déchiffrement :

— Il faut prévenir Tupac d'urgence, j'ignore où il se trouve.

— Avec l'intendant des Postes.

— Et comment sais-tu cela ? demanda Ocllo une pointe de jalousie dans la voix.

Anas baissa la tête, comme elle le faisait enfant pour annoncer à sa sœur une nouvelle pénible :

— Il doit me rejoindre dès qu'il aura fini…

Ocllo la fixa avec étonnement et ajouta d'une voix tendre :

— Tu es ma sœur très aimée ! Viracocha m'est témoin que, tous les jours, je le remercie de ton existence. Pourtant ton goût pour les jeux du lit me surprendra toujours, autant que ta gourmandise !

*

Conformément aux instructions portées sur le quipu Tupac Hualpa se rendit aux « Bains de la lune rose » après la tombée du soleil, en compagnie d'Anas. Le ciel enfin clément après de longs jours de pluie avait incité beaucoup d'habitants de

Cuzco à sortir. Un peu partout retentissaient flûtes et tambourins. Sur les places quelques groupes dansaient. Célèbres dans tout le Tahuanti pour leur revêtement de porphyre aux cent nuances, du pourpre au blanc rosé, les bains étaient aussi un chef-d'œuvre technique où les meilleurs hydrauliciens de l'Empire s'étaient efforcés de démontrer leur maîtrise. Ils étaient parvenus à canaliser une douzaine de sources diverses depuis la résurgence glacée d'un torrent jusqu'à des eaux volcaniques brûlantes et saturées de soufre. Une installation complexe permettait de mêler ces flots pour obtenir une grande diversité de bains et de vapeurs. L'architecture somptueuse alternait déambulatoires, salles d'apparat, vastes piscines, fontaines, salons discrets qui permettaient à chacun de vivre comme il l'entendait la joie des eaux. Des dizaines de lampes à naphte avaient été installées et projetaient leur lumière vive sur le rose des murs. Ce soir-là, plusieurs centaines de personnes se pressaient aux bains et l'enquêteur impérial salua de nombreuses connaissances. Comme indiqué sur le quipu, Anas et lui gagnèrent un des salons du premier sous-sol. Une baigneuse les accueillit, leur laissa deux pots de baume et des serviettes puis s'éclipsa rapidement, convaincue d'avoir affaire à un couple recherchant l'intimité. À l'intérieur du boudoir, la lumière était douce, la baignoire remplie d'eau tiède parfumée. Anas se déshabilla, offrant au regard émerveillé de Tupac ses seins ronds, ses hanches douces, sa peau couleur de mangue et sa toison soyeuse. Lorsqu'elle entra dans le bain, un sentiment de paix inattendu s'empara de l'enquêteur impérial.

— Elle est délicieuse, tu devrais venir !

— Dans un petit moment.

Il s'assit sur un banc, regarda les mouvements harmonieux de sa yana. La vie pouvait donc être heureuse. Peu à peu une brume blanche commença à s'infiltrer dans la pièce et il sut que, derrière l'apparence du bonheur, le mal n'abandonnait jamais la partie. Anas sortit du bain et demanda :

— Pourquoi cette vapeur ?

— Je crois que notre délateur ne va pas tarder à se manifester.

Croyant distinguer une silhouette vers la porte, Tupac saisit son poignard. Une voix essoufflée leur parvint à travers le brouillard :

— Respecté enquêteur impérial, je sais qui a détourné les quipus qui vous étaient destinés.

La voix se tut comme si elle voulait reprendre souffle ou retarder son aveu.

— Qui est-ce ? demanda Tupac.

— Huanca Sanco.

— Le répartiteur général ?

— Lui-même.

— Voilà une accusation très grave portée contre un fonctionnaire de haut rang. Pourquoi aurait-il commis un tel crime ?

— Chantage, dit simplement la voix.

— Qui le menaçait et pourquoi ?

Le délateur parut hésiter :

— Qui, je l'ignore. Par contre, je peux répondre à la question pourquoi : le répartiteur des postes impériales a une liaison avec une Vierge du Soleil.

— Une Vierge consacrée ?

— Oui, une Accla, une Vierge sacrée d'Inti. C'est un crime puni de mort.

— Quelles preuves possédez-vous ?

— Cette nuit, il dormira avec elle dans une maison de Cuzco le Bas. Juste à côté de la tambo « Aux trois vigognes » .

— Ceci peut prouver son crime contre Inti, pas le détournement des quipus. Avez-vous autre chose ?

La voix ne répondit pas. Tupac renouvela sa question, tout resta silencieux. La vapeur commença à refluer. Lorsque l'atmosphère fut redevenue limpide, Tupac et Anas étaient seuls.

*

Conduits par Cusi, les miliciens cernèrent la maison juste avant l'aube. C'était la demeure d'un contrôleur des ponts et chaussées parti en inspection et ignorant tout du crime perpétré par son ami comme le montra plus tard l'enquête. Aux premières lueurs du jour, elle fut investie. Hormis une vieille serve apeurée et sourde, on ne trouva que les amants. Le répartiteur général des postes que Tupac avait rencontré quelques fois, n'esquissa pas la moindre résistance et tendit ses poignets pour qu'on l'enchaîne. La jeune Vierge du Soleil demeurait immobile, nue au milieu des miliciens, comme perdue dans son rêve. Anas l'aida à enfiler une ascu et à regrouper quelques objets familiers dans un coffret.

— Nous devons vous conduire au tribunal de Coricancha.

De l'extérieur parvenait un bruit de foule :

— À mort les sacrilèges !

— Au bûcher !

L'enquêteur impérial sentit la main de sa yana serrant la sienne, il interrogea :

— Qui a prévenu ces gens ?

Personne ne pouvant répondre, il reprit :

— Nous allons d'abord vous emmener à l'inspection criminelle pour vous interroger sur la disparition des quipus.

— Merci ! murmura le répartiteur.

Cusi fit observer qu'ils devraient, pour cela, traverser l'Huajaipata, un jour de grand marché. Tupac ne l'écouta pas. Il regardait le haut fonctionnaire et son amante. Lui avait son âge et elle celui d'Anas. Ils n'échapperaient pas à leur terrible destin : la jeune femme adultère du soleil serait violée par qui voudrait, son corrupteur castré au préalable assisterait à son supplice. Tous deux seraient ensuite brûlés vifs.

Ce matin-là, comme à chaque lune nouvelle, le marché s'était installé sur la plus grande place de la Capitale divisée pour l'occasion en cinq sections, à l'image des quatre quartiers de l'Empire et de Cuzco, le Nombril du Monde. Dès l'aurore, la multitude des peuples fédérés s'y pressait. On pouvait se procurer aussi bien des poissons fumés du pays tacna que des bijoux canaris taillés dans le jade ou des paniers de joncs venus des rives du Titicaca. De nombreux enclos étaient dévolus aux échanges de bétail entre les communautés paysannes. Des confréries de maçons et de charpentiers proposaient leurs services aux sinchis des villages voulant bâtir. D'innombrables astrologues s'efforçaient de prédire les aléas du climat, des médecins cautérisaient les plaies, des herboristes distribuaient des élixirs calmant la toux, des sages-femmes conseillaient les jeunes mariées ou tentaient de soulager les tracas de la ménopause. On y trouvait aussi bien les trois cents variétés de pommes de terre que produisait l'Empire que des jarres à quinoa ou des feuilles de coca. Des Chimus volubiles y troquaient des baies rouges de bryone, souveraines contre les nuisibles mais d'une toxicité mortelle, contre des plumes multicolores que des pirogues avaient portées des jours durant à travers l'inextricable dédale des affluents de l'Urubamba. Il fallait bien sûr nourrir et abreuver toute cette population, ce que s'efforçaient de faire des dizaines d'auberges temporaires cuisant les patates dans des vasques de braises, débitant par brocs toutes les variétés de chicha, grillant des lamas entiers sur des brasiers. Jusqu'à l'Huajaipata, les miliciens étaient parvenus à protéger les amants de la colère populaire. Avant de traverser cette multitude, Cusi ordonna une halte, ce fut une erreur : une douzaine de jeunes prêtres d'Inti fondirent sur l'escorte, s'emparèrent des prisonniers et disparurent dans la foule. Un des miliciens banda son arc, Tupac l'arrêta.

— Nous ne pouvons pas prendre le risque de blesser un prêtre, il faut éviter les affrontements. Regardez !

Vêtu d'un uncu blanc brodé de rouge, le crâne rasé surmonté d'une couronne de plumes d'aras, les oreilles déformées par de lourds pendentifs, le grand-prêtre Huascar se tenait immobile face à la foule.

— Tout était prévu, fit observer Cusi en montrant de la main le bûcher.

On commença à attacher les prisonniers sur des chevalets pour qu'ils y subissent lui la castration, elle le viol. Huascar donna le signal à un bourreau, celui-ci s'approcha du répartiteur général des postes, poignard en main.

— Ma sœur a eu raison de pas venir, allons-nous en, c'est horrible ! dit Anas.

À ce moment l'incroyable se produisit : quelque chose traversa l'air humide dans un sifflement de reptile. Le bourreau s'écroula. Un cri de surprise parcourut la foule. Deux aides se précipitèrent pour le relever. Huascar ordonna à un autre exécuteur de continuer. On entendit un nouveau sifflement et le second bourreau s'abattit, lui aussi, face au bûcher, la nuque transpercée d'une flèche. La voix forte du condamné résonna sur la place :

— Moi Huanca Sanco, répartiteur général des postes, déclare que cette jeune fille et moi-même nous aimons...

— Faites taire ce débauché ! hurla le grand-prêtre.

Mais personne, ni milicien, ni prêtre, ni bourreau n'osa approcher du bûcher et le prisonnier poursuivit sa harangue :

— Personne ne peut plus sauver ni ma vie ni celle de cette malheureuse. Je m'en remets à toi, peuple de Cuzco, pour abolir enfin l'intolérable esclavage des Vierges du Soleil ! Détourne-toi des idoles sans bonté et vénère Viracocha le créateur du monde, source de toute joie, de toute espérance !

Livide de rage, le grand-prêtre s'empara d'une torche et la jeta sur le bûcher. Saturé de naphte, le bois s'embrasa. Tupac Hualpa perçut encore deux sifflements. Foudroyés par le poison, les condamnés moururent dans l'instant, bien avant de sentir la torture du feu. Une onde de panique parcourut l'assistance qui commença à refluer, renversant tables et étals. Enfin, comme une ultime dénégation de la volonté de Huascar, un orage éclata, éteignant les flammes et traçant dans le sable blanc une multiplicité de rigoles où se dilua le sang des bêtes abattues pour le prochain repas. Effrayée, Anas saisit la main de Tupac. Ils demeurèrent longtemps immobiles, au milieu de la foule qui les contournait sans les voir, à regarder le ruissellement carmin du sang sur la plus grande place de l'Empire.

*

Lorsque Ninancoro enfila ses moufles de cuir, un silence attentif s'installa dans l'amphithéâtre de la Maison des Morts. Il y avait là, réunies à l'initiative du gouverneur de Cuzco, plus de trente personnes : Manco lui-même entouré d'une cohorte de dignitaires de toutes les administrations, Tupac Hualpa et ses enquêteurs, Huascar et plusieurs prêtres, des proches des bourreaux abattus, un groupe d'officiers de l'état-major. Une pluie régulière avait succédé à la violence de l'orage. L'odeur des vêtements mouillés combattait le parfum de chair morte et d'aromates, si caractéristique de la Maison des Morts. Le vieil embaumeur chercha du regard l'approbation du gouverneur. L'ayant obtenue, il approcha sa main gantée de l'un des cadavres et, d'un coup sec, en retira une flèche de sarbacane, fine aiguille de chontce* de la longueur d'un doigt. Dévorée par son habituelle curiosité, Ocllo avait réussi à se faufiler près de Ninancoro, elle distingua sur la flèche une trace blanche. Un rat tournait dans une cage, l'embaumeur le piqua. Des convulsions parcoururent l'animal qui succomba aussitôt. Autour de Ninancoro, personne ne bougeait, personne n'osait parler.

— Effrayant ! Quelqu'un connaît-il ce poison ? demanda Manco.

Un jeune lieutenant hésita.

— Parle ! lui intima son supérieur.

— Je pense qu'il s'agit de suc de curarcha, une plante toxique foudroyante utilisée par certaines

* CHONTCE : bois noir et très dur utilisé pour les armes.

tribus sauvages de l'Anti. J'ai découvert son existence comme officier en second d'un poste situé en pleine forêt, dans le district de Parilango. Nous étions là trente hommes et pas mal de femmes et d'enfants. Un soir une sentinelle s'est écroulée, une flèche dans l'épaule. Nous n'avions rien vu, rien entendu. Dans les jours suivants, malgré nos précautions, huit soldats sont morts sans que nous n'apercevions autre chose que le rideau impénétrable de la jungle. Ne voulant pas évacuer le poste sans ordres, le capitaine m'a envoyé chercher du secours. Je suis parti en pirogue, de nuit. Le courant était si contraire que nous avons mis près d'une lune pour atteindre la garnison principale. Trois radeaux ont redescendu le fleuve. Dans ce sens, il ne nous a fallu que deux jours pour revenir au poste. Tous les soldats étaient morts, les femmes et les enfants avaient disparu. Le commandant qui dirigeait l'expédition de secours possédait une grande réputation de bravoure. Pourtant, quand il reconnut le curarcha, il donna immédiatement l'ordre de rembarquer. La promptitude de sa décision se révéla malheureusement insuffisante, les sauvages ont réussi à tuer encore deux d'entre nous…

Le jeune officier ne put continuer, son supérieur poursuivit :

— Informé de ces événements, le Suprême a ordonné de barrer les fleuves conduisant au district de Parilango et a publié un édit indiquant que toute personne trouvée en possession de curarcha serait immédiatement exécutée.

Un silence pesant s'installa et l'on put croire que l'assemblée, rassurée par l'annonce de ces mesures, allait se disperser, que les participants regagneraient leurs casernes ou leurs palais. Certains se dirigeaient déjà vers la sortie quand la voix douce de l'enquêteur impérial suspendit leur départ :

— Il a donc fallu de grandes complicités à ceux qui ont fait entrer ce terrible poison dans la capitale.

— Les routes conduisant à Cuzco sont devenues impossibles à surveiller, il y a bien trop d'étrangers, déclara un colonel.

— Il est certain qu'il faut revenir aux principes qui ont fait la force de l'Empire et que malheureusement les dogmes de la nouvelle religion dissolvent, affirma Huascar.

— Peut-être le Tahuanti est-il trop vaste, trop disparate ? hasarda un fonctionnaire des ponts et chaussées.

— Il faut renforcer les contrôles, être impitoyable !

— Les solutions de force ne conduiront à rien. En vérité, il nous faudrait nous occuper sérieusement de l'Anti, trop de tribus y survivent misérablement. Ceci crée…

— Balivernes ! Nous ne pourrons jamais transformer ces sauvages !

— Silence ! coupa le gouverneur d'une voix énergique. Demain, je me rendrai à Tambo Machaï pour informer l'Empereur et prendre ses instructions. D'ici mon retour, j'attends une collaboration exemplaire entre l'Armée et la Milice pour assurer la paix publique ; je demande au grand-prêtre d'Inti de calmer ceux des siens qui veulent en découdre avec les fidèles de Viracocha. Enfin, je vous prie de répondre favorablement à toutes demandes qu'effectuera Tupac Hualpa, le travail de l'inspection criminelle est prioritaire dans les circonstances actuelles.

*

Manco n'arrivait pas à s'assoupir. À ses côtés, sa yana dormait du sommeil profond de la jeunesse. Il devina son corps de lait sous la couverture de vigogne. Lorsqu'il était rentré, épuisé, de la Maison des Morts, il avait espéré connaître le plaisir avec elle. Hélas, elle avait ses règles. Ils étaient demeurés un moment, enlacés et silencieux. Puis il lui avait annoncé son départ pour la Cour et avait senti son inquiétude. L'aimait-elle ? Est-ce qu'une femme servile peut éprouver autre chose que soumission et gratitude pour un maître qui la traite bien ? D'ailleurs, est-ce que l'amour existe ou n'est-il qu'invention de poètes... Autour de lui, dans son monde, celui de la Panaca, il ne voyait guère d'époux attachés l'un à l'autre. De tous les couples qu'il avait connus, seuls Tupac et Chimpu paraissaient s'être beaucoup aimés. L'Urubamba avait tué Chimpu, Tupac avait failli en perdre la raison. Dans quelques jours, lui-même retrouverait Cusirimay son épouse et avec elle les intrigues et potins de la Cour. Qu'est-ce qui les liait hormis leurs enfants et leur commune ambition ? Comment l'accueillerait-elle ? La féconderait-il à nouveau ? Allait-elle deviner qu'en lui quelque chose avait changé à cause de cette serve au teint clair ? Le gouverneur était un homme d'une robustesse exceptionnelle, peu sujet aux atermoiements. Cependant, pour la première fois depuis longtemps, il se sentait désemparé. Il portait à la fois le secret de la mort du Prince héritier et la responsabilité de Cuzco. Il avait le sentiment que, ces dernières années, sa tâche était devenue de plus en plus difficile comme si ce qui avait longtemps assuré l'ordre et la force de l'Empire s'était lentement délité sous l'effet de forces obscures, de dieux mauvais. Fallait-il incriminer la trop grande diversité des peuples fédérés, le développement excessif des inégalités, la nouvelle religion, la perte du respect pour les anciens ? Manco se sentait incapable d'apporter des réponses à ces questions angoissantes. Multiplier les contrôles lui semblait une voie sans issue car la Milice elle-même se gangrenait au contact du crime ! Organiser une juste répartition alimentaire n'empêcherait jamais des délinquants de considérer qu'ils pouvaient avoir une vie plus agréable en volant plutôt qu'en travaillant ! Enfin, était apparu un crime nouveau, inconnu jusque-là : on enlevait, on tuait peut-être, des jeunes mariées. Que signifiaient ces disparitions ? Et pourquoi toutes les disparues étaient-elles enceintes de leur premier enfant ? Quels rapports avaient-elles avec la profanation de Coricancha, le détournement d'une Vierge consacrée par un haut fonctionnaire et le poison foudroyant qui avait sauvé du supplice les amants sacrilèges ? Et maintenant ce quipu de Xo, où la favorite du Suprême annonçait la disparition d'une servante et l'appelait au secours ! Ce n'était guère le moment que son cœur s'émeuve pour une jeune femme à la peau d'albâtre et aux seins pointus, elle n'était qu'une serve dont il pouvait user à sa convenance... Il n'allait se laisser séduire ni par son art de la flûte ni par son beau regard attentif. Il n'était plus un gamin mais le gouverneur du Nombril du Monde, un des hommes les plus puissants du Tahuanti, un familier de l'Empereur ! Sitki sa jeune yana dont il évitait le plus possible de prononcer le prénom poussa un gémissement dans son sommeil. Brusquement la terrible évidence le submergea : il était en train de s'attacher à elle, de devenir amoureux au pire des moments. Il se leva en proie à un grand trouble, s'approcha de la fenêtre. À ses pieds, Cuzco dormait de sa nuit vivante, illuminée de mille lampes à huile. Il chercha à percevoir, sans y parvenir, la forme de puma dont les urbanistes impériaux voulaient doter la Capitale, fouilla du regard ses principaux chantiers, devina le miroir d'eau du Cercle du serpent, écouta le cheminement des patrouilles, le murmure des fontaines, le souffle des feux de veille au-dessus de Coricancha. Plus loin, vers les collines, il devina la masse sombre de Yachay Huasi, la Maison du Savoir où des maîtres patients avaient fait du tumultueux jeune homme qu'il était jadis un haut fonctionnaire de l'Empire. Alors ses interrogations de toujours revinrent à sa conscience. Lorsque la poussière grise des siècles aurait recouvert le Tahuanti, existerait-il des cités aussi belles que Cuzco ? Le monde connaîtrait probablement d'autres empires glorieux. Qu'est-ce qui distinguerait alors son peuple des nouveaux maîtres ? Quelles traces laisseraient-ils sur le monde d'en-bas ? Se souviendrait-on de leurs aqueducs, de leurs routes, de leurs calendriers ? Les dirait-on raffinés ou sauvages ? Il murmura la question qui le hantait : « Que restera-t-il de nous ? ». Ni les cadrans d'or des astrologues, ni les entrailles des lamas blancs sacrifiés au Soleil, ni le sang des Vierges coulant, encore chaud, sur le porphyre des autels de sacrifice ne pouvaient répondre. Voulant apaiser le flot des sentiments contradictoires qui l'assaillaient, il se mit à parcourir la pièce d'un pas vif. S'approchant d'une vasque remplie d'eau pour rafraîchir son visage, il y aperçut le reflet de son crâne rasé comme s'il s'agissait d'un autre. Sitki émit un nouveau gémissement, ouvrit les yeux un instant dans la pénombre, avant de replonger dans le sommeil. Un long éclair de feu traversa le ciel vers le sud, la pluie se mit à tomber violente et bruyante. Venue de son enfance une image surgit, celle de sa mère fuyant la grêle en le serrant contre sa poitrine. Il avait quatre ans. Au-dessus du Titicaca, le ciel était couleur de suie. Le vent tordait les roseaux. Les grêlons tombaient de plus en plus fort, leurs chocs sur les eaux du lac faisaient un bruit terrifiant. Il essayait de se protéger la tête avec les mains quand sa mère s'était effondrée. Il avait crié, les servantes qui les accompagnaient s'étaient précipitées pour la relever, l'avaient conduite à une étable toute proche. La grêle avait continué ses ravages jusqu'au soir et il était resté, à tenir la main sans vie de sa mère jusqu'à ce que cesse l'insupportable tapage.

— Maître, ta litière est prête !

Sitki le réveillait par de doux baisers d'oiseau. Il ouvrit les paupières, respira son parfum.

— Hier soir, tu m'as dit devoir te rendre au harem de Capac Yupanqui à la première heure.

Il se leva, enfila un uncu d'apparat orné de turquoises, disposa son pectoral d'or. Un vieux cuisinier silencieux s'approcha lui tendant une écuelle de soupe à la tortue qu'il déglutit bruyamment.

Sitki resta encore un moment sous l'édredon. Après qu'eurent retenti trois fois les trompettes de cuivre annonçant que le gouverneur quittait sa résidence, elle se leva et gagna le jardin couvert. Le chef des quipus-kamaocs du palais l'attendait. C'était un homme des steppes arides, un Nazca* nerveux qui lui sourit timidement, sous son turban indigo. Elle l'entraîna vers la pénombre du carré de faux maïs, la paille de quinoa crissa en s'écartant devant eux. Le chef quipu-kamaoc semblait inquiet, il heurta un des oiseaux de terre cuite et s'exclama :

— Il m'a fait peur !

Elle murmura de sa voix qu'elle savait rendre ensorceleuse :

*NAZCA : zone désertique du Sud de l'Empire, par extension peuple de cette région.

— Ne sois pas si inquiet ! Ils ne chanteront pas ! Nous sommes absolument seuls, personne ne peut nous découvrir ici.

Il parut rassuré, elle demanda :

— Les as-tu ?

Il déplia trois quipus laissez-passer aux couleurs du gouverneur de Cuzco. Dénouant lentement son ascu verte, elle lui dit :

— Tu as tenu ta promesse, je tiendrai la mienne !

*

Les feux de veille n'étaient pas encore éteints sur Coricancha quand sa chambrière réveilla Xo. La favorite se leva, goûta à peine le lait de lama et les galettes qu'une servante lui présenta sur un plateau. Quelque part derrière une tenture, une flûte se mit à jouer.

— Coiffe-moi, ordonna-t-elle.

La chambrière commença à peigner la longue chevelure claire.

— Avec qui a-t-il passé la nuit ?

— Je l'ignore.

— Ne m'agace pas ou je te renvoie dans ton village, un berger puant te fera douze enfants que tu nourriras de manioc.

— Pourquoi êtes-vous parfois si méchante ? Je vous suis fidèle, j'ignore vraiment où Capac Yupanqui a dormi. Il a quitté le harem en début de soirée. Peut-être a-t-il rejoint l'armée ou bien est-il parti pour Tambo Machaï.

— Cela m'étonnerait que son frère l'ait invité.

— Il se murmure en ville que le Prince Canchari est mort.

— Ragots de paysannes ! Tout est-il prêt pour l'initiation ?

— L'arbre a été installé aux thermes.

— J'ai convoqué le gouverneur Manco, tu le feras descendre dès qu'il arrivera.

— Va-t-il assister à l'initiation ?

Xo eut un rire de gorge avant de répondre à sa chambrière, de sa voix inimitablement élégante et autoritaire :

— J'ai besoin de l'occuper un moment. Le spectacle de la magie chachapoya devrait m'y aider.

Hier soir, celle que Xo appelait par dérision la petite oie chimu avait déclaré vouloir subir l'épreuve de l'arbre aux douleurs et aux plaisirs pour devenir ainsi concubine officielle. Un instant la favorite imagina le corps écartelé de sa rivale et songea à nouveau à cette nuit où elle avait subi pour la première fois l'horreur du viol. Il y avait des lunes que les soldats les traquaient dans les marécages de Parilango. Les paysans andins constituant le gros de l'armée impériale n'aimaient guère s'enfoncer dans les jungles où vivait son peuple, mais que n'auraient-ils pas fait pour capturer des femmes à la peau blanche ? Si depuis les édits du père de Pachacuti, viol et pillage étaient en principe interdits lors des expéditions militaires, cette règle souffrait bien des exceptions quand il s'agissait des forêts de l'Inti et de leurs sauvages ! Sa coiffure terminée, Xo dénoua son ascu de nuit et demeura nue devant ses servantes.

Elle connaissait leurs regards d'envie pour son teint clair. Elle avait longtemps vécu cette différence comme la cause de son malheur, aujourd'hui elle entrevoyait une autre issue. Elle descendit aux thermes pour régler les vannes des sources chaudes et fraîches qui les desservaient, vérifier que les ustensiles nécessaires à l'initiation étaient prêts. Soudain, elle entendit des rires. Entourée d'une douzaine de concubines, la princesse chimu arrivait. Un instant, la favorite contempla, sans complaisance, les corps ambrés de ses compagnes, détaillant leurs morphologies différentes, toutes vouées au plaisir d'un seul homme.

— Tu as réclamé d'être admise comme concubine officielle du Suprême et t'es déclarée prête à subir les épreuves de l'initiation. Es-tu toujours décidée ?

— Je le suis !

— Oh oui, elle va être initiée ! crièrent les autres femmes d'un même élan joyeux.

Aussitôt, elles se saisirent de la jeune Chimu qu'elles ligotèrent nue à l'instrument de bois où chacune d'elles avait été attachée pour devenir concubine officielle. Ses mains furent liées derrière le tronc de l'arbre, pendant que chaque jambe était fixée à une branche. Xo prit un onguent rouge dont elle enduisit le corps de la princesse puis lui fit avaler un gobelet d'un liquide laiteux.

— Que c'est piquant ! dit la jeune Chimu qui se mit aussitôt à suer.

À ce moment, Manco entra dans la pièce, la princesse sursauta en voyant le gouverneur de Cuzco.

— Continuez, dit simplement Xo, elle doit s'habituer à se donner en spectacle si elle veut satisfaire notre maître.

Se tournant vers le gouverneur, elle demanda sans préambule :

— On m'a rapporté que l'Empereur avait engrossé la Coya, le sais-tu ?

D'autres que Manco auraient été troublés tant par le rituel d'initiation que par la brusquerie de la question. Élevé à la Cour dès la mort de sa mère, le gouverneur n'ignorait rien en matière de perfidies, aussi répondit-il avec calme :

— Je ne dors pas dans la chambre impériale.

— La nourrice du prince Canchari se trouve à Tambo Machaï.

— Ma foi, tu es mieux informée que moi.

— Cette femme se ferait couper vivante en lanières pour la Coya.

— Chacun de nous ne peut que se réjouir de sa fidélité à la dynastie !

— Peut-être seras-tu moins ignorant à propos de la dernière favorite impériale ? On dit que c'est une musicienne de grand talent.

— Ma foi, tu me l'apprends.

— Bon, tu ne sais rien ! Cependant si tu croises la Coya, veux-tu bien lui transmettre mes respectueux hommages et l'informer que je souhaite prendre les eaux ?

— Pachacuti ne désire pas que d'autres membres de la Panaca le rejoignent à Tambo Machaï.

Xo n'eut pas le temps de répondre, la princesse chimu émettait maintenant des gémissements de plus en plus bruyants. Manco se décidait à partir quand il se souvint du but de sa visite :

— Laquelle de tes servantes a disparu ?

La favorite le fixa avec effronterie, avant de répondre d'une voix sucrée :

— Je t'aurai dérangé pour rien, estimé gouverneur, cette sotte est rentrée à l'aube. Je me suis effrayée, il faut dire que tant de choses étranges se produisent depuis quelque temps. Les rues de Cuzco sont de moins en moins sûres !

*

Construit sur un promontoire, face à Coricancha, le temple de Viracocha n'était terminé que depuis peu. Il ne ressemblait à aucune autre construction du Tahuanti. L'Empereur en avait lui-même dressé les plans, commençant par faire aplanir la colline où serait bâti ce lieu de dévotion afin que son site ressemble à la plaine où le Dieu nouveau était apparu à son père. Le temple lui-même mesurait quatre-vingts coudées sur soixante. Ses murs de granit étaient percés aux quatre points cardinaux. Toutefois, seule la porte de l'Est était autorisée aux fidèles comme si, par cet hommage au Soleil levant, Pachacuti avait souhaité signifier davantage la continuité que la rupture entre l'ancienne et la nouvelle croyance. À l'intérieur de l'enceinte, d'autres murs supportaient la terrasse et traçaient douze ruelles. Lorsqu'un visiteur entrait, il s'engageait dans un labyrinthe qui, par un mouvement en spirale, le conduisait au fond du temple, vers l'escalier menant au sanctuaire. Pour permettre à la foule de circuler sans danger, des fenêtres avaient été aménagées dans les murs et des gardiens étaient installés en permanence dans des niches creusées sous ces fenêtres. Ocllo et Tupac gravirent les marches pour déboucher sur une vaste terrasse revêtue d'albâtre au centre de laquelle le sanctuaire brillait tel un diamant noir.

— Lorsque j'arrive ici, je suis toujours émue, murmura Ocllo.

Construit en forme de pyramide tronquée, haut de vingt pieds, revêtu de panneaux de marbre d'un noir absolu, le sanctuaire constituait un chef-d'œuvre d'architecture. Ocllo et Tupac pénétrèrent à l'intérieur. Éclairée par cinq torchères où brûlait jour et nuit une huile de naphte sans odeur brillait une statue d'or pur. Le sculpteur avait représenté Viracocha tel qu'il était apparu au père de l'actuel empereur : un homme dans la force de l'âge ne portant d'autre vêtement qu'un pagne brodé et d'autre arme qu'un bâton de marche. Autour du Dieu nouveau régnait un silence attentif, comme si ses fidèles n'avaient pu détacher leurs regards de ses yeux d'émail, où les orfèvres étaient parvenus à inscrire sa compassion infinie pour les êtres humains. Ocllo se mit à pleurer.

— Qu'as-tu ? lui demanda Tupac à l'oreille.

Ils sortirent de la chapelle. L'ombre des nuages se reflétait sur les dalles claires.

— J'ai honte de moi !

— Honte de toi ?

— Je suis jalouse d'Anas, j'ai tellement peur de ne pas te satisfaire.

— Tu me satisfais, ne vois-tu pas que je t'implique de plus en plus dans les enquêtes ?

Elle eut un pauvre sourire :

— Je voulais dire comme ma sœur, au lit.

— L'appétit au lit est comme l'appétit tout court, variable selon les êtres. Anas est plus gourmande que toi, voilà tout !

Elle pleura de plus belle, Tupac ne sut plus pourquoi ils étaient là, sur cette terrasse balayée de vent. Puis il aperçut un prêtre qui s'approchait d'eux :

— On vient nous chercher…

Il s'interrompit, le jeune disciple de Viracocha était à leurs côtés.

— Le Collège des serviteurs de la vraie lumière vous attend.

Ayant descendu un escalier, parcouru un dédale de couloirs, ils débouchèrent dans un amphithéâtre. La salle ne comportait aucune ornementation hormis, dressée en son centre, une grande statue de Viracocha en bois d'ilangnuco*. Un jour pâle filtrait par douze lucarnes trapézoïdales, des brûle-parfum d'argent dispersaient dans l'atmo-

* ILANGNUCO : bois précieux.

sphère une senteur aromatique qu'Ocllo ne sut identifier. Répartis semblait-il au hasard des gradins, six hommes et six femmes les attendaient. Le plus âgé, en qui Tupac Hualpa reconnut Pomacapi, le président du Collège des prêtres, prit la parole :

— Estimé enquêteur impérial, vous avez souhaité rencontrer notre Collège, installez-vous, nous vous écoutons avec grande attention.

S'étant assis sur un gradin, Tupac commença :

— Comme vous le savez un sacrilège a été commis dans l'enceinte de Coricancha. Plus tard une accla consacrée a été séduite par un haut fonctionnaire qui est mort en évoquant Viracocha et en appelant la population à supprimer l'institution des Vierges du Soleil. Le clergé d'Inti vous rend responsables de ces deux événements.

— Quel intérêt aurions-nous à envenimer les choses avec les tenants de l'ancienne religion ? dit une prêtresse.

— C'est le raisonnement que le gouverneur de Cuzco a tenu à Huascar pour l'apaiser. Cependant, je dois vous demander d'éviter toutes provocations. La fête de la plaine sacrée se déroulera dans moins de trois lunes. D'ici là, j'espère être parvenu à arrêter les coupables. Sinon, sachez que le gouverneur sera contraint d'interdire votre procession.

— Ce serait une décision grave ! Nous espérons qu'elle ne devra pas être appliquée, nous craindrions en effet de ne pouvoir tenir nos jeunes. Pourquoi cette potière a-t-elle été assassinée ?

— Elle n'a pas été assassinée comme on a essayé de le faire croire, elle est morte des suites d'un avortement.

— Tout se passe donc comme si des ennemis de notre foi s'étaient emparés d'un cadavre et l'avaient déposé dans Coricancha pour nous nuire...

— Il est effectivement possible d'interpréter ainsi cet événement.

— En ce qui concerne le détournement d'une accla consacrée, dit un autre prêtre, notre Collège désapprouve moins le principe de l'institution que ses dérives connues de tous : rapts de jeunes filles, scandaleuses inégalités dans le choix de celles qui seront sacrifiées. Si toutes les Vierges cloîtrées dans Accla Huasi l'étaient en raison de leur foi, nous n'aurions pas de critique à émettre. Hélas, la vérité est que la Maison des Vierges du Soleil constitue une prison pour beaucoup d'entre elles.

— Vous comprendrez qu'il me soit impossible de rentrer dans ce débat en tant qu'enquêteur mandaté par l'Empereur, répondit Tupac.

— Alors, qu'attendez-vous de nous ? demanda le plus âgé des prêtres.

Tupac Hualpa hésita, il se rendait compte qu'en ayant confié au Collège des informations confidentielles, il était sorti de sa neutralité de haut fonctionnaire impérial et avait laissé parler ses sympathies. Devait-il revenir à plus de déontologie ou continuer dans la voie de la franchise ? Il observa Ocllo, le regard de la jeune femme paraissait aimanté par une prêtresse qui s'était tue jusqu'à présent. Brusquement, Tupac comprit ce qui attirait si fort la yana ; la prêtresse portait à son bras gauche un discret bracelet de servitude, comme elle c'était une serve.

— J'aimerais vous montrer un objet que la potière trouvée morte dans Coricancha, elle s'appelait Onitola, tenait serré dans un de ses poings. Il s'agit d'une pointe de flèche en obsidienne, une fourniture militaire banale. Il est fréquent que ces pointes soient gravées au signe d'un régiment, voire d'un groupe de combattants ou d'une campagne. Comme vous le savez, dans le but d'éviter la constitution de sociétés secrètes, tous les signes utilisés dans l'Empire doivent être déposés au Conservatoire impérial des symboles installé dans le grand observatoire de Sacsahuaman. Mais voilà : la marque gravée sur cette pointe de flèche, un jaguar cerclé de cinq étoiles, n'a fait l'objet d'aucun dépôt au conservatoire…

Tupac se leva pour remettre la pointe d'obsidienne à Pomacapi. L'objet passa lentement de prêtre en prêtresse sans provoquer de commentaire. Pourtant, l'un d'entre eux se leva, plaça l'objet dans la lumière pour mieux l'observer. Il était presque aussi large que haut, quelque chose dans sa silhouette rappelait Cusi.

— Il s'agit d'un ancien signe de commandement, datant d'avant l'actuelle dynastie.

— Du temps du royaume de Chimu ? demanda l'inspecteur impérial.

— Beaucoup plus vieux ! Mon grand-père qui était effectivement un érudit chimu affirmait que, contrairement aux croyances actuelles, le Tahuanti n'avait pas commencé avec le premier Sapa-Inca et que, en conséquence, le père de Pachacuti n'était pas le huitième empereur.

Dans le silence qui s'établit, Ocllo eut le temps de penser que ce qu'elle venait d'entendre était un secret peut-être plus redoutable que la possible existence du grand Empire du Nord. L'orateur parut, lui aussi, prendre conscience de la gravité de son propos car il déclara :

— Vous avez prêté le serment des totoyrikoks, ce n'est pas le cas de la serve qui vous accompagne. Pouvez-vous garantir sa loyauté ?

— Je réponds d'elle.

— Bien. Selon l'antique savoir chimu, le Tahuanti serait vieux de plusieurs milliers d'années. Il aurait plusieurs fois sombré dans la décadence et plusieurs fois un de ses peuples en aurait pris la direction pour le rétablir. Dans cette longue succession de dynasties, les Incas ne seraient que les dirigeants actuels de l'Empire. Les Chimus, les Collas, les Tacnas, les Chancas* et d'autres peuples encore dont les noms sont aujourd'hui oubliés, l'auraient également dirigé.

Par les lucarnes, on ne voyait rien que le gris des nuages et la pluie qui avait recommencé à tomber. L'ensemble de l'assemblée était suspendue au récit du prêtre chimu.

— D'après ce savoir, les premiers empereurs étaient issus d'un peuple de l'Anti et beaucoup de

* CHANCA : peuple ennemi, puis allié des Incas.

siècles plus tard ce même peuple doit sauver l'Empire de la décadence.

— Comment une nation organisée aurait-elle pu se constituer dans ces jungles malsaines ? demanda Tupac.

— L'Anti n'a peut-être pas toujours été recouvert d'impénétrables forêts. De grandes cités y auraient existé.

— Aujourd'hui, les peuples qui y survivent sont des sauvages qui se dévorent entre eux et dont les femmes tuent leurs fruits en leur sein. De quelle manière pourraient-ils gouverner le plus vaste empire que la terre ait porté ?

— La prophétie ne le dit pas.

— Et que dit-elle ?

— Que lorsque le peuple venu de l'Anti créa l'Empire des Quatre Quartiers, le monde était sous l'emprise de la constellation du jaguar, et que depuis des siècles nous vivons sous l'influence de la constellation du condor, le protecteur des peuples des montagnes.

— Et que montrent aujourd'hui les astres ?

Le prêtre hésita avant de répondre :

— Que nous nous rapprochons à nouveau de la constellation du jaguar.

— Que va-t-il se passer ?

— Attendons-nous à voir les fleuves déborder, les sources jaillir, les animaux se reproduire, les femmes accoucher de nombreux enfants. Avec le Jaguar vient le temps de la fécondité et des eaux. C'est une force immense qui peut régénérer ou détruire l'Empire !

*

Tupac et Ocllo se séparèrent à la sortie du Temple. La jeune yana aurait aimé discuter avec son maître des affirmations du prêtre. Malgré sa jeunesse, elle se rendait compte qu'il s'agissait d'un élément important dans ce que l'enquêteur impérial nommait l'environnement d'un crime, quelque chose qui, à l'instar du climat pour une contrée, n'explique pas tous les détails d'une affaire mais la détermine profondément. Un autre point la troublait. À l'école de l'orphelinat, leurs enseignants s'étaient efforcés, tout en leur décrivant la manière dont le Tahuanti était organisé, de leur en montrer la cohérence et l'harmonie voulues par les Dieux. Or depuis qu'elle était devenue la yana de Tupac, Ocllo avait commencé à entrevoir les coulisses de l'Empire. Son maître lui avait expliqué que la Panaca grouillait d'intrigants et que les gouverneurs, presque tous issus de l'aristocratie, confondaient le plus souvent naissance et compétence. En participant aux enquêtes, elle s'était aperçu que les totoyrikoks, qui constituaient la structure de contrôle impériale, ne possédaient pas tous la vertu de Tupac et qu'aussi bien les curacas*, responsables de vallée, que les sinchis, chefs de village, étaient le plus souvent d'anciens sous-officiers aux connaissances limitées.

* CURACA : chef de vallée ou de groupe de villages.

— Où vas-tu ? demanda Tupac.
— Chercher des tissus avec Anas.
— Vous n'emmenez pas Pinca ?
— Elle doit se rendre aux bains avec Roca.
— Voyez-vous ça, notre petite paysanne qui plaît à mon quipu-kamaoc !

Il rit, avant de poursuivre plus grave :

— Je dois rencontrer un informateur ; n'oublie pas que ce soir nous dînons chez le gouverneur.

— Tu veux vraiment nous emmener chez Manco ?

— Dès que Pachacuti sera revenu à Cuzco, je lui demanderai un quipu de liberté pour vous deux.

Il lui prit le bras, caressa délicatement son bracelet de servitude :

— Puis on enlèvera ceci, le tien et celui d'Anas.
— L'Empereur acceptera ?
— Certainement ! Votre statut de serves est abusif, vous n'êtes pas des prisonnières de guerre mais deux orphelines d'un peuple depuis toujours allié.

— J'aimerais, quand tu auras le temps, que tu m'expliques l'institution des yanas.

— Ta curiosité m'émerveille souvent. J'essaierai mais c'est compliqué. Ninancoro pourrait, sans doute, mieux le faire que moi.

Dès qu'elle eut quitté Tupac, Ocllo s'en voulut de lui avoir dissimulé le véritable but de son rendez-vous. Pour gagner le quartier des astrologues, elle choisit d'emprunter les nouveaux escaliers monumentaux plutôt que de couper par les ruelles et s'assura que personne ne la suivait. Lorsqu'elle arriva devant la cancha de Mama Tami, Anas l'attendait. Elle lui montra les tissus qu'elle avait achetés. Ocllo approuva les choix de sa cadette. Elles avaient de quoi confectionner pour elles plusieurs ascus légères ainsi que deux chapeaux emplumés pour la fête de Sitowa* et pour Tupac plusieurs uncus dont un, magnifique, en laine d'un blanc éclatant. Une servante les fit entrer, Ocllo exposa la raison de leur venue à l'astrologue. Mama Tami l'écouta sans mot dire puis résuma :

— Ainsi vous vous étonnez de ne pas encore avoir été fécondées par votre maître alors que vous vivez en sa maison depuis deux ans. Pour s'assurer de sa fertilité, vous êtes allées jusqu'à introduire une nouvelle concubine.

— Une idée de ma sœur, murmura Ocllo.

— De toutes façons il n'a pas voulu la conserver. Tupac se dit souvent étonné de nous désirer toutes les deux, du temps où son épouse vivait, avoir une concubine lui paraissait impossible.

— Il était si attaché à Chimpu, murmura l'astrologue avant de poursuivre d'une voix plus assurée :

— A-t-il une préférence entre vous deux ?

— Je ne crois pas, répondit Anas.

— Il préfère ma sœur, affirma Ocllo.

— Ce n'est pas vrai, sa confiance en toi est grande.

* SITOWA : grande fête d'automne.

— Avec laquelle de vous fait-il le plus souvent l'amour ? demanda Mama Tami.

— Avec moi, répondit Anas en baissant la tête.

— Bien, je vais t'examiner, ôte ton ascu et ton pagne. Depuis combien de temps es-tu pubère ?

— Bientôt quatre ans.

À la fin de l'examen, l'astrologue annonça :

— Le ventre d'Anas est bien conformé, ses voies ne sont pas obstruées, rien ne s'oppose à sa fécondation. Veux-tu que je t'examine aussi, Ocllo ?

— Ce n'est pas nécessaire.

— Nous allons interroger l'esprit de l'océan, venez !

L'astrologue se dirigea vers le fond de la pièce où était disposé un bassin de pierre rempli d'eau.

— Elle vient vraiment du grand océan ? demanda Ocllo.

— Oui, seule l'eau primordiale peut nous éclairer sur notre destin ! As-tu déjà vu l'Océan ?

— Nous sommes des Tacnas.

— J'avais oublié ! Je vais donner à chacune de vous trois galets et trois balsas*. Vous les jetterez l'une après l'autre, l'aînée la première. Ensuite, vous vous retirerez pour prier jusqu'à ce que j'aie déchiffré les présages.

Agenouillées devant une statue du créateur du monde, les deux sœurs écoutèrent longtemps Mama Tami psalmodier des chants sacrés. Puis l'astrologue revint près d'elles et s'agenouilla.

* BALSA : bois très léger.

— Qu'est-ce qui t'a nouée, Ocllo ?

La jeune serve se mit à pleurer, Mama Tami la prit dans ses bras.

— C'est de ma faute, je vais partir !

— Qu'est-ce que tu racontes ? demanda Anas.

— Je suis nouée, je te noue car tu m'aimes et voilà pourquoi aucune de nous ne donne d'enfant à Tupac. Je vais vous laisser, tous les deux, dès que je ne serai plus serve.

— Ce n'est qu'un petit bout de la vérité. Ocllo, tu es effectivement nouée, cet élixir de damiane devrait t'aider. Mais la cause essentielle de votre stérilité est l'âme de Chimpu. Elle ne sait pas qu'elle est morte et s'interpose entre votre maître et vous. Je vais m'adresser à elle. Je ne sais combien de jours ou de lunes lui seront nécessaires pour m'entendre. Elle aimait son époux et ne peut accepter de l'avoir abandonné dans le monde d'en-bas. Pourtant, c'est une bonne âme qui n'a pas de ressentiment à votre égard.

— Nous aussi nous aimons Tupac, murmura Anas, nous ne voulons aucunement nuire à la mémoire de Chimpu.

— Demandez-lui l'autorisation de rendre Tupac père à nouveau.

— Nous le ferons, dirent les deux sœurs, d'une même voix.

— Pour terminer, je veux vous dire une bonne nouvelle, l'esprit de l'océan est formel, vous n'êtes pas rivales.

— Rivales ? dit Anas, d'une voix étonnée.

— L'affection de vos cœurs sera toujours plus forte que la jalousie de vos sexes. Lorsque Ocllo sera dénouée et l'âme de Chimpu apaisée, Tupac vous fécondera presque en même temps. Vos ventres gonfleront du même souffle, l'une de vous mettra au monde une fille et l'autre un garçon.

— Qu'a encore dit l'esprit ? questionna Ocllo.

— D'abord que ta curiosité est insatiable, répondit en souriant Mama Tami, et aussi qu'il fera très chaud lorsque votre maître vous engrossera.

— Alors la saison des pluies sera terminée, affirma Anas.

— L'esprit ne l'a pas dit, conclut l'astrologue.

*

Le soir tombait lorsque l'enquêteur impérial arriva au palais du gouverneur de Cuzco, il y fut accueilli par un majordome et conduit jusqu'au jardin couvert. Depuis ce jour mémorable où, plongeant dans les eaux froides du lac Nepu, il avait sauvé le futur empereur Pachacuti, Tupac Hualpa avait pu observer tous les aspects de la splendeur dans laquelle vivait l'aristocratie inca. De son enfance modeste, il avait conservé un malaise devant le luxe comme s'il gardait toujours à l'esprit l'écart séparant l'existence rude des paysans de la magnificence de la Panaca. Il était de bon ton dans l'aristocratie de considérer la prodigieuse richesse du pouvoir comme un garant de la stabilité de l'Empire. Tupac, à l'inverse, se demandait parfois si la grande différence de conditions entre ses habitants n'était pas devenue une des faiblesses du Tahuanti. L'apparat du palais de Manco avec ses murs de pierres jointes par des filets d'argent et ses déambulatoires lambrissés de bois précieux l'irritait. Un peu partout, des niches aménagées dans les parois accueillaient un peuple de figures animales ou humaines, moulées dans l'or fin. Les décorateurs du gouverneur avaient aussi disposé dans les couloirs de faux arbres en céramique et peint sur les parois des herbes folles et des lézards qu'on aurait dit vivants. Dans le murmure de ses quatre fontaines, le jardin intérieur représentait l'apothéose de cette opulence avec ses fleurs de bois multicolores, son carré de faux maïs où des oiseaux de terre cuite semblaient chanter, son puma d'or aux aguets sur un rocher de porphyre. Tupac y trouva Anas et Ocllo bavardant avec une jeune femme à la peau claire. Il reconnut la nouvelle yana de Manco qui jouait si bien de la flûte. Avec sa tendresse expansive, Anas vint à sa rencontre pour l'embrasser. Il respira son parfum qu'il aimait tant pendant qu'elle lui montrait la pièce d'alpaga blanc qu'elle avait choisie pour lui.

— Il faudra que tu t'assures auprès du bureau des vêtements et parures qu'un totoyrikok de premier échelon, comme moi, a le droit de porter un blanc aussi pur. Peut-être devras-tu y coudre quelques plumes grises ?

— Ça serait dommage ! Mais je suivrai ton conseil.

Manco entra dans la pièce d'un pas décidé. Deux serviteurs l'accompagnaient portant une table couverte de victuailles.

— J'allais oublier ! s'exclama Anas.

Aussitôt, elle sortit une terrine d'un panier de joncs.

— Voici des cornets de maïs à la viande pour vous, gouverneur.

— Tupac, mon ami, ta yana l'affirme, ce régal m'est destiné. Peut-être consentirai-je à te le faire goûter si l'enquête a progressé.

Avant de répondre, l'enquêteur impérial chercha le regard de son supérieur pour s'assurer qu'il pouvait parler en présence de Sitki. Manco ayant approuvé de la tête, il dégagea d'une poche de son uncu le poignard de bronze, trouvé par Pinca.

— Connaît-on maintenant son origine ? demanda Manco.

— D'après un informateur, il s'agit d'une arme du troisième régiment de marche de Sillustani.

— En es-tu certain ?

— L'homme qui m'a donné cette indication a toujours été fiable. Toutefois, j'ai entrepris de vérifier par une autre source.

Manco commença à parcourir le jardin intérieur à grandes enjambées résolues. Les lueurs du couchant découpaient sa splendide silhouette — ne disait-on pas qu'il était, avec Capac Yupanqui, un des plus nobles guerriers de l'Empire —, et faisaient luire son pectoral d'or et ses anneaux d'oreilles incrustés de malachite. Les trois yanas observaient, avec un étonnement mêlé de crainte, l'agitation du gouverneur. Tupac répondit à la question muette de Ocllo :

— Le troisième régiment de Sillustani est la troupe préférée du Suprême, les hommes qui assurent sa garde personnelle en sont issus.

Manco saisit un cornet de maïs, l'engloutit prestement, avant de poursuivre :

— As-tu d'autres nouvelles plus réjouissantes ?

— Jaya ne parvient pas à trouver trace de la potière morte, il a trop plu. Nous n'avançons pas davantage du côté des disparitions. La mort du répartiteur central des postes a refermé une piste possible. Cet épisode tragique n'est peut-être qu'un complot du clergé d'Inti, sans rapport avec les disparitions.

— Comment expliques-tu alors que les amants aient été sauvés du supplice des flammes ?

— On peut certes y voir la main d'éventuels maîtres chanteurs, mais tout aussi bien celle de Huascar.

— Crois-tu possible que le premier prêtre du Tahuanti se soit prêté à semblable manœuvre ?

— Je ne sais pas. Huascar a une haute conscience de ses devoirs. Toutefois, lorsqu'il s'agit de la nouvelle religion, il perd toute raison.

— L'as-tu fait mettre sous surveillance ?

— Difficile… Il faudrait des enquêteurs inconnus à Cuzco.

— Et le poison ?

— D'après Cusi, il est possible de se procurer toutes les drogues de l'Anti, pour peu qu'on puisse proposer en échange des grains ou des quipus de transit.

— Des grains ou des quipus de transit ?

— Selon de multiples rumeurs, le Suprême aurait ordonné le déplacement d'une partie des réserves stratégiques de quinoa vers le Cunti. Certains, à Cuzco, ont peur de manquer de nourriture. Pour les quipus de transit, c'est simple : trop de gens, issus des peuples vaincus, ne peuvent circuler comme ils l'entendent.

— Ces restrictions devraient être levées. Hélas, beaucoup de gouverneurs de Province ne veulent pas abandonner ce pouvoir

— Tu devrais en parler à l'Empereur.

— Impossible en ce moment.

— Je ne te comprends pas, Manco. Des événements très graves se produisent dans sa capitale et Pachacuti reste à Tambo Machaï à prendre les eaux.

— Tupac, tu es mon subordonné mais aussi mon ami, fais-moi confiance.

— Je te fais confiance, gouverneur, mais nous dormons sur le dos d'un jaguar !

Depuis midi, d'étranges nuages cuivrés s'amassaient sur les monts Abancay

De la terrasse de l'inspection criminelle, Anas observait avec inquiétude le vent poussant vers Cuzco cette énorme masse sombre. Elle voulut croire qu'il s'agissait simplement d'un nouvel orage. Soudain, elle perçut un roulement sourd venant des cieux. La grêle ! Le pire des fléaux, la colère froide des Dieux lapidant le monde d'en-bas ! Elle s'inquiéta pour Tupac et pour sa sœur. Puis son cœur généreux étendit sa compassion à tous les collaborateurs de l'inspection criminelle et, par-delà, vers les quatre horizons du Tahuanti. Un instant elle eut envie de pleurer pour la vigogne égarée cherchant un refuge pour ses petits, pour le cultivateur de quinoa voyant sa récolte détruite en un instant, pour les pêcheurs du Titicaca cernés par la tempête, pour les fleurs lacérées, les aqueducs obstrués, les papillons morts. Elle mit à l'abri les pots où elle faisait pousser aromates et plantes de santé, s'assura que les volets étaient attachés et se préparait à verrouiller la porte de l'escalier quand la grêle s'abattit avec fracas. Elle contempla quelques minutes les balles blanches frappant le carrelage puis descendit vers la cuisine. Pinca s'était réveillée et regardait par la fenêtre.

— À Simo-Alma, je n'ai jamais vu de grêle. Beaucoup de neige pendant l'hiver, par contre.

— Les gens ont peur de la grêle, ils craignent la rage dévastatrice d'Inti Illapa.

— Tu ne la crains pas ?

— Je ne sais plus, Tupac croit que Viracocha est le seul créateur du monde.

— Tu aimes beaucoup ton maître.

— J'aime Tupac, c'est un homme bon, attentif, intelligent, qu'il soit venu nous chercher Ocllo et moi à l'orphelinat militaire est un cadeau des Dieux ! J'essaie de le chérir du mieux que je le peux.

— Parfois, la nuit, je t'entends crier.

Anas baissa la tête :

— Ma sœur dit que je suis impudique, mais j'aime faire l'amour avec lui.

— Je t'envie ! Parfois, mon mari me manque.

— Mama Tami est une bonne marieuse, nous irons la voir quand les beaux jours seront revenus, promit Anas.

Elle s'attendait à un flot de questions sur les talents matrimoniaux de l'astrologue ; Pinca changea de sujet de conversation :

— Pendant que tu étais sur la terrasse, on a amené une guenon.

— Jaya ?

— Non, celle-ci est grise. Quatre gardes l'ont apportée dans une cage.

— Elle est restée sous la grêle ?

— Bien sûr que non, je l'ai fait mettre dans la réserve à foin.

— Allons voir !

Elles durent raser les murs de la cour pour se protéger des grêlons. Lorsqu'elles atteignirent le foineau, l'étonnement d'Anas fut à son comble. Épouvantée par l'orage, une jeune guenon gémissait dans une cage d'or. Un collier de turquoises scintillait sur son pelage !

— Pourquoi ne m'as-tu pas prévenue ?

— Les gardes cherchaient Roca, cette bête lui est destinée. Je suis descendue l'avertir. Ne l'ayant pas trouvé, je suis remontée pour te chercher. Les gardes avaient déjà disparu, ils ont laissé ce quipu.

Les franges écarlates se déroulèrent dans la lumière.

— Un message de l'Empereur ! Il faut prévenir Tupac !

Anas descendit quatre à quatre vers le rez-de-chaussée. Le premier milicien qu'elle interrogea ne savait rien, le second lui affirma que l'enquêteur impérial discutait avec le lieutenant Cusi. Elle entra sans hésiter :

— Excusez-moi, Roca a reçu ceci.

S'étant saisi du quipu, Tupac commença à le déchiffrer : Pachacuti, en personne, y priait le quipukamaoc Roca de prendre soin de Sisa, la guenon du prince héritier, la maladie de celui-ci ne lui permettant pas de s'en occuper convenablement.

— Où est-elle ? demanda Tupac.

— Dans le foineau.

— Bien, nous aviserons dès que Roca sera de retour. J'espère que cette grêle ne le retardera pas trop.

— Comment le Prince héritier peut-il connaître un simple quipu-kamaoc ? demanda Cusi.

— Canchari a entendu parler de Jaya et de son odorat prodigieux. Il est venu la voir, il y a quelques lunes, puis est reparti émerveillé des bons soins dont Roca l'entoure.

*

Depuis quatre jours une caravane de lamas de bât faisait la navette entre le village et la Mère de la nuit, cette falaise sombre où Zambiza avait trouvé l'argile parfaite. Pendant que les caravaniers s'activaient, il avait fait damer le grenier principal, en invitant à danser villageois et militaires. Deux nuits durant, tambourins et flûtes jouèrent jusqu'à l'épuisement. On consomma une quantité déraisonnable de bière de maïs, on commit quelques adultères. Au troisième matin, l'atelier où seraient construits modèles et moules était prêt. Les officiers remirent à Zambiza une corde définissant les principales dimensions que le Suprême souhaitait pour son cadeau à l'Empereur. Lorsqu'il la déroula, une onde de terreur le submergea : Capac Yupanqui exigeait un disque de seize pieds de diamètre ! Le jeune fondeur tomba à genoux sur la terre dure en implorant l'esprit de son père. Le soir, il ne parvint pas à s'endormir et ressassa jusqu'à l'aube la cohorte des difficultés entraînées par la réalisation d'un disque aussi gigantesque. Quelle taille prévoir pour le four ? Comment travailler une planche de plus de huit pieds pour y découper le profil du disque ? Quelle épaisseur choisir afin que le disque puisse être transporté à Cuzco, ce qui impliquait à la fois résistance certaine et relative légèreté ? Comment travailler les masses de gomme et de cire nécessaires ? Un moment, il se mit à crier dans son rêve :

— Père, pourquoi ne m'as-tu parlé de ton art que dans tes derniers jours ?

Le vieux sergent, qui s'était pris d'affection pour lui et dormait maintenant dans l'entrée de l'atelier, le secoua pour le réveiller :

— Arrête gamin, arrête !

Zambiza ouvrit les yeux, observa ce visage ridé qui lui souriait avec bonté :

— Si un jaloux se rend compte que tu ne connais pas grand-chose à l'art de la fonderie, il préviendra les officiers. Tu n'auras aucune échappatoire et la première erreur te sera fatale. Nous allons travailler dur et fondre ce fichu disque.

Au matin, la pluie tombait avec régularité sur le village. Apaisé par la confiance du sergent, Zambiza se réveilla plus calme. Il se leva et contempla le tas d'argile. Ce soir, lorsque rentreraient les derniers lamas, la fabrication des briques réfractaires pourrait commencer. La construction du four serait finie avec cette lune. Il empoigna une des longues planches de cèdre blond que l'intendance militaire avait amenées des forêts de l'Inambari et commença à y tracer d'un fusain assuré les deux profils intriqués du disque d'or et de son noyau. Secondé par deux aides, le sourd-muet autrefois collaborateur de son père et une jeune fille silencieuse, dotée d'une habileté manuelle peu commune, Zambiza ne mit que trois jours pour tourner les modèles en argile des demi-disques et de leurs noyaux creux. Les étapes suivantes furent plus laborieuses. Faire fondre les grosses quantités de gomme nécessaires aux moules souples se révéla difficile. Au début le brasier ne parvint qu'à ramollir vaguement la pâte. Puis, lorsque trois souffleurs eurent activé les flammes, la masse de suc de caoutchouc et de résine d'épima s'enflamma. L'incendie fut heureusement maîtrisé. Zambiza se contenta d'un seul souffleur et il devint possible de pétrir la gomme tiède et de réaliser les moules souples. Retirer la terre ne posait pas de problèmes particuliers, cependant il ne fallait pas abîmer la peau de gomme des moules. La jeune fille y parvint. Le soir où l'espace libéré par l'argile fut rempli de cire apporta à Zambiza une double satisfaction : les moules de gomme résistèrent bien à la chaleur de la cire et, dans la nuit, son aide qui se nommait Urma vint silencieusement partager sa couche. À l'aube, il découvrit pour la première fois le corps gracile de la jeune fille, et il se souvint avec étonnement de sa résistance au travail et de sa fougue dans l'amour. S'approchant des moules, il commença à retirer leur peau de gomme dévoilant ainsi les modèles de cire. Urma vint le rejoindre et, sans dire un mot, s'attela aux retouches et au glaçage. Ce travail prit une journée. La nuit suivante, toujours sans échanger une parole, ils retrouvèrent leurs jeux, jusqu'à ce qu'ils s'endorment épuisés dans les bras l'un de l'autre. Le vieux sergent les découvrit ainsi, en venant les prévenir qu'un officier de haut rang arriverait ce matin pour inspecter l'avancement des travaux. Le colonel Guacra, chef de l'état-major particulier du Suprême, contempla avec émerveillement les modèles de cire blanche, félicita Zambiza et repartit aussi vite qu'il était arrivé, laissant le jeune fondeur et ses aides désorientés. La préparation du bain de céramique constitua pour eux une nouvelle épreuve. Zambiza hésita plusieurs jours sur la composition et la viscosité du bain, faisant alternativement ajouter de l'eau et de l'argile. Une nuit, il finit par avouer à Urma que son père ne lui avait plus rien enseigné à partir de là. Loin de s'inquiéter, la jeune femme lui fit observer que les moules souples étaient bien conservés et que, si la réalisation des moules de céramique échouait, il leur serait toujours possible de réaliser de nouveaux modèles de cire. Ayant augmenté la part d'argile dans le bain de céramique, Zambiza et elle commencèrent le trempage à la lueur des lampes à huile. Le vieux sergent qui veillait sur eux avec une tendresse paternelle voulut d'abord les réprimander quand il les trouva encore endormis après le lever du jour. Mais lorsqu'il découvrit la céramique en train d'égoutter, il sortit content. Pendant que se poursuivait le séchage que Zambiza fit activer par un feu très doux — il fallait durcir la céramique mais éviter de déformer le modèle de cire —, l'or commença à arriver au village porté par une caravane d'une centaine de lamas ! Trois jours s'écoulèrent encore. Enfin, jugeant les moules stabilisés, Zambiza ordonna qu'on les chauffe pour évaporer la cire. Il passa encore deux autres journées à les vérifier en compagnie d'Urma et du sourd-muet. Vint le moment d'allumer les fours. Ce premier feu fut interrompu par l'astrologue qui déconseilla formellement de procéder à la fonte, les astres n'étant pas favorables. Inti Illapa lui donna raison, un orage de grêle s'abattit sur le village endommageant les toitures, obligeant bêtes et gens à se terrer. Lorsque les grêlons furent déblayés, les blessés pansés, les toits regarnis de paille, Zambiza ordonna la remise en chauffe. La coulée ne provoqua aucun incident. L'or en fusion pénétra avec régularité les moules de céramique, ceux-ci résistèrent au métal brûlant. Le soir, il y eut un nouveau bal. Zambiza et Urma dansèrent jusqu'à épuisement et le lendemain le vieux sergent ne les réveilla pas. Il fallait laisser refroidir les demi-disques d'or avant de les démouler, les souder et les polir en un resplendissant Soleil à la gloire d'Inti.

*

Les nuages couleur de cuivre de la grêle atteignirent à nouveau Cuzco alors que Tupac Hualpa faisait le point avec ses proches collaborateurs : le lieutenant Cusi, Ninancoro, Roca et Ocllo. L'enquêteur impérial tirait les conclusions de leur réunion quand les grêlons commencèrent à tomber, avec fracas, sur les toits et les terrasses.

— Nous avons avancé dans la compréhension d'ensemble de la situation : la mort d'Onitola semble avoir un rapport avec certaines pratiques des peuples de l'Anti. Le symbole du jaguar et des étoiles serait celui d'un ancien royaume ayant autrefois existé dans cette province. De même, le répartiteur central des Postes et son amante accla ont échappé au bûcher grâce au curarcha, un poison foudroyant confectionné par les tribus chachapoyas. Si la dénonciation dont ils ont été victimes avait une relation avec la disparition des jeunes mariées, tout trouverait une cohérence. Hélas, nous ne pouvons pas en être certains.

— Comment situer, dans tout cela, la découverte d'un poignard de dotation du troisième régiment de Sillustani ? demanda Cusi.

— Autre énigme, qui — comme tout ce qui touche à l'armée — embarrasse notre gouverneur !

— Il nous faudrait parvenir à arrêter des exécutants, dit Roca.

— Si des militaires sont impliqués dans ces enlèvements, cela sera très difficile. Du côté de Coricancha, nous pourrons peut-être compter sur la coopération de certains prêtres choqués par le sacrilège, mais chaque jour des milliers de fidèles prient dans le grand temple. Nous avons plus de chances de retrouver les tireurs de sarbacane.

— S'ils n'ont pas déjà quitté Cuzco…

— Espérons que ceux qui les ont fait venir dans la Capitale les gardent pour leur faire commettre d'autres crimes.

— Nous devrions chercher du côté des marchands de plantes médicinales de l'Anti, suggéra Ninancoro. Ce milieu pourrait leur fournir des caches discrètes.

— C'est un monde difficile à pénétrer qui possède ses coutumes particulières. On y parle des langues que nous ne connaissons pas. En outre, de nombreux marchands appartiennent au peuple chachapoya et sont très méfiants à l'égard de quiconque n'a pas leur peau claire.

— Je connais un milicien originaire de ce peuple, dit Cusi.

— Un Chachapoya serait parvenu à entrer dans la milice ? s'étonna Tupac.

— Il est même chef de la milice d'Ayacucho.

— Comment est-ce possible ?

— En fait, c'est un métis. Son père était le gouverneur de Pucallpa et sa mère une princesse chachapoya.

— Il faudrait le faire venir à Cuzco, peux-tu lui adresser un quipu ?

— Cela ne suffira pas, une demande de Manco au gouverneur d'Ayacucho serait nécessaire.

— Beaucoup de monde va être au courant, l'opération ne sera plus secrète, fit observer Ninancoro.

— Comment assurerons-nous sa protection ? Si ces gens se sentent traqués, ils ne reculeront devant rien.

— Sans compter qu'en raison de la distance et de la mauvaise saison, il ne pourra pas être là avant une lune.

— Sitki, la nouvelle concubine de Manco, est une Chachapoya, peut-être accepterait-elle d'enquêter pour nous ? dit Ocllo.

— Dangereux pour elle et peut-être pour l'enquête : nous ne savons rien de cette yana.

— Que faire alors ? questionna Roca.

La grêle roulait avec fracas sur les toits de schiste.

— De toutes façons, nous risquons d'être condamnés à l'immobilisme par le climat, fit remarquer Ninancoro. J'avais une vingtaine d'années la dernière fois où il a tant grêlé. Beaucoup de paysans ont fui la famine et la colère d'Inti Illapa. Les dégâts ont été immenses, des dizaines de greniers pris d'assaut, de nombreux fonctionnaires des subsistances tués. On commençait même à vouloir brûler des astrologues quand les Chimus ont eu l'idée d'attaquer. L'Empire a failli sombrer. Heureusement Viracocha est apparu au père de Pachacuti, il est parvenu à vaincre les Chimus et à rétablir l'ordre. C'est après cette victoire qu'il a pris le nom de Viracocha-Inca*.

— Nous aurions bien besoin de son fils à Cuzco, conclut Tupac d'un air sombre.

Comme l'avait redouté le vieil embaumeur, l'obscurité persistante des cieux et les chutes répétées de grêle gonflèrent les inquiétudes. Dans la

* VIRACOCHA-INCA : huitième empereur, père de Pachacuti.

pénombre des tambos, sur les marchés de moins en moins achalandés, autour des lavoirs naissaient toutes sortes de légendes : le prince Canchari était décédé, son père Pachacuti mourant, la milice avait arrêté des empoisonneurs venus de l'Anti juste avant que ces monstres ne déversent leur ignoble poison dans les aqueducs alimentant la Capitale, un ennemi inconnu attaquait sur la frontière nord et le Suprême avait fait vider les greniers de Cuzco pour nourrir les régiments chargés de contenir l'invasion. C'est dans ce climat d'extrême nervosité qu'éclatèrent les incidents entre fidèles d'Inti et tenants de Viracocha. D'abord circonscrits à de simples échanges d'injures et à quelques coups, ces heurts prirent une tournure dramatique lorsque la rumeur se répandit parmi les croyants de la foi nouvelle qu'un de leurs prêtres avait été battu à mort devant l'entrée principale de Coricancha. Venant après l'agression de plusieurs prêtresses, ce prétendu assassinat déclencha la colère des jeunes adeptes du Dieu nouveau qui voulurent prendre d'assaut Accla Huasi, la Maison des Vierges du Soleil, somptueuse construction où des centaines de novices, choisies pour leur beauté ou leurs talents, vivaient plus ou moins cloîtrées, en se consacrant au culte d'Inti. Un cordon de miliciens parvint heureusement à contenir la foule jusqu'à ce que Pomacapi, le Président du Collège des serviteurs de la vraie lumière, instance suprême de la nouvelle religion, parvienne à disperser ses partisans en leur démontrant que la profanation d'Accla Huasi conduirait à la guerre civile. La Maison des Vierges était sauvée mais une dizaine de barricades et plusieurs camps retranchés appartenant à l'une ou l'autre des factions ne tardèrent pas à apparaître. Les temples principaux de chaque religion devinrent les centres de ralliement des deux partis si bien qu'en quelques jours tous les adeptes de Viracocha avaient quitté les abords de Coricancha et tous les fidèles du Dieu Soleil avaient fui Cuzco le Haut. Cependant, une part importante de la population de la Capitale ne se reconnaissait pas dans ce conflit et poursuivait ses activités. Le Nombril du Monde eut bientôt deux vies : une diurne somme toute normale où les maçons bâtissaient, les orfèvres travaillaient l'or, les astrologues consultaient, et une nocturne où, séparées par une fragile barrière de miliciens, ville haute et ville basse s'observaient. Fort inquiet de cette situation, le gouverneur Manco avait dépêché plusieurs courriers auprès de l'Empereur. N'obtenant aucune réponse, il se décida non sans craintes à solliciter l'aide de Capac Yupanqui. Celui-ci répondit que l'Armée n'étant pas responsable de l'ordre public, il devait conserver ses forces pour contenir les menaces extérieures ; en outre le déploiement des troupes dans le périmètre sacré du Nombril du Monde relevait du seul pouvoir de l'Empereur. Manco était en pleine perplexité quand, par une aube froide, les habitants de Cuzco perçurent le pas lourd des régiments de l'armée du Nord investissant la ville. Contournant le Suprême et le haut état-major, un quipu impérial avait ordonné au général Nitila d'abandonner la garde de la frontière septentrionale pour rétablir l'ordre dans le Nombril du Monde.

*

La simple entrée des troupes ayant suffi à démanteler barricades et camps retranchés, ceux des habitants de Cuzco qu'habitait la nostalgie des origines guerrières de l'Empire se mirent à rêver de discipline et de mise au pas des étrangers. Les premiers actes publics du général les déçurent rapidement. Loin de s'installer dans un palais pour organiser une vaste traque des métèques, Nitila se contenta de faire garder les principaux temples des deux religions et de réquisitionner le siège de la Guilde des marchands de guano, la Maison aux condors, pour y loger son état-major. Puis il se rendit, accompagné de deux de ses capitaines, auprès du gouverneur de Cuzco pour arrêter avec lui les mesures propres à restaurer la paix publique. C'est ainsi que Tupac Hualpa, qui se trouvait ce matin-là auprès de Manco, fit la connaissance de ce soldat de légende. Issu d'une famille de l'aristocratie nazca depuis longtemps ralliée au pouvoir inca, Nitila avait été, en effet, le plus proche compagnon de combat du père de Pachacuti. Ayant écouté remerciements et mots de bienvenue du gouverneur de Cuzco, le général prit la parole :

— Cher Manco, il me souvient que l'an dernier dans les jardins de Tambo Machaï, nous avions évoqué la nécessité de mieux articuler la collaboration entre l'armée et la milice afin de faire face à des situations graves. Les événements nous en fournissent l'occasion. Je voudrais d'abord redire que mes forces n'ont pas pour vocation de se substituer aux vôtres et que mon état-major ne prendra aucune mesure pouvant entraver la bonne marche de vos services, particulièrement ceux ayant en charge le ravitaillement de la ville et la poursuite des criminels.

Un long échange de congratulations suivit cette entrée en matière, ce qui amusa Tupac. La conversation dériva sur la grêle, l'état des réserves alimentaires et les inquiétudes populaires. Enfin, à sa stupeur, le général s'adressa directement à lui :

— Respecté enquêteur impérial, des crimes graves ont été commis à Cuzco ces dernières semaines. L'Empereur est préoccupé, l'arrestation des coupables améliorerait grandement la tranquillité de la population, mes hommes sont donc prêts à vous apporter toute l'aide dont vous aurez besoin.

— Mon général, je vous remercie vivement de cette proposition. Mes demandes seront de deux natures. Premièrement, nous souhaiterions interroger de manière détaillée les responsables des deux religions et fouiller en profondeur les temples, ce qui nécessite le maintien durant plusieurs jours du bouclage des lieux de culte. Dans un second temps, nous aurions besoin de l'aide de l'armée pour regrouper les marchands et les artisans issus des peuples de l'Anti à des fins de contrôle.

— Qui cherchez-vous ? demanda un capitaine.

— Les tireurs de sarbacane.

La réunion se poursuivit par un banquet, puis Tupac prit le chemin de l'inspection criminelle, rasséréné par l'attitude du général. Le climat lui-même semblait vouloir apporter sa contribution au retour à l'ordre. L'air était limpide, le ciel dégagé comme ordinairement sur Cuzco et, en cette fin d'après-midi, la merveilleuse lumière du ciel andin se reflétait sur le plan d'eau du Cercle du Serpent.

*

Le soir descendait sur la ville lorsque l'enquêteur impérial atteignit la place aux trois fontaines. Il aperçut l'ascu rouge d'Anas. La jeune femme se tenait assise sur le rebord d'un bassin. Il se prépara à la voir courir vers lui avec des cris joyeux, à l'accueillir dans ses bras. Son amante demeurant immobile, tête baissée, il s'approcha :

— Que se passe-t-il ?

Elle leva vers lui un visage en pleurs.

— Anas, que t'arrive-t-il ?

Elle le regarda tristement, essuya ses larmes de la main.

— Ocllo n'est pas rentrée, la nuit tombe, tous ces soldats me font peur !

— Sais-tu où elle est allée ?

— Non, et Pinca non plus.

— Qui d'autre as-tu questionné ?

— Quelques femmes de miliciens, elles ne savent rien. Toutes paraissent effarées qu'elle soit sortie malgré les troubles.

— Cuzco est calme maintenant, nos patrouilles de jour vont rentrer à la caserne. Viens, nous allons demander si quelqu'un l'a aperçue.

Tupac Hualpa s'installa devant le portail pour interroger les miliciens ayant terminé leur service. Le troisième, un aimable jeune homme du nom de Vilca que l'enquêteur impérial avait eu l'occasion d'apprécier, leur affirma avoir croisé Ocllo vers midi, près du temple de Viracocha.

— Elle allait prier, m'a-t-elle dit.

Ayant remercié le milicien, Tupac expliqua à Anas :

— L'armée a bouclé les temples, ceux qui sont à l'intérieur ne peuvent pas en sortir. Nous devons aller la chercher.

Durant le trajet, Tupac demanda :

— Sais-tu ce que ta sœur allait faire au temple ?

— Elle m'a raconté que lorsque vous aviez rencontré le Collège, il se trouvait une serve parmi les prêtresses.

— Crois-tu qu'elle voudrait devenir prêtresse ?

— La vie pèse souvent à Ocllo malgré ton affection et mon amour de sœur. Moi, je me sens heureuse avec vous deux, dans cette ville merveilleuse. Ocllo est plus compliquée.

Les soldats encerclant le sanctuaire de Viracocha n'étant pas de Cuzco, Tupac Hualpa dut leur présenter le quipu impérial précisant sa fonction et intimant l'ordre à tous les fonctionnaires de lui apporter leur soutien. Impressionné par l'écarlate, le sergent de garde se dépêcha d'aller chercher son capitaine. C'était un Colla vêtu de manière recherchée, il s'inclina avec déférence. Malgré son inquiétude, Anas ne put s'empêcher d'admirer sa splendide tenue. L'officier portait un corset de cuir rouge sur un uncu d'un jaune éclatant. Son casque de roseaux tressés était surmonté d'une aigrette en plumes d'aras assorties à ses couleurs. Il tenait à la main gauche une lance en bois de chontce, sombre et effilée.

— Estimé enquêteur impérial, en quoi puis-je vous être utile ?

— Une de mes yanas prénommée Ocllo est venue prier ce matin et doit se trouver parmi les fidèles. Or elle collabore à une enquête importante, je souhaiterais qu'elle soit libérée.

Le capitaine les guida à travers un labyrinthe de couloirs et de promenoirs, ils débouchèrent dans un amphithéâtre. Tupac reconnut la salle ronde où il avait rencontré le Collège des serviteurs de la vraie lumière. C'était toujours le même dépouillement, la même statue de Viracocha en ilangnuco, le même jour pâle filtrant par des ouvertures en trapèze, la même senteur douce. Par contre, les gradins étaient occupés par plusieurs centaines de fidèles qui se trouvaient dans le temple quand l'armée l'avait bouclé. Ils se tenaient silencieux, certains priaient, d'autres jouaient discrètement aux osselets. Quelques femmes allaitaient ou berçaient des nourrissons. Deux soldats surveillaient cette foule avec nonchalance. Ocllo n'était pas parmi eux.

— Nous attendons confirmation pour les libérer, ceux-ci sont de simples fidèles. Les prêtres et les agitateurs ont été séparés.

— Où sont les prêtres ?

— Pourquoi voulez-vous les voir ?

— Ma yana est peut-être avec eux.

— Avec les prêtresses alors. Nous les avons rassemblées dans une salle plus petite, elles doivent partir demain pour une île du lac Langui.

— Elles vont y être assignées à résidence ?

— Le général Nitila considère leur présence à Cuzco comme un facteur de troubles car elles choquent les croyants d'Inti. Sur l'île existe un petit temple dédié à Viracocha où elles seront installées avec un poste militaire pour les surveiller.

— J'aimerais les voir avant leur départ.

— Je vais vous conduire. Par contre, votre yana ne peut pas vous accompagner, il s'agit d'une zone de sécurité renforcée.

— Attends-moi ici ! dit Tupac à Anas.

Guidé cette fois par un jeune lieutenant, il parcourut d'autres corridors, traversa des déambulatoires, longea des bassins de purification avant d'atteindre une salle basse qu'éclairait une torche. Une vingtaine de femmes étaient assises par terre, les pieds entravés. Malgré la pénombre, il distingua tout de suite Ocllo. Elle était assise à côté de la prêtresse dont il avait remarqué, l'autre jour, le bracelet de servitude.

— C'est bien elle ! affirma Tupac.

— Le général Nitila a donné des instructions très strictes. Si votre serve a déjà prononcé l'acceptation sacramentelle, il m'est impossible de la libérer. Si elle est seulement postulante, elle pourra quitter le temple. Sauf que, dans ce cas, elle est considérée comme fauteuse de troubles et devra subir la punition prévue pour les yanas, soit dix coups de fouet.

— Elle n'a pu devenir prêtresse, il lui aurait fallu mon accord.

Les claquements et les cris leur indiquèrent qu'ils atteignaient la salle des supplices. Ocllo se mit à trembler, Tupac la serra contre lui :

— Je voudrais t'épargner cette épreuve. Hélas, il n'y a aucune échappatoire, c'est ou le fouet ou la déportation. Nitila a donné des ordres stricts.

Une douzaine de personnes en pleurs attendaient dans un couloir. Parfois la porte de la salle s'ouvrait, une ombre en ressortait vacillante, une autre y pénétrait. Il y eut ainsi une interminable attente puis un bourreau vint chercher Ocllo. Tupac les suivit. Un aide ordonna à la jeune femme d'ôter pagne et ascu, la coucha nue, à plat ventre sur une planche, l'attacha par les bras et les pieds. Le bourreau fit claquer son fouet dans l'air fétide.

— Ne l'abîmez pas ! demanda Tupac.

— Je vous comprends, beau morceau ! répondit le bourreau avec une mimique grivoise.

Aux trois premiers coups, Ocllo, dont Tupac connaissait l'orgueil, parvint à rester silencieuse. Le quatrième peut-être plus brutal lui arracha un hurlement de douleur. Le sang giclait de son dos.

Elle cria encore plusieurs fois puis, au huitième coup, perdit connaissance.

— Arrêtez !

Le bourreau hésita, le maître de cette serve était un totoyrikok et lui-même avait encore quantité de peines à appliquer. Son aide défit les liens d'Ocllo, lui versa un peu d'eau sur le visage. Lorsqu'elle eut repris conscience, Tupac l'aida à se relever et à enfiler ses vêtements.

— Viens, rentrons.

Il dut quasiment la porter jusqu'à l'amphithéâtre. Anas les attendait, son regard se voila en découvrant les traces sanglantes maculant l'ascu de sa sœur. Elle ne prononça pas une parole jusqu'à ce qu'ils soient sortis du temple. Dehors, sur l'esplanade d'albâtre, elle s'écria d'une voix où la colère se mêlait au chagrin :

— Pourquoi as-tu laissé faire ça ?

— Elle allait être déportée au lac Langui !

— Ils lui ont donné dix coups de fouet, n'est-ce pas ? Et moi qui croyais que tu l'aimais…

Des larmes roulaient sur son visage rond.

— J'aime ta sœur, je vous aime toutes les deux, je vais vous faire libérer, ceci ne se reproduira plus jamais. Rien ne justifie votre statut de yana. En descendant dans le monde d'en-bas Viracocha a déclaré que les êtres humains étaient tous ses enfants, qu'aucun ne pouvait être mis en servitude.

Il tendit une main vers le visage d'Anas mais elle le repoussa.

— Tu as permis cela ! Je ne l'aurais jamais cru.

— Mon aimée, ce qui est arrivé à Ocllo est terrible, mais nous la soignerons, la consolerons et elle se rétablira. Si je l'avais laissée être déportée, tu me maudirais.

Anas continuait à pleurer, pourtant une part de sa colère s'apaisait, et Tupac poursuivit :

— Le lac Langui est une région glacée en hiver, brûlante durant la saison chaude. Les prêtresses seront à la merci des soldats et risqueront la mort car des fanatiques d'Inti peuvent débarquer.

Soudain, Ocllo serra l'épaule de sa sœur :

— Tupac m'a sauvée, même un totoyrikok…

Elle ne put continuer sa phrase, Anas eut un triste sourire :

— Tu veux dire que même un totoyrikok ne pouvait s'opposer à ce châtiment barbare, n'est-ce pas ?

Ocllo approuva de la tête. Des larmes coulaient sur le visage de Tupac, ses yeux cherchèrent ceux d'Anas :

— Le gouverneur a dû appeler l'armée, maintenant elle dicte sa loi.

*

Tupac ayant envoyé prévenir Mama Tami, l'astrologue-médecin arriva à l'inspection criminelle peu de temps après eux. Les plaies ouvertes par les coups de fouet faisaient terriblement souffrir Ocllo. Lorsqu'elle l'eut examinée, Mama Tami déclara que rien n'avait été démis dans son squelette et qu'en raison de sa jeunesse, ses chairs devraient se refermer sans laisser de cicatrices. Elle recommanda de recueillir chaque matin la seconde urine de la jeune yana afin de laver ses plaies puis d'appliquer une pommade de sa composition. L'astrologue insista aussi sur l'importance du sommeil et d'une bonne nourriture pour un rapide rétablissement :

— Elle a besoin de dormir plusieurs jours, donc pas de maté seulement de l'eau et du bouillon de chevreau. Anas, tu te procureras une jeune lama encore sous la mère. Tu recueilleras son sang et feras bouillir la viande avec ce sang, des piments doux et du maïs. Par ailleurs, tu prépareras de la bouillie d'amarante au miel. Pendant trois jours, ta sœur ne doit rien manger d'autre. D'ici là je repasserai.

— Si elle souffre trop ?

— Qu'elle mâche de la coca !

— Si ça ne suffit pas ?

Elle lui tendit un flacon :

— Tu lui donneras ceci, pas plus de six gouttes par jour. Plus, tu la tuerais ! Cet élixir contient du venin de serpent laki.

— Je ferai attention.

— Pour repartir, j'aimerais avoir une escorte de miliciens. Il y a trop de soldats désœuvrés dans les rues.

Tupac descendit à l'inspection pour organiser la protection de Mama Tami. Lorsque l'astrologue encadrée de six solides miliciens portant des torches de salpêtre eut quitté la place aux trois fontaines, l'enquêteur impérial entra dans la salle de permanence. Cusi et Roca y jouaient aux osselets.

— Nous t'attendions, dit le quipu-kamaoc.

— Comment va-t-elle ? demanda le lieutenant.

— Elle est très choquée et ses plaies la font souffrir.

— Tu n'as rien pu faire ?

— Ah non, tu ne vas pas t'y mettre aussi. C'était ou dix coups de fouet, elle n'en a reçu que huit, ou la déportation au lac Langui.

— Ils vont déporter les prêtresses de Viracocha au Langui ! C'est monstrueux, elles n'ont commis aucun crime. Ces militaires…

— Le général Nitila m'a fait une bonne impression. Manco a demandé à l'Armée de rétablir l'ordre, elle le fait, à sa manière.

— Et l'Empereur ? Tu ne sais toujours rien ?

— Je ne sais rien ! Il y a plus de vingt ans que je l'ai sauvé de la noyade. Son père a fait de moi un totoyrikok, que pouvait-il faire de plus ? Ceci dit, je ne serai jamais membre de la Panaca, mon père n'était qu'un forgeron.

Il conclut d'une voix lasse :

— D'ailleurs, il y a près de deux ans que je n'ai pas rencontré Pachacuti.

— Excuse-moi, tous ces événements sont si préoccupants. Enfin, j'ai une bonne nouvelle : je crois que nous avons arrêté les tireurs de sarbacane.

— Où sont-ils ?

— Sous bonne garde, dans l'entrepôt d'un marchand chachapoya. Ils étaient dissimulés dans une jarre à quinoa. Le marchand a surpris une conversation dans laquelle ils se vantaient d'être les tireurs de l'Huajaipata. Il les a dénoncés, en nous demandant de faire croire que nous les avons découverts par notre fouille.

— Un Chachapoya a trahi ses frères !

— Je crois qu'ils lui faisaient peur, en plus ils n'appartiennent pas au même groupe familial.

— As-tu commencé à les interroger ?

— J'attends qu'ils dessaoulent. Ça peut durer un moment, on ne sait pas trop quelle drogue ils ont mis dans leur bière de maïs. Nous avons leurs sarbacanes et les flèches. Je les ai fait porter à Ninancaro pour qu'il vérifie si elles sont bien enduites de curarcha.

Lorsque Tupac remonta chez lui, Ocllo criait de douleurs. Elle gémit toute la nuit et, toute la nuit, Anas resta à ses côtés, refaisant ses pansements, lui donnant à boire, s'efforçant de l'apaiser par des gestes d'affection. À l'approche de l'aube, Tupac Hualpa vint les rejoindre dans le cercle de lumière de la lampe à huile. Ils prièrent Viracocha tous les trois. La nuit était calme, une pluie fine et régulière tombait sur Cuzco. Les feux de veille éclairaient encore les parois d'or de Coricancha, pourtant on percevait déjà les premiers cris des caravaniers regroupant leurs lamas.

— Pourquoi pleut-il tant cette année ? Crois-tu qu'Inti et Viracocha se querellent pour la possession du monde d'en-bas ? demanda Ocllo d'une voix lasse.

— Tu retrouves ta curiosité, c'est bon signe. J'espère que nos dieux sont moins cupides que les êtres humains et qu'ils ne se disputent pas le Tahuanti comme des enfants un jouet.

— Maître aimé, va dormir encore un peu. Tu m'as protégée de la déportation et ramenée dans ta demeure. Anas me veille, rien ne peut m'arriver. Bientôt, tu devras reprendre l'enquête et je ne pourrai pas te seconder.

Elle se mit à pleurer, Anas lui essuya le visage avec un linge frais, Tupac lui prit la main.

— Cusi pense avoir arrêté les tireurs de sarbacane, ils cuvent leur chicha. Lorsqu'ils seront dégrisés, il faudra bien qu'ils désignent leurs commanditaires.

Guidé par le lieutenant, Tupac gagna la maison du marchand chachapoya après avoir avalé un bol de soupe de maïs qu'Anas avait fait bouillir sur un réchaud à charbon de bois. Il se sentait de mauvaise humeur malgré le parfum délicieux du bouillon et la tendresse retrouvée de sa jeune amante. Le supplice infligé à Ocllo heurtait à la fois sa sensibilité et son intelligence. Dans sa jeunesse, avant que son miraculeux sauvetage du prince héritier ne l'élève jusqu'aux hauteurs du pouvoir, Tupac Hualpa avait été plusieurs fois victime de la morgue des hauts fonctionnaires et de la brutalité des militaires. S'il ne mettait nullement en cause la nécessité d'un État fort et d'une défense solide, l'enquêteur impérial était convaincu que l'utilisation de la violence répressive devait être prudemment mesurée, car elle engendrait la révolte et conduisait à une spirale sans fin de sang et de mort. En outre, et bien qu'il soit un fonctionnaire discipliné, Tupac sentait monter sa colère contre Manco. L'arrivée de la guenon de Canchari à l'inspection criminelle lui était apparue comme la confirmation des rumeurs annonçant l'agonie voire la mort du prince héritier. Persuadé que le gouverneur de Cuzco connaissait la vérité, il vivait son silence comme un manque de confiance à son égard. Lorsqu'ils furent arrivés sur les quais de la rivière Tullumayo, près du quartier abritant la communauté des originaires de l'Anti, Cusi rompit la méditation de son supérieur :

— Comment allons-nous faire pour emmener les prisonniers à l'inspection, sans attirer l'attention de l'armée ?

— Le général Nitila nous a assurés de sa volonté de ne pas empiéter sur les prérogatives de la milice, pourtant je partage ton inquiétude. Qui peut prévoir le comportement effectif de ses hommes ? La plupart des soldats sont des campagnards ignorant tout de Cuzco et qui semblent aussi embarrassés de la capitale qu'un dindon ayant trouvé un gobelet. Nous commencerons l'interrogatoire sur place.

— S'ils ne parlent pas ?

— Tu sais que je n'aime ni la torture ni l'appel à la délation. La peur de la souffrance comme la jalousie peuvent faire dire n'importe quoi à ceux que nous interrogeons. Toutefois, si nous devions avoir recours à l'intimidation, nous pourrions transporter les suspects à la prison de Chiquihani par la rivière.

— Je vais faire venir une pirogue.

La dignité du marchand chachapoya frappa d'emblée Tupac Hualpa. C'était un homme exceptionnellement grand pour un natif de la forêt. Vêtu d'un uncu jaune brodé de poissons et d'oiseaux, il attendait dans son magasin où étaient stockées, dans des pots de céramique, les centaines de plantes médicinales constituant à la fois la base de son commerce et le principal apport de sa province à la prospérité de l'Empire. Il salua Tupac et Cusi, sans déférence excessive :

— Pumi-Sopa, marchand d'herbes et drogues, accrédité par la pharmacie impériale.

Ses yeux gris clair, étonnants même chez un Chachapoya, observaient les deux enquêteurs avec bienveillance.

— Estimé marchand, nous souhaiterions commencer ici l'interrogatoire des deux prisonniers, sont-ils réveillés ?

— Depuis peu ! Votre sergent m'a autorisé à leur donner de l'eau et des fruits. Mais j'attends des acheteurs…

— Nous ne comptons pas user de brutalité à leur égard. Nous ne croyons guère que de la torture puisse jaillir la vérité.

Tupac Hualpa perçut comme une onde de sympathie dans le regard du marchand, Cusi poursuivit :

— En aucun cas nous ne rendrons publique votre dénonciation.

— Il se dit bien des choses sur nous les Chachapoyas et rarement de bonnes. Beaucoup de gens pensent que nous sommes tous un peu voleurs et parfois même criminels. Il y a, certes, dans notre communauté des dévoyés et des violents. Y en a-t-il plus que dans les autres peuples du Tahuanti ? Nos forêts sont un monde sans pitié, cette cruauté naturelle a, sans doute, modelé le caractère de mon peuple. En ce qui me concerne, je suis un sujet loyal de l'Empereur et même si je déplore souvent les discriminations dont nous sommes victimes, je considère que l'Empire a apporté la paix et une certaine prospérité à l'Anti. Ces deux hommes me paraissant être des bandits, leur présence à Cuzco m'inquiète, j'ai résolu de les dénoncer.

— Je vous remercie de votre franchise et de votre loyauté.

À ce moment Ninancoro pénétra dans la pièce, il salua le marchand avant de déclarer :

— C'est bien le même curarcha.

— Allons voir les suspects.

Dans la pénombre du hangar à grains, les deux prisonniers étaient attachés à l'énorme jarre à quinoa où ils s'étaient dissimulés. Vêtus selon la mode de Cuzco, ils portaient néanmoins les cheveux courts, à la manière de l'Anti et gardaient la tête baissée.

— Parlez-vous notre langue ou souhaitez-vous un interprète ? demanda Tupac.

Le plus âgé répondit d'une voix rauque qu'ils comprenaient le langage des Incas.

— Vous êtes accusés d'avoir assassiné à l'aide de flèches empoisonnées deux condamnés : le répartiteur central des postes impériales Huanca Sanco et sa maîtresse, une accla consacrée. Vos actes constituent un crime de sang doublé d'un sacrilège. La condamnation qui vous attend est la mort par le feu.

Les deux hommes restèrent immobiles et silencieux, l'enquêteur impérial poursuivit :

— Nous détenons la preuve que les flèches en votre possession sont enduites du même poison que celles qui ont tué les condamnés. Vous ne pouvez donc pas échapper à l'exécution.

Tupac Hualpa s'interrompit, il lui sembla qu'un des suspects avait poussé un discret soupir. Cusi reprit :

— Comme vient de vous l'annoncer le chef de l'Inspection Criminelle Impériale de Cuzco, vous allez périr, dans de terribles souffrances…

Il fit une pause :

— … si vous ne nous dites pas qui vous a ordonné ces crimes. Par contre, si vous nous indiquez l'identité de vos commanditaires, nous demanderons à la justice d'être clémente : vous serez simplement déportés deux ou trois ans sur le chantier d'une nouvelle route ou d'un aqueduc.

— Pouvons-nous nous consulter ? demanda le plus âgé des suspects.

Tupac ayant donné son accord, les prisonniers eurent un court échange dans leur langue puis le plus jeune prit la parole :

— Nous sommes prêts à dénoncer notre commanditaire, malheureusement c'est un homme puissant dont nous craignons la vengeance.

— Vous serez enfermés à la prison de Chiquihani jusqu'à son arrestation.

— Jusqu'à sa condamnation.

— D'accord ! En outre, nous vous y transférerons de nuit et par voie d'eau.

— Celui qui nous a fait venir à Cuzco et chargés de cette besogne est un métis chachapoya du nom de Sotaurco. Il nous a engagés à l'occasion de la dernière Sitowa, mon frère et moi avions gagné le concours de tir à la sarbacane.

— Ce nom ne m'est pas inconnu, murmura Cusi.

Le prisonnier se tut, son regard inquiet semblait fouiller la pénombre.

— Pourquoi le craignez-vous tellement ?

— Sotaurco est un homme sans pitié, c'est l'intendant de la favorite du frère de l'Empereur.

— Xo ? demanda l'enquêteur impérial.

— Nous lui avons parfois entendu prononcer ce nom.

Quand les deux prisonniers, déguisés en miliciens, furent conduits jusqu'aux rives de la Tullumayo, l'orage avait vidé les rues de Cuzco et rendait les silhouettes imprécises. Pour plus de précautions, les deux frères furent dissimulés sous des ballots de paille. Tupac et Cusi regardèrent la pirogue s'éloigner à travers le mauvais temps.

— Je vais envoyer Roca aux archives, nous devons savoir qui a nommé ce Sotaurco. Est-ce une initiative de Xo ou s'agit-il d'un homme de confiance du Suprême ?

— Le fait qu'il soit à demi chachapoya peut être une indication.

— Capac Yupanqui est friand d'exotisme et possède un sens certain des alliances, il a des concubines issues de tous les peuples de l'Empire et des capitaines venant de toutes les provinces.

— Le général Nitila est un Nazca n'est-ce pas ?

— Ce n'est pas un homme du Suprême, il est d'une autre génération et a combattu aux côtés du père de Pachacuti.

— Donc contre mon grand-père, fit pensivement Cusi.

— Aujourd'hui Chimus et Incas sont comme les doigts d'une main.

— Tupac, parfois ta bonté m'émerveille et ta naïveté m'étonne. Comment avoir le rang que tu as et être ce que tu es ?

— Cusi, mon ami, je suis incapable de répondre à ta question.

— Crois-tu que Viracocha t'a choisi ?

— Certainement, mais je serais bien immodeste en prétendant savoir pourquoi.

*

Lorsque les constructions basses de Tambo Machaï eurent disparu derrière le rideau de la pluie, Manco fit arrêter sa litière pour continuer à pied. En tant que gouverneur de Cuzco et au sortir d'une audience avec Pachacuti, il n'avait pu faire autrement que de quitter la Cour en grand apparat. À présent, il souhaitait marcher. Manco avait toujours été hanté par la crainte de la mollesse. Il lui semblait qu'en s'éloignant chaque jour davantage des vertus guerrières, en vivant dans la douceur des palais et le raffinement des thermes, l'aristocratie s'étiolait. En ce qui le concernait, il entendait combattre cet amollissement par la pratique régulière de tous les arts militaires : tir à l'arc, combat à l'épée, à la pique, au bola*, natation et bien sûr marche. Un de ses serviteurs s'approcha pour l'équiper. Il ôta avec plaisir sa tenue de courtisan : uncu de coton brodé, sandales en peau de varan, cape de vigogne. Il s'ébroua un instant, entièrement nu sous l'averse, avant d'enfiler son équipement de marche : bottes en peau de cerf gommée, chaud uncu d'alpaga, cape et capuchon en peau de lama imperméabilisée à la cire d'abeille. Avec l'odeur du cuir mouillé, il retrouva les jours de sa jeunesse lorsqu'il combattait au côté de celui qui n'était encore que le prince héritier Pachacuti. Une fois de plus, la Panaca et ses intrigues l'avaient déprimé et les brèves effusions charnelles avec son épouse n'avaient pu rompre ce cercle de maléfices. Cusirimay avait été courtoise selon son habitude, ne lui avait rien dit de sa vie auprès de la Coya, ne lui avait posé aucune question et avait fait le nécessaire pour copuler avec lui quasiment chaque après-midi, à l'heure de la sieste. Pour expliquer ce regain d'intérêt pour la

* BOLA : arme de jet, sorte de fronde.

couche conjugale, son épouse lui avait fait part de son souhait d'être enceinte une dernière fois. Manco savait que sa femme aimait davantage l'état de grossesse que les enfants. Elle s'occupait des leurs de manière distraite lorsqu'elle avait accompli les cent obligations de sa charge de première dame de compagnie de l'Impératrice en se reposant sur deux précepteurs et deux nourrices pour leurs soins quotidiens. Manco et son épouse n'ayant jamais entretenu que des rapports distants, il ne pouvait prétendre qu'ils s'éloignaient l'un de l'autre. Malgré tout, il avait été heureux de constater qu'il pouvait encore l'honorer — ce qui ne lui était pas paru évident tant son attirance pour Sitki le bouleversait — et espérait l'avoir fécondée car il était sensible à la loyauté de Cusirimay qui le trompait certainement, tout en ne voulant pas être enceinte d'un autre. Un coup de tonnerre d'une extrême brutalité tira le gouverneur de ses songes. Autour de lui, les quatre horizons étaient bouchés par des nuages menaçants. Le chef d'escorte cria quelque chose qu'il ne comprit pas mais attira son attention. Vers l'ouest, le ciel se teintait d'une inquiétante couleur de cuivre, la grêle arrivait. Brusquement la tempête se leva, il dut hurler sa question :

— Où pouvons-nous trouver un abri ?

— Nous arrivons au temple d'Inti Illapa.

Le gouverneur sourit de cette coïncidence, il ne lui semblait guère opportun d'évoquer aujourd'hui le dieu de la pluie et des orages. Les premiers grêlons, heureusement de petite taille, s'abattirent sur le convoi alors qu'il abordait la montée conduisant au temple. Les lamas de bât se mirent à pousser des cris de mécontentement. Manco, pourtant soucieux de toujours voir ses hommes conserver la stricte discipline nécessaire à ses yeux dans l'escorte d'un gouverneur, donna l'ordre de rompre la formation. Ce fut la débandade, archers et quipus-kamaocs moins chargés se précipitèrent vers le sanctuaire, laissant soldats et caravaniers pester après leurs armures ou leurs lamas, tandis qu'à l'arrière, impassibles sous le déluge, les quatre porteurs s'efforçaient de protéger les pierres précieuses de la litière. Le gouverneur maugréa contre cette indiscipline. La violence de l'orage ravivait le souvenir de sa mère, morte si jeune, assommée par un énorme grêlon, sur les rives du Titicaca. Il atteignit l'abri du temple avec au cœur une dérangeante nostalgie dont il ne parvint pas à démêler les causes. Était-ce le regret de cette tendresse maternelle trop tôt brisée, la découverte de son amour naissant pour Sitki, un cadeau de l'Empereur, un être qu'il n'avait pas davantage choisi que son épouse et qui, par un inexplicable mystère, paraissait trouver le chemin de la part la plus secrète de lui-même ou bien, tout simplement, l'angoisse qui le saisissait devant l'actuelle fragilité dynastique de l'Empire et les risques d'une possible guerre civile ? Les consignes de sécurité de Pachacuti avaient beau être d'une extrême sévérité : quiconque ferait connaître la mort du prince Canchari serait jeté aux fourmis rouges, Manco n'arrivait pas à croire que ce terrible secret puisse être maintenu encore longtemps. Tant d'intérêts puissants étaient en jeu ! Fatalement, une chambrière ou un médecin se laisserait corrompre par un des Princes qui pensaient pouvoir ceindre leur front de la Maskapaicha. Ces préoccupations politiques ramenèrent l'esprit du gouverneur vers sa ville de Cuzco. Les troupes de Nitila ne continueraient que quelques jours à garder les carrefours. Il ne savait pas si le proche départ de l'armée, que lui avait confirmé l'Empereur, le réjouissait ou le chagrinait tant il sentait la situation tendue entre les deux communautés religieuses. En fait, et il en prit conscience dans un éclair de lucidité, la paix civile dépendait largement du talent de ses enquêteurs criminels. Manco savait que Tupac Hualpa et les siens faisaient face à trois énigmes. Qui avait fait déposer, dans le cœur sacré de Coricancha, le cadavre nu d'une potière talentueuse ? Qui disposait d'assez de moyens pour organiser l'enlèvement d'une vingtaine de jeunes paysannes, toutes enceintes et pourquoi ? Qui, enfin, avait osé soustraire à leur châtiment mérité, deux amants sacrilèges, sur l'Huajaipata noire de monde ? La phrase de Tupac revint à sa mémoire : « Je te fais confiance, gouverneur, mais nous dormons sur le dos d'un jaguar ! ». Manco connaissait la compétence et le talent de l'enquêteur impérial, il l'avait vu dénouer la trame de tant de crimes. Pourtant à ce moment, dans l'insupportable roulement de la grêle, il sut qu'en ne lui révélant pas la vérité sur la mort de

Canchari, il obligeait Tupac Hualpa à se mouvoir dans une nuit dangereuse.

— Un peu de maté, gouverneur ?

Une jeune fille le regardait en souriant. Il la remercia, se souvint qu'il s'agissait de la cadette du marchand de guano qu'ils avaient trouvé installé dans le temple en la seule compagnie de deux vieux prêtres. Les flammes de l'autel aux offrandes oscillaient dans la pénombre. Il dégusta le maté brûlant à petites gorgées. Le ciel était de suie, les billes blanches de la grêle rebondissaient sur le granit des terrasses. Si aucun pont n'était coupé, il retrouverait Sitki demain soir. Pour la première fois de sa vie, il se sentit à la fois heureux et vulnérable comme seuls peuvent l'être les enfants.

*

L'aube se levait sur Cuzco, un chasqui se présenta à l'inspection criminelle porteur d'un quipu de Manco convoquant Tupac Hualpa à son palais pour une affaire d'importance. Il prit le temps d'aller saluer Ocllo. Anas était auprès d'elle en train de refaire ses pansements. Puis il chercha son coffret d'enquête, l'ouvrit pour vérifier que rien ne manquait. Lorsque Ocllo le vit faire, elle dit tristement :

— Je ne serai pas là pour te seconder.

— Manco me demande de venir d'urgence, tout est toujours urgent pour notre gouverneur ! Rétablis-toi tranquillement, nous sommes loin d'avoir terminé nos enquêtes.

Anas se leva pour l'accompagner dehors. La place des trois fontaines était couverte de grêlons, deux cantonniers s'efforçaient de déboucher les canalisations. La jeune yana leva les yeux vers le ciel obstinément sombre, vers le cercle de montagnes noyées de brume. Elle frissonna, se blottit contre Tupac :

— Dix jeunes vierges seront sacrifiées ce matin à Inti Illapa.

— Sais-tu pourquoi je crois en Viracocha ?

— Parce que ce dieu ne réclame pas de sang.

Il lui sourit :

— Prends soin de ta sœur ! Essaie de trouver Roca, j'aimerais qu'il passe ce soir. Ne t'adresse pas au permanencier, préviens-le directement.

— Si tu ne nous avais pas choisies, Ocllo et moi serions peut-être sous le couteau des sacrificateurs.

— Je suis heureux de vous avoir choisies…

Un gros sergent rentrait essoufflé d'une patrouille, il salua l'enquêteur impérial. Lorsqu'il eut répondu à son salut, Tupac Hualpa poursuivit d'une voix très basse :

— … de t'avoir choisie Anas, heureux de notre affection partagée, de notre désir. J'étais si désemparé après la mort de Chimpu. Ta tendresse, ton attention m'ont sauvé.

— Alors, chacun de nous a sauvé l'autre.

Elle tendit ses lèvres vers lui, ils demeurèrent longtemps unis, indifférents à la pluie qui tombait toujours sur la Capitale du Tahuanti.

En traversant la ville, l'enquêteur impérial mesura l'importance des dégâts provoqués par la grêle. Beaucoup de toitures avaient été endommagées, la majeure partie des lampes publiques étaient brisées. Dans les nombreux jardins que comptait Cuzco, les plantations avaient été ravagées par les grêlons ou par les eaux rendues folles par l'obstruction des conduits. Toute cette végétation splendide qui faisait une part de la beauté du Nombril du Monde, fleurs ornementales comme plantes vivrières, n'offrait plus qu'un spectacle de désolation. Avec l'habituelle discipline de l'Empire, chacun s'était déjà mis à la tâche. Les couvreurs disposaient la paille de quinoa sur les toits malmenés, les jardiniers nettoyaient les plates-bandes, les égoutiers dégageaient les conduits. L'armée, par contre, semblait absente comme si la violence du ciel avait rendu inutile la surveillance des carrefours. La tempête n'avait pas épargné le Palais du gouverneur. L'orage avait souillé son déambulatoire lambrissé de bois de cèdre. Plusieurs des faux arbres de céramique ornant les couloirs avaient été renversés. Seul le jardin intérieur, quintessence de cette splendeur qui irritait souvent Tupac, avait été protégé par son toit de pierres. Il y trouva le gouverneur en conversation avec le général Nitila. Tout était silencieux, les fontaines s'étaient tues, l'arrivée d'eau étant interrompue. Le général, apercevant le premier Tupac, lui demanda d'une voix aimable :

— Votre inspection n'a pas trop souffert ?

— Les toits, comme partout. Nous avions heureusement de bonnes réserves de paille. Pas trop de blessés parmi vos soldats ?

— Plus de vingt ! Beaucoup n'avaient jamais vu de grêlons.

— Ton voyage de retour n'a pas été trop éprouvant ? demanda Tupac à Manco.

— Par miracle aucun pont n'a été emporté. Venez amis, nous devons parler. J'ai fait porter une collation dans mon cabinet de travail, nous y serons plus à l'aise.

Sitki attendait dans la pénombre. Quand la jeune serve se pencha pour saluer les invités, Tupac Hualpa eut le temps de deviner sa peau d'albâtre et ses seins pointus.

— Maître, tout a été disposé selon tes instructions. Si tu as d'autres souhaits, il suffit de m'appeler.

Lorsqu'elle se dirigea vers la porte, Manco lui caressa familièrement le visage. Tupac se demanda une nouvelle fois ce que Cusirimay la fière épouse du gouverneur pouvait penser de cette si séduisante yana. Avec l'aisance du grand courtisan qu'il était, Manco parvint à passer sans transition de cette quasi-exposition de son intimité amoureuse aux affaires de l'État :

— Le général Nitila a procédé à l'arrestation du président du Collège des serviteurs de la vraie lumière puisque c'est ainsi que l'on désigne le grand-prêtre de Viracocha.

— Pomacapi a été arrêté ! Pour quel motif ? demanda Tupac Hualpa.

— On a découvert dans ses appartements des pointes de flèches marquées du signe du jaguar et des étoiles.

— Ceci semble confirmer l'hypothèse d'une provocation vis-à-vis du clergé d'Inti, affirma Nitila.

L'enquêteur impérial balança quelques instants sur la conduite à tenir. En informant Manco et Nitila de l'arrestation des deux tireurs de sarbacane, il pouvait modifier complètement la situation. Cependant, il existait trop d'éléments mettant en cause l'entourage du chef suprême des armées pour qu'il fasse des confidences à un général, fût-il aussi sympathique que celui-là. La violence dont avait été victime Ocllo s'ajoutait ici à sa traditionnelle méfiance vis-à-vis des militaires. Il choisit de poser la question qu'on attendait de la part d'un enquêteur :

— Quand pourrai-je l'interroger ?

— Il attend dans une cellule du palais, il nie tout évidemment, dit Manco.

— Peut-on le faire amener ? J'aimerais le questionner en votre présence.

Le gouverneur frappa sur un gong de tumbaga. Avant même que le son se soit apaisé, Sitki entra.

— Envoie chercher Pomacapi, ordonna le gouverneur.

Quand le président du Collège des prêtres de Viracocha pénétra dans la pièce, il parut très las à Tupac. Manco l'ayant prié de s'asseoir, il s'installa dans un fauteuil, face au général.

— Estimé président, souhaitez-vous vous désaltérer ? demanda Nitila en lui offrant un gobelet de chicha.

Pomacapi le fixa de son regard fatigué. Ils étaient l'un et l'autre proches de la vieillesse. Le prêtre avala une gorgée de bière de maïs et attendit.

— Des pointes de flèches identiques à celle trouvée sur le cadavre de la potière Onitola ont été découvertes dans vos appartements privés dans le grand temple de Viracocha, ce qui a conduit à votre arrestation. Pouvez-vous expliquer ce fait ? demanda Tupac.

— Je pense qu'il s'agit d'une provocation.

— De la part du clergé d'Inti ?

— Plus probablement d'éléments voulant relancer la querelle entre nos deux religions. L'intervention de l'armée a rétabli le calme, malgré certains excès de vos troupes. Ceux qui souhaitent la reprise des désordres auront fait disposer ces pointes, pour me compromettre.

— Qui, selon vous, seraient les commanditaires de cette supposée machination ? demanda Nitila.

— Respecté Général, je ne suis qu'un prêtre, vous êtes mieux au fait que moi des affaires de l'Empire. De multiples rumeurs font état du décès du prince héritier. Si ceci est exact, tout ce que la Panaca compte d'ambitieux doit intriguer. L'Empereur ayant fait part publiquement de sa foi en Viracocha, le dieu unique créateur du monde, notre Église n'aurait vraiment rien à gagner à sa destitution.

Un long silence s'établit où Tupac Hualpa ne perçut plus que le bruit obsédant de la pluie tombant sans relâche sur Cuzco. Il attendit que Manco ou Nitila démentent le décès de Canchari, mais ni l'un ni l'autre n'en fit rien. Devant ce mutisme, Pomacapi poursuivit :

— On dit que l'enquêteur impérial sait lire le sang. Une des pointes de flèche est ensanglantée. Ce n'est pas de mon fait et devrait pouvoir être prouvé.

Manco et le général se tournèrent vers Tupac.

— Est-il possible d'essayer ?

— Où se trouvent ces pointes d'obsidienne ?

— Dans ce coffret, répondit le gouverneur en tendant un boîtier d'acajou.

Tupac examina attentivement les trois pointes : la silhouette d'un jaguar et cinq étoiles y avaient été gravées avec soin, une des trois était couverte de sang. Il dénoua les liens de cuir fermant son coffre à drogues, en sortit une coupelle où il plaça la pointe ensanglantée, versa un élixir transparent. Le rouge du sang passa de la flèche au liquide.

— Estimé président, j'aurais besoin de votre sang. Si les deux sangs sont étrangers, ils se combattront et formeront une écume. S'ils appartiennent à la même personne, vous dans ce cas, ils se mêleront sans combat.

Pomacapi tendit son bras, Tupac le piqua avec un stylet d'argent. Une goutte rouge affleura sur la peau sombre. L'enquêteur impérial la laissa grossir puis la fit tomber dans la coupelle. Tous les regards étaient suspendus à la rencontre du sang de Pomacapi et de la solution obtenue par la pointe de flèche. Il ne se passa rien, la goutte rouge se mêla paisiblement au liquide.

— C'est votre sang, constata simplement Tupac.

— Mon sang ! murmura incrédule le grand-prêtre.

— Votre détention est confirmée, dit Manco.

Le général Nitila regardait la scène comme absent. Tupac demanda :

— Vous êtes-vous blessé récemment ?

Pomacapi hésita, parut chercher dans sa mémoire.

— Il y a deux ou trois jours, une prêtresse m'a coupé par mégarde en me montrant le poignard qu'elle portait pour se défendre des agressions des fidèles d'Inti.

Il releva la manche de son uncu montrant une petite cicatrice près de l'épaule gauche.

— Comment vous êtes-vous soigné ?

— Chimbo, la jeune prêtresse, m'a pansé.

— Où peut-on la trouver ? demanda Manco.

— Elle habite chez sa tante près de la rivière Tullumayo.

— Cette prêtresse ne serait-elle pas Chachapoya ? demanda Tupac Hualpa.

— Comment l'avez-vous deviné ?

*

La lumière du jour naissant réveilla Anas. La grêle et l'orage avaient cessé mais il pleuvait toujours. Dans la tiédeur de l'édredon d'alpaga, elle se sentait heureuse. Tupac dormait encore d'un sommeil régulier, elle se lova contre lui. Ses mains effleurèrent son torse, elle avait encore envie de sa peau, de ses caresses. Elle couvrit son visage de baisers, sans le réveiller. Son ventre le réclamait, pourtant elle n'osait pas le tirer du sommeil. Le tumulte d'une caravane sur le départ s'en chargea. Découvrant son visage près de lui, il sourit.

— À quoi rêvais-tu ?

Il effleura ses joues pleines, son nez rond, avant de répondre :

— Rien de gai, je suis inquiet. Je crois que Manco ne me dit pas la vérité. Le prince Canchari est très malade, peut-être mort comme tu le rapportais l'autre jour. Sinon, pourquoi aurait-il envoyé sa guenon à Roca… On se lève ?

— Déjà ! Ocllo est sortie.

Il la regarda avec amusement :

— Encore ?

— Je suis insatiable, surtout vers le milieu de ma lune.

— Tu es si belle dans le plaisir !

Il commença à la caresser. Lorsque Anas eut éprouvé tout ce à quoi son jeune ventre aspirait, elle posa un bras sur le torse de Tupac et s'assoupit. Il resta un moment immobile à écouter sa respiration. Puis il perçut les mille bruits de Cuzco s'éveillant et se leva, avec précaution. Cette saison humide ne finirait donc jamais ! Il se dirigea vers la cuisine, Ocllo réchauffait la soupe et les galettes que sa sœur avait préparées la veille. Apercevant Tupac, elle dit :

— Je suis réveillée depuis longtemps, la colère d'Inti Illapa m'a effrayée.

— Pourquoi n'es-tu pas venue vers nous ?

Elle ne répondit pas, découvrit le poêlon où chauffait la soupe. L'odeur douceâtre du manioc envahit la pièce. Elle commençait à verser le liquide chaud dans une écuelle quand elle s'interrompit :

— Je voudrais te montrer quelque chose.

Elle sortit d'un coffre le pénis d'argile qu'elle avait trouvé dans la réserve secrète d'Onitola, le tendit à Tupac :

— Je l'avais oublié. À dire vrai, cette poterie m'a dérangée et puis il y avait tant de céramiques extraordinaires. Ce matin, j'ai pensé que j'avais sans doute eu tort, que c'était peut-être un objet de magie chachapoya.

Ils furent surpris par la voix d'Anas qu'ils n'avaient pas entendue arriver :

— Tu as raison ! À l'orphelinat, une fille possédait une poterie comme celle-ci, elle nous la montrait en cachette. Ça nous troublait et nous faisait rire. Une des mères surveillantes s'en est aperçu et l'a confisquée.

Vêtue d'une ascu brodée, identique à celle de sa sœur, Anas poursuivit ses explications :

— Je ne me rappelle plus le nom de cette fille, pourtant nous avons été amies une année durant avant qu'on la donne comme concubine à un intendant des subsistances. Elle avait passé son enfance dans les forêts de l'Inambari. Ses parents et tous les habitants du poste militaire dont son père était capitaine avaient succombé à la fièvre des marais. Une tribu chachapoya vivant près du poste l'avait recueillie. En apparence, ceux-ci avaient adopté beaucoup de manières de vivre des Incas. En fait, ils conservaient secrètement leurs anciennes coutumes, surtout pendant les conflits entre tribus. Les guerriers écorchaient vivants leurs ennemis vaincus et les mangeaient pour prendre leurs forces. Les femmes chachapoyas faisaient avorter leurs captives afin de dévorer leurs fœtus et de concevoir des enfants plus forts. Elles liaient leurs victimes sur des troncs d'arbres et les forçaient à avaler le suc d'une plante.

— Cette plante s'appelait-elle la millaquita ?

— Je ne sais pas mais cette drogue provoquait d'abord chez les prisonnières un rut spectaculaire qui amusait les Chachapoyas. Puis leurs contractions utérines devenaient si fortes que les malheureuses avortaient. Beaucoup mouraient d'hémorragies, on jetait les autres aux piranhas.

— Ninancoro pense qu'Onitola a été droguée avec cette plante et qu'elle en est morte.

— Elle aurait été torturée ?

— Ou volontaire pour avorter. Selon l'enquête de Ocllo, elle ne désirait pas ce nouvel enfant.

— Comment une femme peut-elle vouloir tuer la vie qui est en elle ?

— Anas, ma tendre, tu as pour toi ta jeunesse et ton optimisme. En vieillissant, beaucoup d'humains deviennent amers !

*

Les jours suivants, le temps parut s'améliorer. Les habitants de la Capitale purent à nouveau jouir de l'atmosphère et de la lumière si particulières de Cuzco. Les astrologues se précipitèrent dans leurs observatoires pour tenter de déchiffrer les cieux et de répondre aux craintes multiples de la population. Les teinturiers voulaient savoir si Andromède leur étoile tutélaire les autorisait à tremper l'indigo car leurs ballots de laine commençaient à pourrir. Les bouchers s'inquiétaient d'une possible influence néfaste de la constellation du Cerf sur leurs salaisons. Les inquiétudes des couvreurs étaient plus prosaïques : la grêle allait-elle détruire de nouvelles toitures, manquerait-on de paille pour regarnir les toits ? En écoutant les rapports de ses indicateurs, Tupac Hualpa fut convaincu que deux questions hantaient l'esprit des habitants de Cuzco : l'Empire avait-il encore un héritier ? Si une rébellion contre Pachacuti éclatait, qui la dirigerait et qui prendrait le parti des rebelles ? Pomacapi avait été libéré, Tupac ayant réussi à convaincre Manco et Nitila que le chef de l'Église de Viracocha avait été victime d'une provocation. La concorde semblait rétablie entre les deux religions. Pourtant, au cours de la cérémonie de purification du grand temple de Coricancha que le gouverneur avait fini par autoriser, Huascar prononça un prêche enflammé dont il ressortait qu'Inti Illapa avait entendu les prières de son peuple et réclamait le sang de nouvelles vierges. Le grand-prêtre d'Inti faisait l'objet d'une forte détestation parmi les fidèles de la nouvelle religion opposés aux sacrifices humains. Sa harangue plus ou moins déformée fit remonter la tension et l'armée dut se déployer à nouveau autour des temples. Lorsque Tupac lui avait fait part de l'arrestation des deux frères tireurs de sarbacane, Manco avait donné pour seule instruction de les maintenir en prison. Toutes les recherches de Roca aux archives étaient demeurées vaines. Il n'existait aucun quipu nommant un métis chachapoya appelé Sotaurco comme intendant du harem du Suprême. Utilisant ses amitiés dans l'administration fiscale, l'enquêteur impérial parvint à faire envoyer un agent recenseur au palais de Xo. Le recenseur put à loisir compter et recompter concubines, servantes et gardes, il ne trouva nulle trace de Sotaurco. Informés de cette déconvenue, les tireurs de sarbacane sombrèrent dans la panique tant leurs derniers jours leur paraissaient approcher. Pour les rassurer, Tupac fit doubler la garde à la prison de Chiquihani et ordonna que la nourriture des prisonniers soit goûtée au préalable par un singe. Le lieutenant Cusi parvint par contre à retrouver une trace de la prêtresse Chimbo. Selon sa tante, la jeune femme qui avait la nostalgie des grandes forêts de son enfance et ne supportait guère la vie urbaine avait fait part de son intention de gagner les rives de l'Urubamba pour s'embarquer, si la crue le permettait. L'enquêteur envoya des chasquis pour prévenir ses collègues de la milice fluviale. Ceux-ci n'arrêtèrent personne.

— En temps normal, plusieurs centaines de pirogues et de radeaux descendent chaque jour le fleuve. Avec ces pluies, vos collègues sont occupés à porter secours, dit sobrement Manco lorsque Tupac lui rapporta ce nouvel échec.

— Ces gens sont comme le vent qui s'échappe des doigts dès qu'on croit l'avoir saisi ! Hormis deux comparses terrorisés nous ne sommes parvenus à arrêter personne. Il faudrait procéder à une perquisition au palais de Xo. Des langues se délieraient…

— Tu sais bien que c'est impossible. Seul l'Empereur pourrait autoriser la fouille de la résidence habituelle de son frère.

Cusi qui assistait à l'entretien sortit de la pièce, l'enquêteur impérial saisit l'occasion :

— Gouverneur, tu es à la fois mon supérieur et mon ami…

— Où veux-tu en venir Tupac ? Il me semble que nous avons toujours réussi à accomplir nos devoirs respectifs sans dommage pour notre amitié.

— Certes et j'en loue chaque jour Viracocha !

— Alors, pourquoi ce préambule ?

— C'est que ton attachement pour ta nouvelle yana ne m'échappe pas. Si j'étais homme de vertu, je pourrais critiquer ton infidélité conjugale, mais étant fort épris d'Anas et ayant une vraie affection pour sa sœur qui est aussi ma concubine…

— Tu penses qu'il y a beaucoup trop de Chachapoyas dans tous ces événements et que Sitki est une Chachapoya.

— Je n'osais pas te le dire !

— J'y ai pensé. Je la crois sincère dans son amour pour moi. Il y a bien des comportements qu'une femme libre ou servile peut feindre, pas les plus intimes. En outre, c'est Pachacuti en personne qui me l'a donnée.

— Sitki est un cadeau de l'Empereur ?

— Pour la dernière Sitowa.

— Mes craintes ne sont donc pas fondées !

*

Officiellement le quipu-kamaoc Roca était l'adjoint direct de Tupac Hualpa. Cette décision administrative ne parvint jamais à s'appliquer, non que les deux hommes ne s'apprécient pas mais simplement parce qu'il existait entre eux trop de ces impalpables différences qui font la singularité des êtres. Plus jeune de dix années, Roca était un homme méthodique, porté sur la méditation et le mysticisme. L'enquêteur impérial, gourmand et sensuel, ne refusait certes pas raisonnement et déduction, mais professait que l'intuition permet seule de se repérer dans le labyrinthe trompeur qu'est toute affaire criminelle. Très vite, Tupac et Roca étaient parvenus à une bonne entente : ils ne travaillaient pas ensemble mais en parallèle. Le jeune quipu-kamaoc conduisait les recherches aux archives ou dans les administrations de l'Empire, assurait la liaison entre l'inspection criminelle et les services de la Milice, enfin s'occupait de sa guenon Jaya, « la plus célèbre enquêtrice de Cuzco », comme aimait à en plaisanter Manco. Tupac était sur le terrain, assisté du lieutenant Cusi dont les attributions effectives s'étaient de plus en plus éloignées de son rôle théorique consistant à assurer la sécurité. Ocllo, enfin, avait intégré ce dispositif depuis environ une année. Pourtant, ce fut Roca qui permit à l'enquête de faire une avancée décisive. Depuis sa première visite de Coricancha, le jour de la découverte du corps d'Onitola, le jeune quipu-kamaoc était convaincu de l'impossibilité de rien découvrir dans l'immensité du temple sans des amitiés parmi les prêtres. Comme l'attirance entre Pinca et lui ne faisait que grandir et qu'il partageait avec la jeune paysanne une même croyance simple en Inti, autre différence avec Tupac, ils prirent l'habitude de se rendre à Coricancha presque chaque jour pour prier. Leur foi était réelle et le plaisir de la présence de l'autre ajoutait à leur piété. N'ayant que peu de tâches urgentes à accomplir, les deux jeunes gens restaient, main dans la main, des après-midi entiers dans le murmure des fontaines ou le silence des salles aux douces senteurs. Leur manège n'échappa pas à la surveillance des prêtres. Bientôt l'un d'eux, subodorant qu'il s'agissait de deux fiancés, engagea la conversation. Le grand-prêtre Huascar avait en effet donné pour instruction d'encourager le plus possible ceux et celles qui désiraient se marier selon les anciens rites quand tant de jeunes des meilleures familles de la capitale souhaitaient s'unir devant Viracocha. Mi par raison — il était avec Tupac le jour de la découverte du corps d'Onitola —, mi par franchise naturelle, Roca ne dissimula pas sa qualité de membre de l'inspection criminelle. Le prêtre, jeune homme sensiblement de leur âge, prit goût à rencontrer les fiancés. Il y eut ainsi de longs moments où, dans le calme des jardins couverts, ils discutèrent de la naissance du monde, de l'influence de la course des étoiles sur le destin des humains, du rôle de la femme dans le maintien de la foi et de l'émergence de la nouvelle religion. Une lune s'écoula en aimables palabres puis un soir le prêtre informa les fiancés que Huascar souhaitait les rencontrer. Roca eut un instant de crainte. Personnalité redoutée, devant qui s'inclinaient les plus hauts dignitaires de l'Empire, le grand-prêtre était connu pour sa foi intransigeante, ses colères et sa voix capables d'imposer silence à des milliers de fidèles. Ce fut donc en proie à une vive inquiétude que Roca et Pinca se laissèrent guider jusqu'aux appartements de Huascar au centre du temple. Tout se passa vite et très bien. Ému par leur jeunesse, leur amour et leur foi, le grand-prêtre ne fut qu'amabilité et attention. Le soir même Roca se présenta à Tupac pour lui faire part de nouvelles stupéfiantes :

— Ceux qui ont déposé le cadavre d'Onitola à Coricancha y sont actuellement prisonniers.

— Comment est-ce possible ?

— Lorsque nous avons quitté le temple après avoir examiné le cadavre, Huascar a réuni prêtres et serviteurs, certains se sont rappelé que peu de temps avant la découverte du cadavre, des soldats avaient apporté plusieurs caisses de javelots afin que ces armes reçoivent la protection d'Inti. Ces soldats revinrent prier quelques jours plus tard, furent reconnus et attirés dans un piège.

— Pourquoi Huascar ne m'a-t-il pas prévenu ou ne les a-t-il pas déférés à la justice comme son devoir le lui commandait ?

— À ce que j'ai compris, pour de multiples raisons. S'agissant de personnes coupables d'un sacrilège, le grand-prêtre considère qu'ils relèvent de la justice d'Inti. À l'inverse ces soldats, qui appartiennent au troisième régiment de marche de Sillustani, possèdent une foi authentique, ont exprimé des remords et surtout n'ont été que les exécutants d'ordres de leurs supérieurs réguliers…

Autour de Roca, tous les présents : Pinca, Anas, Ocllo, Ninancoro, Tupac, Cusi s'étaient tus. Le silence était dense, palpable. Le lieutenant chercha dans sa mémoire le souvenir d'une telle absence de sons. Brusquement il se rappela : c'était au cours d'une guerre contre les Chancas quand le commandant de leur colonne avait compris que leurs alliés Canaris venaient de les trahir. Le colonel avait péri dans l'inégal affrontement, Cusi ne savait toujours pas comment lui-même avait survécu.

L'enquêteur impérial poursuivit de sa voix douce :

— Ainsi Huascar détient des hommes de la garde personnelle du Suprême ! Admirable atout dans la situation actuelle. Je ne pense pas qu'il veuille nous les livrer. Pouvons-nous au moins les interroger ?

— Il y est disposé mais pose une condition.

— Une condition ?

Pinca reprit :

— Que Roca et moi nous nous épousions à Coricancha pour la prochaine nouvelle lune.

— Pour la prochaine nouvelle lune ? répéta Ocllo.

— Huascar pense qu'Inti Illapa peut être aussi satisfait de vingt mariages que de vingt vierges sacrifiées. Il espère ainsi empêcher de nouveaux orages de grêle.

— Êtes-vous prêts pour le mariage ? demanda Tupac.

— Oui ! répondirent d'une même voix Roca et Pinca.

— Demain tu iras dire à Huascar que je donne mon accord à votre union, que je serai présent au mariage et que nous aimerions interroger les soldats le plus vite possible en présence du gouverneur de Cuzco.

*

Depuis quelques jours le vent, poussant les nuages de pluie vers les plaines côtières, avait rendu aux habitants de la Capitale l'atmosphère vivifiante qu'ils aimaient tant. Les enfants trop longtemps tenus enfermés par la grêle et les troubles jouaient à nouveau à la marelle, les musiciens ressortaient flûtes et tambourins, les lamas ébrouaient au soleil leurs laines détrempées. On entendait à nouveau le cri des vendeurs de chicha fraîche et les rires des filles autour des fontaines. Les condors, par contre, n'étaient pas revenus et leur absence inquiétait les anciens. Quand Manco se présenta à une porte dérobée du grand temple, le couchant reflétait ses derniers feux sur les remparts d'or de Coricancha. Le gouverneur avait quitté son palais par un passage souterrain débouchant dans les nouveaux jardins du Cercle du Serpent déguisé en astrologue. Seuls deux miliciens l'avaient escorté. Tupac et Roca l'attendaient sous une colonnade. Guidé par le jeune quipu-kamaoc, devenu familier des dédales de l'enceinte sacrée, ils gagnèrent une salle ronde. Cinq personnes attendaient en silence, autour d'un feu. Huascar se leva pour saluer le gouverneur, son crâne rasé brillait à la lueur du brasier. Il était vêtu d'un simple uncu bleu, ne portait aucun de ses habituels ornements sacerdotaux : couronne de plumes d'aras, pendentifs d'oreille, javelot d'or. La pièce était sombre. Manco se souvint de la légende de la création de l'Empire, telle que le père de son grand-père aimait à la raconter : cinq chefs de tribus s'étaient réunis en secret, un soir d'orage, dans une grotte obscure autour de celui qui allait devenir le premier empereur.

— Ô puissant gouverneur, accorde ta mansuétude à ces valeureux soldats, ils ont combattu par les monts et sur les fleuves, ils ont affronté la soif et le froid pour défendre le Tahuanti et accroître sa puissance, dit Huascar de sa voix forte.

— Ma mansuétude leur est acquise.

Tupac Hualpa perçut comme une onde bienfaisante parcourant la salle, les quatre soldats s'inclinèrent devant le gouverneur.

— L'un d'entre vous peut-il m'expliquer les événements survenus autour de la mort de la potière Onitola ? Tout d'abord, comment est-elle morte ?

Les soldats se consultèrent du regard, le plus âgé prit la parole :

— Nous l'ignorons, respecté gouverneur, cela s'est déroulé à l'intérieur du harem du Suprême.

— Dans son palais ?

— Non ! Dans celui qui a été bâti pour sa favorite, Xo. Notre commandant en chef y réside le plus souvent quand il n'est pas aux armées, ses concubines aussi. Nous n'avons pas le droit de pénétrer dans ce gynécée et devons assurer sa garde de l'extérieur. Depuis quelques lunes, des choses étranges s'y passent. On entend souvent des cris, des halètements, des paroles décousues, des râles. C'est effrayant !

— Pensez-vous que certaines concubines ou servantes soient suppliciées ?

Le plus vieux des soldats parut hésiter, un autre poursuivit :

— Ce sont des hurlements dont on ne sait dire s'ils sont de douleur ou de plaisir. Parfois après ces séances, certaines des jeunes femmes dorment plusieurs jours mais avant la potière aucune n'était morte.

Le plus âgé reprit son récit :

— Après une nuit particulièrement agitée, tout était enfin calmé dans le harem quand l'intendant de Xo s'est présenté à nous. L'aube approchait.

— Sotaurco ? demanda Tupac.

— Oui ! Il nous a ordonné de le suivre. Le gynécée était très sombre. Au bord de la piscine, quelques femmes attendaient. La favorite ne se trouvait pas parmi elles. Nous nous sommes approchés et avons découvert la potière Onitola. Elle reposait, apparemment sans vie, sur un lit de vigogne.

— Était-elle nue ?

— Non, elle portait un ascu de Tiahuanaco, en laine jaune. Je m'en souviens car mes filles en possèdent d'identiques. Sotaurco nous a ordonné de transporter le cadavre dans la salle des offrandes de Coricancha et de le déposer sous l'autel en lui enlevant son vêtement. Il nous a affirmé qu'il s'agissait d'un ordre du Suprême. Je lui ai fait observer qu'il nous demandait de commettre un sacrilège, que nous ne pouvions exécuter une pareille instruction sans confirmation d'un officier. Il a maugréé que nous étions des ânes et autres amabilités dont cet arrogant métis est coutumier. Puis il est sorti en nous ordonnant de l'attendre.

— Vous l'avez fait ?

— Oui, l'intendant est un être malveillant qui dispose malheureusement d'une grande influence.

— Nous sommes restés un long moment. Enfin il est revenu accompagné d'un officier de l'état-major du Suprême qui nous a confirmé l'ordre.

— Comment s'appelle cet officier ?

— Le colonel Guacra.

— Quelles sont ses fonctions ?

Le vieux soldat hésita ; avec une grande bienveillance, Manco renouvela sa question. La réponse vint dans un souffle :

— Guacra est le chef de l'état-major particulier du Suprême.

— Qu'avez-vous fait ?

— Ce que le colonel nous a ordonné ! Nous avons mis le corps dans une caisse de javelots et de flèches de notre régiment qui devaient être consacrés. Beaucoup de prêtres nous connaissant à Coricancha, nous n'avons eu aucun mal à porter le cadavre devant l'autel. Nous avons dû couper son ascu avec un poignard pour pouvoir la dévêtir rapidement. C'était une belle femme, guère plus âgée que ma fille aînée, j'étais choqué de devoir faire cela.

— Vous la connaissiez ?

— Onitola venait souvent au palais, elle réalisait pour Xo toutes sortes de poteries.

— Vous en avez vues ?

— Jamais ! dit le vieux soldat.

— Moi si, déclara le plus jeune.

— À quelle occasion ? demanda Manco.

— Une des servantes de la favorite est originaire du même village que moi. Un jour, elle m'a appelé pour me montrer une curieuse poterie : un sexe d'homme moulé dans l'argile. Je lui ai demandé à quoi ça servait. Elle a fondu en larmes et balbutié qu'elle était terrorisée, que Xo était un monstre. Puis nous avons entendu des pas et elle s'est enfuie.

Manco se mit à arpenter la salle, d'un air préoccupé.

— Pourquoi êtes-vous revenus à Coricancha les jours suivants ? demanda Tupac.

— Nous avions conscience d'avoir commis un sacrilège et nous avions peur.

— De la colère d'Inti ?

— Bien sûr, aussi l'avons-nous beaucoup prié. Mais surtout de Sotaurco, de Xo, de toutes ces choses terribles que nous pressentions.

— De votre commandement ?

— Que vaut la vie de quelques soldats face au secret d'un crime ?

Le gouverneur s'immobilisa au centre de la pièce :

— À moins que le grand-prêtre n'en décide autrement, vous ne serez pas poursuivis pour le sacrilège de Coricancha.

— Ils n'ont fait qu'obéir et échappent donc à toutes poursuites.

— Au nom de mes camarades, soyez tous deux remerciés pour votre clémence ! Cependant, nous voudrions vous adresser une demande.

— Une demande ? répéta Manco d'une voix où perçait l'irritation.

— Nous aimerions sacrifier un lama blanc à Inti. Hélas, comme nous nous sommes enfuis, nos soldes sont bloquées.

— Je dois me marier à la prochaine lune, dit Roca, permettez-moi de vous offrir ce lama blanc.

— Il vous portera chance jeune quipu-kamaoc, remercia le plus vieux des soldats.

— Si Huascar y consent, restez ici quelques semaines ; Roca qui connaît bien le Temple veillera sur votre sécurité, décréta Manco.

Une détente heureuse s'était installée dans la pièce, Huascar frappa dans ses mains. Un vieux serf arriva portant un broc d'infusion fumante. À sa vue, l'enquêteur impérial prit conscience qu'il avait la gorge sèche. Il sortit de sa poche la pointe de flèche qu'Onitola avait serrée dans sa main avant de mourir et demanda :

— L'un d'entre vous a-t-il déjà vu ceci ?

— Une pointe d'obsidienne, affirma le plus âgé des soldats, très pénétrante, très dangereuse ! Elles sont fabriquées dans notre arsenal de Sillustani.

— Je voulais parler du signe gravé : un jaguar et cinq étoiles.

Le plus jeune des soldats, celui qui était originaire du même village que la servante épouvantée, s'avança.

— Puis-je regarder ?

Tupac approcha la flèche du brasier, le soldat fixa attentivement le vert sombre de la pointe, hocha la tête :

— L'intendant Sotaurco a fait venir deux graveurs de l'Anti, ils vivent reclus dans une dépendance du palais. Je les ai vus travailler un jour : ils marquent ainsi toutes sortes d'armes ou d'objets.

*

Cette lune-là encore, l'attente des anciens demeura vaine, les condors ne revinrent pas trouer les cieux de leurs cris stridents et mélancoliques. Par contre le souffle des Dieux s'inversa une nouvelle fois et la tempête violente et glacée s'abattit sur la majeure partie du Tahuanti, des rives blanches du Grand Océan à celles plus sombres du lac Titicaca, des steppes du pays Nazca à la puna de Sicuani, des cordillères aux déserts. Elle atteignit le camp du Suprême dans la haute vallée de l'Inambari, alors que ses régiments s'exerçaient à la guerre d'embuscade. Capac Yupanqui était de méchante humeur, la pluie l'excédait, les manœuvres se déroulaient mal, ses officiers étaient harassés par le mauvais temps et ses astrologues ne savaient que lui conseiller. Il avait perdu cinquante de ses meilleurs guerriers dans l'écroulement d'un pont suspendu, le constructeur avait été décapité mais cela ne lui rendait pas ses combattants. Xo et ses concubines lui manquaient. Sa favorite avait procédé à un bon dressage de la princesse chimu et, l'autre nuit, cette petite oie lui avait enfin donné satisfaction. Il entrouvrit un des panneaux de laine mauve de sa tente pour observer les montagnes. La colère d'Inti Illapa éclatait en longs filaments de feu, la voix monstrueuse du dieu des orages roulait dans les vallées. Soudain son regard fut attiré par le spectacle désolant d'une sentinelle endormie à l'abri d'un rocher. Il saisit son arc, engagea une flèche, visa et tira. La sentinelle poussa un hurlement d'épouvante, la flèche venait de lui arracher une oreille. Comme son chef d'état-major entrait sous la tente, il ordonna :

— Guacra, fais relever et panser cet imbécile ! Et explique-lui que si c'était un archer ennemi qui l'avait ajusté et non son chef, il serait déjà mort.

— Ça sera fait, ô Suprême ! Permettez-vous que je vous informe d'une curieuse nouvelle…

— Mon frère est revenu à Cuzco ?

— Non ! Nitila a retiré ses régiments de la Capitale !

— Impossible !

— L'agent qui m'a rapporté cette information est tout acquis à notre cause.

— Encore un de tes marchands de guano qui empestent la fiente.

— Les membres de cette influente corporation apprécient beaucoup la protection dont vous les honorez, en outre celui-ci se lave.

— Alors fais-le venir. Voyage-t-il avec ses femmes ?

— Son épouse, sa nièce et deux serves.

— L'épouse n'en parlons pas ! J'éviterai la nièce, il n'y a que trop de filles et de nièces dans mon harem, je crains souvent que les dissensions des peuples fédérés ne se retrouvent sur ma couche. Restent les yanas, comment sont-elles ?

— Tout à fait comestibles, pour deux vieux guerriers égarés dans cette froide contrée…

— Dois-je comprendre gredin que tu t'invites cette nuit sous ma tente ?

— Ne dit-on pas qu'il m'arrive de deviner vos actions bien avant vos astrologues.

— Amène-moi ce marchand, occupe-toi de faire laver ses yanas. Au fait, comment s'appelle-t-il ?

— Quispe-Titu.

— Un Tacna ?

— Comme beaucoup de marchands de guano.

— Ses yanas seront trop maigres, les Tacnas sont le plus souvent filiformes.

— Vous généralisez trop vite, elles ne sont pas nécessairement issues du même peuple.

Lorsque Guacra fut sortit, Capac Yupanqui étira souplement son corps de guerrier, fit jouer ses cuisses dures, massa d'huile son poitrail musculeux, frotta de magnésie ses mains habiles à manier le poignard. Dans une coupe d'eau pure, il observa son visage aux pommettes saillantes, ses grands yeux sombres, ses oreilles distendues par des boucles d'or. Satisfait de cet examen et convaincu de l'importance de l'apparence dans l'exercice du pouvoir, il ôta sa tenue d'état-major pour enfiler un uncu de vigogne mauve incrusté d'améthystes. Parfois cette débauche de violet et de mauve dans laquelle il vivait l'agaçait. Pourtant il savait que Xo avait raison de l'affirmer : face à l'écarlate impérial, il devait montrer ses couleurs. Une voix timide le tira de ses réflexions, il répondit aimablement :

— Entre, cher Quispe-Titu !

Un homme d'une quarantaine d'années, mince comme un Tacna et couvert de bijoux d'argent comme seul ose l'être un marchand de guano, pénétra dans la tente. Il empestait tel un ananas trop mûr.

— Le colonel Guacra m'a appris que selon tes informations les troupes de Nitila auraient quitté Cuzco.

— J'ai le sommeil lourd et n'ai rien entendu. Au matin mon épouse m'a dit avoir perçu des ordres, des bruits de bottes, des cris de caravaniers. J'ai couru me renseigner et suis venu au plus vite.

— Et vers quelle direction le général aurait-il dirigé ses régiments ?

— On dit, mais personne n'en est certain car l'évacuation a eu lieu par une nuit profonde et sous un violent orage…

— Que dit-on ? coupa le Suprême.

— Qu'ils sont partis pour Tambo Machaï !

Toute la nuit le vent mêla ses cris de fauve au ruissellement de la pluie. Deux braseros ne réussirent pas davantage à réchauffer la grande tente qu'un seau de chicha tiède à enivrer Capac Yupanqui. Les serves du marchand de guano avaient des corps mous où il se perdit sans parvenir à s'oublier.

Par chance ou par intuition, les deux femmes perçurent sa mauvaise humeur et se soumirent à ses caprices. Si bien qu'à l'aube lorsqu'elles partirent, il fit remettre à chacune une parure en plumes d'aras rouges et bleues. Puis il secoua Guacra qui somnolait enfin après cette nuit de débauche. Malgré cris et bourrades, le colonel ne se réveilla pas. Avant de sortir, le Suprême enfila ses bottes en phoque, présent d'une lointaine tribu du sud, et sa cape en peau de lama cirée. La pluie était toujours aussi froide, le ciel aussi sombre. Il s'approcha d'une cantine, le cuisinier le reconnut :

— Respecté commandant, à cette heure je n'ai que de la soupe de muru muru*, la crème de maïs n'est pas encore cuite.

— Va pour ta soupe, pimente-la bien, j'ai besoin d'avoir l'esprit clair.

Il attendit immobile qu'on prépare son bol. Autour du camp, les montagnes se perdaient dans la brume. Tout était silencieux hormis deux lamas se battant dans un parc. Lorsque le cuisinier lui tendit le potage fumant, il le remercia avec cette amabilité sincère qu'il avait pour les hommes combattant à ses côtés :

— Délicieux ! Je sens déjà que j'ai moins froid.

Il resserra sa cape de cuir, se dirigea vers son état-major. Il aurait voulu que Xo soit là, pas pour son corps de lait dont il ne se lassait pas ni même pour la perverse efficacité qu'elle mettait dans l'initiation au plaisir du flot de jeunes femelles qui lui parvenait sans cesse des quatre horizons de l'Empire, mais pour son intelligence étincelante, son énergie sans faille, sa détermination impitoyable. Il revit ses yeux si clairs et par-delà cette cordillère glacée qui le séparait d'elle, il entendit ce qu'elle lui dirait si elle était là, ce qu'il savait au plus profond de lui-même sans oser en affronter les terribles conséquences : si Nitila avait retiré ses régiments de Cuzco, c'est que l'Empereur lui-même en avait donné l'ordre.

*

* MURU MURU : variété de lama.

Le départ des militaires laissa les habitants de Cuzco heureux et désemparés. Ils se sentaient satisfaits d'être débarrassés de la présence grossière de l'armée — qu'est-ce que des gamins passés sans transition de la garde des lamas au port du bouclier pouvaient comprendre au raffinement du Nombril du Monde ? — et en même temps inquiets d'une possible reprise des violences. Soucieux de rassurer la population et de n'apparaître en aucun cas comme les agresseurs, les adeptes de chaque religion firent donc assaut d'amabilité réciproque. On vit des jeunes fidèles de Viracocha guider de vieux prêtres d'Inti à travers la cohue des marchés, des lavandières du Soleil enragées contre elles il y a peu aider les belles prêtresses de la nouvelle religion à tirer leur linge des lavoirs.

— Cette population est par trop versatile, dit Cusi.

Tupac et le lieutenant revenaient d'une réunion à l'état-major de la milice, en traversant les nouveaux jardins du Cercle du Serpent dont la grêle avait abîmé les plantations. L'enquêteur impérial paraissait maussade.

— Tu es inquiet pour Ocllo ?

— Hier elle semblait guérie, cette nuit elle était de nouveau brûlante de fièvre.

— Huit coups de fouet ! Ces militaires sont de vraies brutes.

— Cusi mon ami, va au fond de ta pensée et dis qu'il reste beaucoup de sauvagerie dans l'Empire.

— Vous les Incas, êtes encore un peuple conquérant, alors que nous, gens du vieux Chimu, avons atteint la sérénité raffinée des royaumes depuis longtemps décadents.

— Peut-être suis-je un peu chimu, je me sens souvent mal à l'aise de notre arrogance. Ce sont ces comportements suffisants qui me retiennent de franchir les barrières de la cour. Pourtant si Manco ne se décide pas, il faudra bien que je demande une audience à l'Empereur. L'entourage de son frère est par trop impliqué dans des agissements criminels. Nous ne pouvons pas continuer à patienter avec pour toute prise deux tireurs de sarbacane et quatre soldats terrés dans Coricancha. Pour démasquer les vrais coupables, il faut frapper plus haut ; nous ne le pouvons pas sans l'accord de Pachacuti.

— Si cette damnée pluie s'arrêtait, Jaya retrouverait peut-être l'intendant Sotaurco.

— Oui mais il pleut et il n'existe rien de plus mauvais pour le flair de notre guenon. Nos collègues de la milice fluviale ont-ils envoyé des nouvelles ?

— Il règne toujours une grande pagaille dans les flottilles de l'Urubamba. Certains mariniers refusent encore de naviguer, d'autres ont repris…

— Donc nous ne savons même pas si cette peste de Chimbo a réussi à s'embarquer ou si elle se trouve encore dans notre juridiction.

— À moins que les piranhas ne l'aient dévorée ! Il y a eu plusieurs naufrages.

— Mangent-ils seulement les Chachapoyas ?

— De tout autre que toi, je prendrais mal semblable remarque. Nous sommes des représentants du pouvoir impérial, notre devoir est de veiller à la cohérence de l'Empire, au juste droit de chaque peuple fédéré. Les Chachapoyas ont des mœurs parfois étranges mais les calomnies dont ils sont victimes ne facilitent certainement pas leur assimilation.

— Cusi mon ami, tu as raison. Excuse cette phrase déplacée et mets-la sur le compte de mon angoisse. La fièvre d'Ocllo m'inquiète, je m'en veux d'avoir eu à choisir entre son châtiment et sa déportation.

— Je croyais que ta préférée était Anas ?

— Anas et moi nous nous aimons d'une manière simple et charnelle. Elle est parvenue par ses caresses et sa bonté à me tirer hors du gouffre de la mort de Chimpu. Ocllo est différente, j'ai de l'estime et une forte amitié pour elle. Qu'elle partage parfois ma couche m'importe peu ; par contre je crois que, pour des raisons qui m'échappent, c'est important pour elle. Et puis Anas et elle s'adorent.

La pluie tombait plus forte lorsqu'ils atteignirent la place des trois fontaines. Des ouvriers changeaient une canalisation de bronze détériorée par les orages.

— Pourvu qu'il ne grêle plus, tous les chantiers de Cuzco ont souffert. Le plan d'embellissement de Pachacuti risque de devoir s'interrompre.

— Ce serait dommage, la ville devient de plus en plus superbe. Hélas les réserves de quinoa sont basses. Ninancoro a rencontré un de ses amis de la région du Titicaca, la soudure alimentaire y sera difficile. Il va falloir monter du poisson fumé et des pommes de terre séchées des provinces océanes. Seulement ce sont les lamas qui risquent de manquer pour les caravanes…

— En voilà une qui nous attend.

Tupac leva la tête. Gardés par deux jeunes garçons une douzaine de lamas blancs étaient attachés aux anneaux de bronze de l'inspection criminelle.

— Roca ne va quand même pas sacrifier tant de bêtes pour son mariage !

— Tu vois bien qu'ils sont bâtés.

Dès que les deux enquêteurs pénétrèrent dans la cour, un milicien s'approcha :

— Un caravanier du nom de Tanqui vous demande. Il dit venir de Pisac.

Vêtu de la tenue pratique et chaude des maîtres de lamas, un homme au teint de poterie attendait calmement près d'un feu.

— Dur métier que le vôtre cette année, dit Tupac en guise de salut. Pourquoi souhaitez-vous me rencontrer ?

— Êtes-vous l'enquêteur impérial Tupac Hualpa ?

— Naturellement puisque vous vous trouvez à l'inspection criminelle.

Sans se laisser impressionner par l'évidence de cette réponse, le caravanier poursuivit :

— Connaissez-vous l'ingénieur Anquimarca ?

— On m'a dit que vous veniez de Pisac, j'ai pensé tout de suite qu'il vous envoyait.

— Pouvez-vous le décrire ?

— Décrire Anquimarca ?

— J'ai quelque chose à remettre de sa part à Tupac Hualpa, en mains propres.

— Je ne l'ai rencontré qu'une seule fois. Autant qu'il me souvienne, l'ingénieur était un homme de petite taille, parlant très vite. Le jour où je l'ai vu il travaillait sur les travaux de renforcement de la forteresse, en s'aidant d'une maquette d'argile.

— Je crois que vous êtes bien celui qu'il voulait prévenir.

Le caravanier ouvrit une besace de peau, en sortit d'abord un quipu puis un étui taillé dans un gros bambou. L'enquêteur impérial porta l'étui à son oreille. Il n'entendit aucun bruit.

— Vous avez raison, ce modèle sert souvent au transport de petits rongeurs ou de serpents ; celui-ci ne contient qu'une étoffe.

— L'ingénieur vous a-t-il indiqué ce que relate le quipu, l'avez-vous lu ?

— Il m'a seulement dit qu'il concerne sa demi-sœur Onitola. Je suis maître caravanier pas quipu-kamaoc.

Ayant remercié le caravanier en lui faisant remettre une jarre de chicha fraîche, Tupac gagna ses appartements en compagnie de Cusi. Une bonne surprise l'attendait, la fièvre d'Ocllo s'était apaisée et la jeune femme était réveillée.

— Les élixirs de Mama Tami font des miracles, dit-elle dans un sourire.

— Je suis heureux de te voir ainsi !

S'adressant à Anas, il poursuivit :

— N'aurais-tu pas, ma belle, quelques gâteaux au miel et un pot de rusca ?

La jeune yana partit d'un rire :

— Ne te l'avais-je pas dit, ma sœur ? Tout t'attend maître bien-aimé et si gourmand !

D'un geste de la main, elle désigna le poêle d'argile où pâtisseries et infusion tiédissaient. Cusi et Tupac burent et se restaurèrent, enfin le lieutenant commença à déchiffrer :

« Si le maître caravanier Tanqui vous remet ce quipu avant que je ne me présente à vous, c'est que mon pressentiment se sera vérifié et que j'aurai quitté le monde d'en-bas. Comme vous le savez, la mort de ma sœur de lait m'a bouleversé ; dans un premier temps j'en ai accusé Quizo son mari que je n'appréciais guère. Toutefois grâce à vos explications, je ne me suis pas obstiné dans cette voie et j'ai rencontré Quizo. Il m'a appris qu'Onitola réalisait régulièrement des poteries pour la favorite de notre commandant en chef, une Chachapoya nommée Xo. Mes déconvenues ont alors commencé. Loin de m'aider, l'état-major du Suprême a tout fait pour me décourager dans mon enquête sur Xo et son entourage. Comme je continuais mes recherches, des menaces ont suivi. On vient de me muter dans la province d'Inambari pour construire un fortin fluvial. Je suis un soldat discipliné et me rendrai bien sûr à ma nouvelle affectation. Je ne peux m'empêcher de trouver étrange qu'on charge un spécialiste des fortifications de montagnes, celui qui a construit Choque-Colahu, celui à qui l'état-major avait confié la rénovation du dispositif défensif de Cuzco, d'un ouvrage qu'un lieutenant du génie débutant pourrait bâtir ».

— La déception est un poison pire que ceux de l'Anti, murmura Tupac.

« De mes patientes démarches, j'ai acquis la certitude qu'Onitola est morte au cours d'une des séances secrètes de sorcellerie chachapoya que Xo organise dans son palais. Je crois que d'autres femmes périront par la folie de la favorite. J'ai rapproché ces événements de la détention d'une vingtaine de jeunes paysannes, toutes enceintes, dans les souterrains de Choque-Colahu. Étant le bâtisseur de cette forteresse, j'y dispose d'amitiés parmi les officiers en garnison. Plusieurs m'ont confirmé que les prisonnières y avaient été amenées par des hommes du troisième régiment de marche de Sillustani dont le rôle dans les forces armées est connu de tous. La favorite se serait rendue plusieurs fois à Choque-Colahu. À chacune de ses visites, des hurlements auraient été entendus et il semble que deux prisonnières aient succombé. Mon admiration et ma fidélité pour Capac Yupanqui restent intactes. Le commandant en chef a toujours témoigné d'une grande estime à mon égard et si j'ai pu participer à un haut niveau à la défense de l'Empire, je le dois à sa confiance dans mes talents de bâtisseur. Toutefois je suis attristé, et le mot est bien faible pour décrire le chagrin qui m'accable, par la constatation que trois de ses familiers : Xo sa favorite, l'intendant de celle-ci, le redouté Sotaurco et même son chef d'état-major particulier le colonel Guacra, sont impliqués tant dans la mort de ma sœur de lait que dans des agissements criminels. Depuis quelques jours je crois qu'on me suit. J'ai toujours porté très haut les idéaux du Tahuanti : les voir trahis par ceux-là mêmes qui devraient les faire triompher me désespère. Je vais me mettre en route pour l'Inambari. Les fleuves sont en crue, bien des dangers me menacent. Si je ne me présente pas à vous, je vous prie instamment de poursuivre votre enquête jusqu'à l'arrestation des criminels ; je vous prie aussi de solliciter les prêtres d'Inti et de Viracocha — je suis un esprit trop pratique pour comprendre les raisons de leurs affrontements — afin qu'ils intercèdent pour moi auprès des dieux du monde d'en-haut. Enfin j'aimerais que mon corps reçoive une sépulture convenable et ne soit pas abandonné à la convoitise des bêtes. Personne ne peut plus me sauver, prenez soin de mon cadavre et de mon âme !

Respectueusement,

Votre Anquimarca »

— Quel désespoir ! Avec un témoignage pareil nous pourrions agir, maugréa Cusi. Il aurait dû appeler au secours.

— Peut-être sommes-nous aussi en danger ? s'interrogea Ocllo.

— C'est pour cela que je déconseille toute sortie sans protection, dit Cusi.

— Nous devons être prudents. Pourtant je ne crois pas que l'intendant Sotaurco, qui paraît l'âme du complot criminel, s'en prenne à nous les enquêteurs officiels de l'Empereur. Anquimarca lui n'était qu'un témoin, conclut Tupac.

— Il faudrait le retrouver, Roca pourrait amener Jaya.

— Où le chercher ? Cuzco est immense, s'il s'y trouve est-il mort ou vivant ?

— Allons Cusi, toi et moi savons bien qu'ils l'ont tué, il n'a rien fait pour se défendre.

— Qu'est-ce qui peut conduire un homme à s'immobiliser devant ses assassins comme un lama devant le puma ? demanda Ocllo.

— L'espérance que sa mort permettra ce que sa vie ne permet pas.

— Maître tu parles trop en énigme, j'ai peur de ne pas te comprendre.

— Anquimarca de son vivant ne pouvait pas grand-chose contre Sotaurco. Mort c'est différent, on ne peut pas assassiner un ingénieur militaire sans provoquer de terribles remous dans l'état-major.

Brusquement un tumulte de tambourins et de rires se fit entendre.

— Jaya arrive ! Manco a raison, cette guenon est vraiment le plus célèbre enquêteur de Cuzco, remarqua Cusi d'une voix amusée. Allons voir le spectacle !

Nonchalamment tenue en laisse par Roca — une fois de plus Tupac Hualpa se demanda qui du maître ou de la bête conduisait l'autre —, la grande guenon noire arrivait en dansant sur la place aux trois fontaines. Les gens étaient sortis pour applaudir l'animal et rire de ses facéties coutumières. Les enfants lui jetaient des patates douces qu'elle attrapait au vol avec dextérité et engloutissait tout aussi vite.

— Ne la gavez pas ! cria Roca.

L'enquêteur impérial suivi de ses deux yanas, descendit dans la cour pour accueillir la guenon. Dans l'escalier il demanda à Anas :

— Aurais-tu une banane ?

— Il n'y a pas eu d'arrivée depuis plusieurs jours. La route du nord est trop difficile.

— Un gâteau alors ?

— J'y ai pensé, dit la jeune femme en lui donnant un beignet de manioc enveloppé dans une feuille de coca.

Lorsque Tupac tendit la friandise à la guenon, elle s'inclina cérémonieusement.

— Noble animal, nous avons besoin de ton flair inimitable !

Avec une élégance déconcertante Jaya lui tendit la main, s'empara de la friandise et découvrit ses dents du bas dans un sourire.

— Nous devons retrouver un homme. C'était un juste et on l'a probablement tué !

Elle soupira comme si devant l'évidente méchanceté des hommes elle ne savait que faire. Sa gaieté semblait avoir disparu, on lisait dans ses yeux bruns une tristesse immense. Elle s'immobilisa ainsi dans cette posture méditative que l'enquêteur impérial lui connaissait et qui, une nouvelle fois, le dérangea tant elle lui semblait mettre en cause les déclarations péremptoires des prêtres affirmant que pour séparer les animaux des hommes, Inti avait tracé sur le monde d'en-bas le lit d'un fleuve immense.

— Peux-tu me remettre l'indice ? demanda Roca.

Tupac Hualpa donna l'étui de bambou à son quipu-kamaoc, il contenait un morceau de l'uncu découpé par Anquimarca et la traque put commencer. Tout le jour, avec une obstination propre à justifier le titre d'enquêtrice impériale qu'aimaient lui attribuer les plaisantins de la capitale, la guenon explora de multiples pistes sans se lasser. Escortés de quatre miliciens, Roca et elle parcoururent les rues et les places de Cuzco le Haut sans succès. Le lendemain Cusi et Tupac les accompagnèrent à la ville basse. Ils longeaient les berges de la rivière Tullumayo, approchant du quartier chachapoya quand Jaya s'immobilisa. Lorsqu'elle se mit à pleurer près d'une barque couverte, Cusi sortit son épée. La crue de la rivière avait chassé les mariniers des rives. Plusieurs pirogues ayant rompu leurs amarres s'étaient échouées dans les joncs. Un radeau de balsa achevait de se disloquer. Ne restaient sur le quai désert que deux pêcheurs ravaudant un filet. L'enquêteur impérial les salua avant de leur demander si cette barque leur appartenait.

— Non, nous l'avons trouvée amarrée là ce matin. Ce n'est pas sa place, l'endroit est réservé aux pêcheurs. La décrue paraît s'amorcer, si dans quelques jours cette barque est encore là nous irons nous plaindre à l'intendant des Rives. Les mariniers exagèrent !

Ayant vérifié la solidité de l'amarre, Cusi et Tupac montèrent à bord pendant que Roca et la guenon restaient sur le quai. Ils n'eurent pas à chercher longtemps. Sous le toit de paille de la barque, couché sur une peau, l'ingénieur Anquimarca semblait dormir. On ne distinguait aucune trace de lutte.

— Crois-tu qu'on l'a empoisonné ? demanda Cusi.

Tupac s'accroupit pour observer attentivement le corps sans vie du frère de lait d'Onitola.

— Je ne pense pas qu'il soit mort ici, dit-il.

— Pourquoi une barque ?

— Peut-être les meurtriers voulaient-ils jeter son cadavre à la rivière, la crue aura dérangé leur plan.

Soudain Cusi poussa un cri :

— Regarde, il a une morsure au talon !

Tupac saisit la jambe du mort, renifla sa plaie. Depuis longtemps il n'avait pas senti cette odeur si caractéristique : terriblement amère et sucrée à la fois. Lorsqu'à la demande du père de Pachacuti Ninancoro avait entrepris de le former comme enquêteur impérial, il lui avait appris à reconnaître l'odeur et les effets d'un grand nombre de poisons et de venins. L'Empire alors était autre, moins étendu, plus simple aussi. On parlait bien dans le premier cercle de la Panaca du dieu apparu au

Sapa-Inca la veille d'une bataille contre les Chimus, mais personne n'imaginait qu'une religion nouvelle allait naître. Pour Tupac ce temps d'apprentissage était surtout celui où Chimpu vivait et venait de lui donner son premier fils. Avec le parfum retrouvé du venin, des larmes montèrent à ses paupières. L'enquêteur impérial dut repousser l'inconsolable nostalgie qui le saisissait au souvenir de son épouse morte, Cusi perçut le trouble de son ami :

— Qu'as-tu ?

— Chimpu venait d'accoucher lorsque Ninancoro m'a fait reconnaître l'odeur de ce venin.

— Lequel ?

Il ne put répondre. Venu des profondeurs de sa mémoire un immense lac de larmes s'était ouvert. Il se souvint seulement de la phrase de Ninancoro :

— Contre le venin du serpent laki, il n'existe pas de remède.

Le soir même Tupac rencontra Manco pour l'informer du meurtre de l'ingénieur militaire et de son souhait de se rendre à Choque-Colahu pour enquêter sur les allégations contenues dans le quipu. Il trouva le gouverneur peu disponible, toujours inquiet du mauvais temps et de ses conséquences. Bien que Manco ait donné comme instruction à ses secrétaires de ne laisser attendre dans son antichambre que les seuls responsables ayant un besoin urgent de ses décisions, les couloirs de sa salle d'audience ressemblaient davantage à un caravansérail qu'au cœur du pouvoir impérial dans la capitale. Des sinchis de communautés maraîchères dont les récoltes avaient été détruites y côtoyaient le président de la guilde des tisserands lainiers, des astrologues conversaient avec un quipu-kamaoc de l'administration des ponts et chaussées attendant de rendre compte du dernier état des routes. Tout de suite l'enquêteur impérial comprit que son supérieur n'approuvait guère l'idée d'aller rechercher la vérité dans une citadelle militaire :

— Il y a presque six jours de marche, tu seras absent de Cuzco une bonne décade, qui assurera le suivi de l'enquête ici ?

— Cusi bien sûr.

— Il n'a même pas de quipu d'enquêteur. Officiellement c'est un simple lieutenant de la Milice.

— En l'absence de l'Empereur tu es habilité à lui donner une délégation d'enquêteur.

— Admettons ce point réglé, il reste que tu devras emmener avec toi une forte escorte et de nombreux lamas, or la priorité va aux caravanes de ravitaillement.

— Enfin Manco, soyons sérieux ! Je comprends que nourrir Cuzco te préoccupe au plus haut point mais poursuivre nos investigations est aussi une priorité, tu l'as dit toi-même l'autre jour. Nous ne pouvons pas rester inertes ! Un groupe de gens résolus défie l'autorité impériale en profanant Coricancha, en enlevant des dizaines de jeunes femmes, en soustrayant deux condamnés au supplice devant une foule entière ! Aujourd'hui on assassine un ingénieur militaire, où s'arrêteront-ils ?

Le gouverneur parut ébranlé, la lueur du couchant se reflétait sur son crâne rasé, il formula une dernière objection :

— Il n'est pas exclu que vous soyez attaqués, que vos assaillants utilisent des flèches empoisonnées au curarcha. Je ne peux me permettre de perdre le meilleur enquêteur de l'Empire…

Il se tut puis ajouta à voix plus basse :

— … celui qui a sauvé la vie de Pachacuti. L'Empereur ne me le pardonnerait jamais.

— Ta sollicitude et ta franchise me touchent. Sois assuré que nous prendrons toutes nos précautions, Ninancoro va nous donner des antidotes, il y travaille depuis trois jours.

Le gouverneur heurta d'une main vigoureuse le gong en tumbaga posé sur sa table de travail, Sitki entra aussitôt, ses pieds clairs semblaient glisser sur les dalles.

— Conduis Tupac au cabinet des quipus-kamaocs et dis-leur d'établir les quipus qu'il leur dictera.

La jeune serve s'inclina avec une grâce infinie. L'enquêteur impérial surprit le regard que Manco posait sur elle, il y lut une telle adoration qu'il se sentit mal à l'aise.

Poussée par le souffle
des dieux mauvais, la grêle franchit
la barrière des monts Huanzo

L'inquiétude de la population de Cuzco devint extrême, la vie de la Capitale s'immobilisa. Les chantiers d'embellissement s'interrompirent les premiers. Les caravaniers mirent leurs bêtes à l'abri, les artisans arrêtèrent leurs ateliers faute de matières premières. Les tambos désertées fermèrent l'une après l'autre. La milice elle-même réduisit ses patrouilles. Dans leurs observatoires les astrologues se perdaient en interprétations sur la marche des galaxies, sur les possibles origines de cette saison si violente et se querellaient sur les remèdes à apporter. L'approvisionnement de la capitale devint incertain. On ferma le grand marché de l'Huajaipata, son revêtement de sable blanc n'était plus qu'un marécage désolé. Le gouverneur fit puiser dans les réserves de quinoa prévues pour les temps de guerre. Places et rues restaient vides, les seuls lieux où la foule se pressait étaient les temples. Beaucoup de fidèles prirent l'habitude de dormir dans l'enceinte de Coricancha ou dans le temple de Viracocha, ce qui ne tarda pas à poser aux deux sanctuaires de sérieux problèmes d'hygiène. Tupac tenta bien d'intéresser Manco aux derniers développements de l'enquête mais il était entièrement occupé par l'approvisionnement de la capitale et sa protection contre les inondations. L'enquêteur impérial dispensa donc de service Cusi et Roca et passa ses journées en compagnie de ses deux yanas. La prévoyance d'Anas avait mis leur maisonnée à l'abri des soucis alimentaires. Les fruits des provinces du Nord et les produits de la mer manquaient. La jeune femme remplaça ces délices naturels par d'autres de son invention : crème de maïs au miel, gâteaux de quinoa parfumés, beignets de manioc agrémentés de morceaux d'ananas séché. Elle avait appris avec tristesse les dégâts infligés par la grêle aux piscines d'élevage de Mazalda. À son regret de voir son maître bien-aimé privé de singli-opa, ce poisson aux antennes dangereuses mais à la chair exquise, se mêlait son inquiétude pour ses amies de la communauté Uros. Désœuvrés, inquiets comme toute la population de Cuzco de la persistante absence de l'Empereur, Tupac et Anas trouvèrent consolation dans les bras l'un de l'autre. Les deux amants passaient ainsi le plus clair de leur temps à dormir et s'aimer. Par un matin de tonnerre assourdissant et de pluie glacée, Ocllo les rejoignit sous leur édredon d'alpaga. Ses blessures étant cicatrisées, Tupac la prit, pour la première fois depuis son châtiment. Lorsque cette union fut accomplie, Ocllo se retira comme elle en était coutumière dans une autre pièce. Anas confia à Tupac :

— Mon ventre te réclame, pourtant je suis heureuse que tu aies fait l'amour à Ocllo.

— N'es-tu jamais jalouse ?

Elle le fixa de ses yeux sombres et doux :

— Maintenant, je serais jalouse de tout autre que ma sœur. Au début, je me suis soumise à toi car tu étais mon maître et qu'une serve ne peut se refuser à son maître. Tu étais si accablé par la mort de ton épouse. Tes caresses aidant, le souffle bienveillant de Viracocha a effleuré notre couche et nous sommes tombés en désir l'un de l'autre…

Elle baissa la tête, hésita :

— … et maintenant un miracle encore plus grand…

Elle ne put terminer, il la serra contre lui :

— Je suis heureux de ce que tu dis !

Il s'arrêta très ému :

— Je vais t'épouser dès que Pachacuti aura édicté le quipu vous libérant ta sœur et toi de votre servitude. Mais pourquoi souhaites-tu tant que je m'unisse à Ocllo ?

— Je vais te révéler un secret.

— Un secret ?

— Quelques mois après qu'elle soit nubile un groupe de bergers l'a enlevée.

Dans le silence Tupac demanda :

— Ont-ils été punis ?

— Dans bien des régions les juges considèrent le rapt d'une serve célibataire non comme un crime mais comme un débordement de jeunesse.

— Pachacuti a souvent réaffirmé qu'il s'agissait d'un crime grave.

— L'Empereur est comme le Soleil, ses lois réchauffent tout le Tahuanti, cependant il ne peut empêcher les zones d'ombres.

Il effleura de la main son visage rond.

— Ma sœur a besoin qu'un homme la traite avec bonté et douceur.

Cachée derrière le rideau de joncs, Ocllo écoutait la conversation. Elle était satisfaite de ce qu'avait dit sa cadette. Elle faillit revenir dans la chambre, le bruit des baisers qu'échangeaient à nouveau les amants l'en dissuada. Brusquement elle eut envie de remercier Viracocha, de prier dans son sanctuaire. L'orage et la grêle s'étaient apaisés. La pluie tombait fine et régulière. Elle enfila ses galoches de roseaux, passa une cape en cuir ciré appartenant à Anas et quitta silencieusement l'inspection criminelle. Elle était presque arrivée à l'esplanade d'albâtre quand des mains robustes l'empoignèrent, une capuche l'empêcha de reconnaître ses ravisseurs, un bâillon de crier. Elle se débattit, perdit connaissance.

Lorsqu'elle se réveilla elle était attachée à une table de bois. On lui avait bandé les yeux, le bandeau était mal ajusté. Sa bouche n'avait plus de bâillon. Elle frissonna, on l'avait dévêtue. La pièce était silencieuse, quelque part pourtant de l'eau ruisselait. II y eut des pas sur les dalles. Une voix de femme, élégante et autoritaire, interrogea :

— Où se trouve l'intendant Sotaurco ?

— Je ne sais pas, j'ai été arrêtée et fouettée.

— Nous avons appris ton châtiment. Cependant tu es la yana de l'enquêteur impérial, tu sais certainement où en est son enquête.

— Je ne peux plus participer à l'enquête : après ma punition j'ai dormi des jours entiers. J'ai vaguement entendu parler de Sotaurco, je crois qu'il s'est enfui.

— Vous l'aviez capturé ?

— Non ! Il a dû quitter Cuzco.

— Il nous aurait prévenus, tu mens !

— J'y vais ? demanda une autre voix féminine.

— Oui, je déteste les menteuses.

Ocllo sentit qu'on la forçait à ouvrir les lèvres. Par la fente de son bandeau elle ne parvint pas à distinguer les traits de celle qui l'interrogeait. Elle pria : Viracocha protège-moi, on va me torturer ! Ô créateur du monde d'en-haut et du monde d'en-bas, pourquoi ta servante doit-elle encore souffrir ? Dieu unique et bienveillant, sauve-moi !

On lui introduisit un roseau dans la bouche, elle se débattit en vain, un liquide épais et poivré lui dégoulina dans la gorge.

— Où le détenez-vous ? demanda la première femme.

— Je vous l'ai déjà dit, la milice n'a pas arrêté Sotaurco.

D'un coup Ocllo se mit à transpirer. Une sueur abondante coulait sur son front, son nombril, son dos, ses cuisses et jusque sur ses pieds. Sa bouche la brûlait :

— À boire, s'il vous plaît !

On lui entrouvrit les lèvres, elle dut absorber le même lait pulpeux et poivré.

— Si tu ne parles pas, tu bouilliras de l'intérieur. Tu crieras si fort que tu ne sauras plus si tu jouis ou si tu meurs.

— Je commence ? demanda l'autre voix.

Ocllo réalisa avec effroi qu'elle allait subir un des terribles supplices chachapoyas dont avait parlé sa sœur. Une des femmes souleva brièvement son bandeau. La jeune yana eut le temps d'apercevoir un sexe d'homme en céramique semblable à celui qu'elle avait découvert dans la réserve d'Onitola. Son corps se raidit dans l'attente du viol mais la poterie la pénétra facilement. Le va et vient lui produisait une sensation indéfinissable mi-plaisir mi-douleur assez semblable à celle qu'elle avait éprouvée le matin avec Tupac. Elle se mit à gémir, perçut les mots des deux femmes à travers la brume de la drogue :

— Cette guenon têtue va bientôt parler !

— La millaquita vient à bout des plus endurcies !

Elle ne fut plus qu'un corps écartelé, soumis à la volonté de ses tortionnaires. Elle sentit leurs mains palpant ses mamelons. Elle sursauta sous la piqûre des épines qu'elles enfonçaient dans sa chair. On lui fit encore boire la drogue à la saveur de piment et elle avala sans se défendre. On serra son ventre dans des linges brûlants qui la firent geindre plus fort. Elle perdit le sens du temps, eut une pensée pour sa mère tuée par le serpent laki, pour Anas et Tupac, se demanda pourquoi elle était une nouvelle fois victime, se prépara à mourir. Plus tard lui parvinrent d'autres bribes de phrases et, à travers leur sens incertain, le désarroi de celles qui la torturaient. Elle s'efforça de mieux les entendre et comprit que malgré toute leur science, les deux femmes ne parvenaient pas à déclencher chez elle les spasmes qui auraient dû la secouer de la racine des cheveux au pubis et lui faire avouer ce que d'ailleurs elle ne savait pas.

— Cette fille ne réagit pas normalement, dit la seconde femme, elle devrait se tordre et hurler.

— Arrête ! intima la voix élégante.

Ocllo sentit qu'on s'approchait d'elle. Une à une, on lui retira les aiguilles de cèdre. Un souffle parfumé baigna son visage, la voix demanda :

— Quel âge avais-tu lorsque c'est arrivé ?

Elle avoua comme à une sœur compréhensive :

— J'allais sur mes dix-sept ans.

— Combien étaient-ils ?

— Cinq ! Enfin six, mais le sixième ne l'a pas fait. Ils m'ont gardée trois jours dans leur campement.

Ocllo perçut que le souffle s'éloignait :

— Donne-lui à boire un peu d'élixir bleu.

Une fraîcheur agréable envahit sa bouche, elle s'endormit. Quand la pluie la réveilla elle était adossée à une fontaine sur l'esplanade d'albâtre. Il n'y avait personne, des chants lui parvenaient proches et mélodieux. Aucune chaleur violente ne l'habitait plus, on lui avait remis pagne et ascu. Elle ne souffrait pas, songea qu'elle avait peut-être rêvé. Elle ne sentait rien hormis une légère irritation de son sexe comme il s'en produisait quand elle faisait l'amour avec Tupac. Elle se leva, s'étira, chercha sur sa peau la trace des épines, n'en trouva pas. Elle balbutia une prière de remerciements à Viracocha. La nuit allait tomber, elle devait rentrer. À son arrivée à l'inspection criminelle tout était calme. Sa sœur râpait des noix blanches de Quito et l'accueillit d'un sourire.

*

Durant les deux nuits et les deux jours suivants Ocllo hésita. Il lui semblait loyal d'informer son maître de l'enlèvement qui avait un rapport évident avec son enquête. À l'inverse, elle répugnait à raconter le supplice qui lui avait été infligé et ne détenait aucun élément permettant d'identifier ses tortionnaires ou de situer le lieu de sa détention. La crainte d'inquiéter Tupac qu'elle sentait préoccupé par leur prochain départ pour Choque-Colahu, la convainquit petit à petit de ne rien dire. Anas perçut son malaise, le mit sur le compte des suites des coups de fouet et retourna à la préparation des galettes à l'amarante que son maître lui avait demandé de confectionner pour leur voyage. La caravane commença à se former à la pointe de l'aube, pourtant elle ne parvint à s'ébranler qu'au milieu de la matinée. Le convoi comprenait trente lamas et leurs conducteurs, vingt-quatre miliciens, deux pontonniers et leurs aides, un groupe de servantes et cantinières, Roca, Pinca, Anas, Ocllo et Tupac, sans oublier deux quipus-kamaocs et un astrologue-médecin emmené sur les conseils pressants de Cusi. Les étapes avaient été organisées dans des tambos ou des postes de la milice. Craignant les problèmes d'intendance résultant du mauvais temps, Tupac avait prévu en plus d'importantes réserves de vivres et des tentes. Le premier jour se déroula sans incidents, le long convoi sortit des faubourgs, traversa des zones maraîchères dévastées et s'engagea sur la route conduisant à la cité d'Ancahuasi célèbre pour ses brasseries de chicha qu'elle traversa sans s'arrêter. Au milieu de l'après-midi, le convoi atteignit un plateau fertile où s'étendaient à perte de vue des champs de quinoa et de quiwicha, plantés d'arbres nains. Ici les ayllus semblaient avoir moins souffert de la grêle qu'en proximité immédiate de Cuzco. Plusieurs délégations de ces communautés paysannes attendaient la caravane, sinchis en tête devant leurs pierres sacrées ou à l'abri d'un bosquet. Tupac s'efforçait de répondre aimablement à tous. Pourtant, quand les paysans comprenaient que ce train de lamas n'était pas celui d'un gouverneur mais accompagnait un enquêteur criminel, ils retournaient à leurs travaux après avoir offert aux femmes des bouquets de fleurs de tarwis blanches et mauves. Le premier soir les voyageurs dormirent à Conoc, cité renommée pour ses sources aptes à soigner les maladies de peau. La ville étant fortifiée, Cusi allégea les consignes de sécurité et autorisa miliciens et conducteurs de lamas à profiter des thermes. Anas et Ocllo s'y rendirent mais l'odeur soufrée des eaux les dissuada d'entrer dans les bains. Le deuxième jour s'écoula aussi paisible, au troisième le froid et la fatigue commencèrent à se faire sentir. Au fur et à mesure que la caravane montait en direction de Choque-Colahu, la végétation devenait plus rare, le paysage plus minéral. La route bordée de genêts serpentait maintenant entre des monts gris et dénudés où paissaient des troupeaux de vigognes naines. La masse écrasante du mont Pumasillo couvert de glaciers se détachait sur le ciel sombre quand ils arrivèrent à Sachora. Malgré la bonne volonté du maître de tambo et du commandant du poste local de la Milice, l'hébergement prévu se révéla insuffisant. Il fallut monter les tentes, puiser dans les réserves. À partir de là la route impériale bifurquait vers l'ouest, on devait continuer par un sentier militaire. Selon le commandant ce trajet se révélait pénible, les dénivelés épuisaient bêtes et gens que des précipices vertigineux pouvaient engloutir à la moindre imprudence. Inquiet de cet exposé, l'enquêteur impérial demanda :

— Comment font les militaires pour ravitailler et relever la garnison ?

— Du point de vue des subsistances la forteresse est complètement autonome. Je ne suis allé qu'une fois à Choque-Colahu, les miliciens n'y sont guère bienvenus ! J'ai été impressionné : leurs ingénieurs ont aménagé d'immenses terrasses pour les cultures vivrières. C'est bien sûr trop haut pour le maïs ou le manioc, par contre pommes de terre et quinoa abondent. L'armée y maintient des centaines de prisonniers de guerre qui cultivent les champs ou gardent les bêtes. Une partie de ces yanas se sont échappés à l'occasion de la dernière fête de Sitowa. Ils se cachent sur les hauteurs d'où il leur arrive d'attaquer des voyageurs isolés.

— Et pour la relève ?

— Le génie a installé un débarcadère sur l'Apurimac.

— Ils doivent remonter toute la pente alors ?

— Vous devrez faire de même, le fleuve barre l'accès à Choque-Colahu. Vous allez suivre un sentier dominant la vallée ; ce sentier est taillé dans la roche à flanc de montagne. S'il pleut il est glissant, si le soleil tape on cuit ! De toutes façons, il faut descendre pour traverser le fleuve.

— Il existe un pont ?

— En joncs ! Bel ouvrage, bâti en même temps que la forteresse ; il traverse haut en dessus du lit du fleuve donc à l'abri des crues, deux lamas peuvent s'y croiser. Les militaires entretiennent aussi un bac.

Au quatrième matin de marche Tupac Hualpa commença à maugréer contre lui-même : sa gourmandise lui paraissait monstrueuse tant il avait dévoré de galettes à l'amarante qui pesaient sur son estomac, son poids écrasant, sa concupiscence épuisante. Il avait répondu à l'aube aux tendres sollicitations d'Anas, ses jambes refusaient maintenant de le porter, il trouvait aussi son obstination d'enquêteur excessive, il aurait pu adresser au commandant de Choque-Colahu un quipu comminatoire le convoquant à Cuzco ! Peu avant la pause de midi le milicien de Sachora qui devait les guider jusqu'au terme du voyage, attira leur attention sur une ligne de constructions barrant l'horizon :

— Choque-Colahu !

Tupac s'efforça de distinguer les éléments composant la citadelle. Bâtie sur un promontoire couvert de pâturages, Choque-Colahu contrôlait un col entre une montagne basse et verte sur sa droite et des pics enneigés sur sa gauche.

— Nous y serons ce soir ? demanda Anas.

— Ne vous réjouissez pas si vite, il y a encore deux jours de marche et deux nuits de campement ; à partir d'ici il n'y a plus de tambo.

— Je croyais qu'il en existait une avant d'arriver au pont, dit Tupac.

— La foudre l'a frappée l'année dernière, on ne l'a pas encore reconstruite.

— Bâtir ici ne doit pas être simple.

— Certes non mais il est encore plus difficile de faire s'entendre le colonel commandant la forteresse et l'intendant local des Ponts et Chaussées ! Ces deux-là ont épousé deux sœurs qui se sont querellées depuis. Ni la médiation des prêtres ni celle de notre commandant ne sont parvenues à les réconcilier.

Tupac regarda le ciel gris :

— Croyez-vous qu'il va pleuvoir ?

— J'espère que non, ce sentier militaire est étroit. Il n'existe aucune possibilité de dresser le camp avant les rives de l'Apurimac.

*

Le Suprême rejoignit son harem avec une satisfaction mêlée d'inquiétude. Depuis qu'il était parti en manœuvre avec son armée, Capac Yupanqui n'avait ni pris de bain ni touché une femme hormis les yanas du marchand de guano, il retrouva donc avec un vif plaisir ses thermes et ses concubines. Toutefois l'évacuation de Cuzco par les troupes du général Nitila exécutant selon toutes probabilités un ordre de son frère l'Empereur constituait un événement singulier dont il ne parvenait à déterminer ni la signification ni les conséquences. Les témoignages des multiples espions que Sotaurco entretenait dans la Cour ou les principales administrations concordaient : aucun quipu écarlate, aucune instruction orale ne parvenait plus. Reclus dans son palais thermal de Tambo Machaï, Pachacuti n'en quittait pas le gynécée et ne semblait guère s'intéresser aux affaires de l'Empire. Était-il occupé à pleurer son fils Canchari, à féconder la Coya ou à jouir de sa nouvelle amante, cette mystérieuse musicienne dont personne ne savait rien ? Que Sotaurco ne soit jamais parvenu à introduire une oreille amie dans ce cœur du pouvoir le contrariait grandement ! Une yana lui versait une nouvelle coupe de chicha pimentée quand deux jeunes concubines choisies par Xo arrivèrent, gavées de maté et d'aphrodisiaque. Après s'être inclinées devant lui elles le conduisirent au bain, le lavèrent, le massèrent, le parfumèrent avant de s'adonner aux jeux du sexe. Lorsque Xo jugea la première, et souvent grossière, fringale sensuelle de son amant rassasiée, elle vint le chercher. En la voyant le Suprême quitta la vasque d'eau parfumée où il s'ébattait, s'assit sur le rebord de porphyre et lui sourit. Avant d'enfiler un pagne il offrit à son regard le splendide corps de guerrier. Dans la salle de la piscine couverte, lieu qu'il affectionnait, Xo avait fait dresser un immense lit de vigogne et une table couverte de ses mets favoris. Derrière une tenture mauve un orchestre attendait. Xo s'était préparée à sa nuit avec le prince en ingérant du suc de damiane. Le soir descendait sur Cuzco, il pleuvait moins fort. La conversation entre le Suprême et sa favorite commença sur le ton d'un aimable badinage. L'orchestre était encore silencieux, Xo réservant les accords des flûtes et les roulements des tambourins pour accompagner, plus tard, l'embrasement de leurs sens. Chacun d'eux, heureux de la présence de l'autre, retardait le moment d'évoquer leurs soucis. Quand son amant commença à la caresser Xo songea que leur autre échange, celui de deux associés, n'aurait lieu qu'au matin. Brusquement, la main de Capac Yupanqui quitta sa peau claire, il demanda :

— Que sait Sotaurco sur le départ des troupes de Nitila ?

Xo hésita, leur nuit risquait d'être gâchée.

— Sotaurco a disparu.

— Il a été arrêté ?

— Je l'ai cru, j'ai fait enlever une des yanas de l'enquêteur impérial, elle ne savait rien.

Xo perçut la colère de son amant avant qu'il ne parle.

— Tu es folle ! Tu ne l'as pas torturée au moins ?

— Elle n'a pas réagi à la millaquita, je l'ai relâchée.

— Je t'interdis de rien tenter contre Tupac Hualpa et ses proches. Je veux bien des renseignements, des manœuvres pour le retarder, l'égarer sur de fausses pistes mais ni enlèvements ni attentats ni poisons ni serpents. Est-ce assez clair ?

— Très clair mais je ne comprends pas. Tu as donné ton accord pour Anquimarca, un de tes meilleurs constructeurs, et tu protèges un homme qui ne t'est rien. Ces enquêteurs sont des gens très habiles, ils se rapprochent dangereusement. Leur damnée guenon n'a mis que deux jours pour trouver le corps de l'ingénieur. D'ailleurs, comment ont-ils eu l'idée de le chercher ?

Capac Yupanqui ne répondit pas tout de suite, il enleva les lourdes boucles qui distendaient ses oreilles, ôta sa coiffure d'apparat, sourit presque timidement. Xo le regarda mieux : il n'était plus qu'un homme vulnérable. Un bref instant elle entrevit que dans le fleuve d'orgueil et de volonté de leur liaison existait peut-être une île, une infime parcelle de l'enfance heureuse qu'aucun d'eux n'avait connue !

Le Suprême reprit d'une voix apaisée :

— Tu es née dans des forêts terribles et lointaines. Les soldats attirés par ta peau blanche t'ont enlevée. Mais pour régner à mes côtés sur le Tahuanti, tu dois en respecter les croyances et les coutumes. Si Tupac Hualpa venait à être tué, l'ensemble des prêtres de l'Empire, ceux d'Inti comme ceux de Viracocha lanceraient contre ses assassins « la malédiction sans retour ». Face à un tel anathème il n'existe aucun refuge en ce monde ! Ceux qui ont été maudits ainsi ne peuvent être admis dans le monde d'en-haut, les malheureux sont condamnés à errer dans des déserts arides sous un ciel implacable, poursuivis sans trêve par des araignées géantes et des serpents monstrueux !

Il frissonna avant de poursuivre son explication :

— Si nous étions frappés de cette malédiction, attends-toi à voir les plus fidèles de mes officiers me tuer sans hésiter. Même tes servantes chachapoyas te trahiraient sachant que cette trahison les libérerait de leur servitude et les hisserait aux plus hauts honneurs.

— Qu'a donc cet enquêteur ?

— Tupac Hualpa est l'homme qui a évité la noyade au futur empereur. Celui qui a sauvé le fils du Soleil appartient autant au monde d'en-haut qu'au monde d'en-bas, il est huaca*, sacré ! Lever la main sur lui est un crime contre les Dieux !

Elle le regarda perplexe, osa une question :

— Attenter à la vie de cet enquêteur impérial serait donc plus grave que tout ce que nous avons déjà accompli toi et moi ?

— Pour sauver l'Empire j'ai commandé ou laissé commettre un sacrilège, des enlèvements et des crimes de sang. C'est le fardeau et le privilège des Princes de pouvoir cela. Pourtant, moi le se-

* HUACA : tout ce qui est surnaturel, sacré.

cond fils de Viracocha-Inca je ne peux ordonner un crime contre les Dieux. Je ne serais pas obéi et si par malheur je l'étais, le Soleil retirerait sa lumière du Tahuanti.

Xo savait qu'elle était, elle, fille des grandes forêts obscures où rôdent les jaguars et les démons, que les paroles de son amant lui échapperaient toujours. Elle demeurerait irréductiblement étrangère à son monde de montagnes enneigées, de lacs d'émeraude, de temples bardés d'or, de citadelles inaccessibles. La vieille comme la nouvelle religion n'évoquaient rien pour elle, le cri du condor la laisserait toujours indifférente. Son seul souhait était de venger les peuples méprisés de l'Anti. Si pour cela elle devait faire sien, en apparence, tout ce tintamarre de danses sacrées, de lamas blancs qu'on égorge, de jeunes vierges marchant au sacrifice au milieu des chants et des fleurs, elle le ferait.

— Viens ! dit-elle en offrant son corps clair aux mains de son amant.

L'aube se levait sur Cuzco. La voix d'une chambrière tira Xo du sommeil, elle perçut le bruit de la pluie, ouvrit les yeux en murmurant :

— Déjà !

Sous l'édredon son amant dormait toujours. Leur nuit avait été belle, épuisante aussi. Parfois elle se sentait vieillir, elle avait peur que le temps lui manque.

— Sitki est là, dit la chambrière.

Xo s'assit sur le lit, avala une gorgée de lait, refusa les galettes. Derrière la tenture mauve une flûte et un tambourin se mirent à jouer un air de l'Anti, gai et pourtant nostalgique.

— Coiffe-moi ! ordonna-t-elle.

La chambrière saisit une brosse de cèdre. Est-ce le crissement des peignes ou la musique qui réveilla Capac Yupanqui ? Il contempla la scène : sa favorite claire et nue se faisant coiffer par une chambrière sombre guère plus vêtue.

— La yana de Manco nous attend.

— Comment as-tu pu recruter cette fille ?

— C'est une Chachapoya ! Qu'a-t-elle à attendre de son maître, ce paon ambitieux ?

Le Suprême se leva, passa un pagne blanc brodé de fleurs violettes et l'uncu de vigogne mauve incrusté d'améthyste.

— Parfois cette couleur m'exaspère !

— Ne recommence pas, nous en avons souvent parlé.

— Viens, tu te feras coiffer plus tard, j'ai hâte de savoir ce que peut cette fille.

— Elle peut beaucoup, nous lui devons les sauf-conduits qui ont permis aux nôtres de sortir du district de Parilango.

— Dommage qu'ils se soient fait prendre ici !

— Deux et pas les plus malins ont été arrêtés au cours d'une fouille. Les autres sont toujours libres, prêts à agir.

Xo ajouta à l'adresse de sa chambrière :

— Tu termineras plus tard, fais venir cette yana.

Lorsque la concubine du gouverneur traversa la salle pavée de céramiques de couleurs, Xo éprouva les mêmes émotions contradictoires que la première fois où elle l'avait découverte : la même jalousie stupéfaite devant sa beauté, la même inquiétude en la voyant glisser sur le sol silencieuse comme un félin, la même confiance désarmée devant son regard d'enfant.

— Tu t'appelles Sitki ? demanda Capac Yupanqui déjà séduit.

— Ô Suprême, s'inclina-t-elle, ma mère m'avait donné un autre prénom mais ici on me nomme ainsi.

— Je voulais te remercier de ton aide extrêmement précieuse et encore te solliciter.

— Mon dévouement vous est acquis, cependant je ne dispose que de moyens limités.

— Tu as toute la confiance du gouverneur de Cuzco.

— Il m'est parfois pénible de faire le nécessaire pour la conserver.

— Quand nous aurons vaincu nous te délivrerons aussi de ce fardeau.

— Merci ! Qu'attendez-vous de moi ?

Xo reprit la parole :

— Comme je te l'ai fait savoir, mon intendant Sotaurco a disparu. Son rôle dans notre projet était important. Sais-tu s'il a été arrêté ?

— Je ne crois pas. Mon maître et l'enquêteur impérial ne connaissent pas son rôle exact et le recherchent toujours. Manco consacre peu de temps à suivre l'enquête et Tupac Hualpa est parti pour Choque-Colahu.

— Pour Choque-Colahu ! Par Inti !

— Il faut agir vite, dit le Suprême, je vais faire déplacer les femmes à Sillustani.

— Il ne faudrait pas qu'elles meurent en route, nous avons besoin de leurs fruits, répliqua Xo ; puis se tournant vers Sitki :

— Manco ne pourrait-il pas envoyer un chasqui ordonnant à l'enquêteur de rebrousser chemin ?

— Je ne sais pas si j'arriverai à le convaincre, quelle raison pourrais-je avancer ?

— Tu as bien su faire entrer nos amis dans la circonscription de Cuzco.

— Il suffisait de dérober des laissez-passer. Cette fois il faudrait tresser un quipu.

— Si tu as une idée fais-moi prévenir. Un de mes quipus-kamaocs pourra le préparer pourvu que tu dérobes des laines de commandement.

— Je vais voir, je ne peux rien promettre.

— Quand notre œuvre sera accomplie l'Empire te remerciera, dit le Suprême de sa voix mâle.

Lorsque Sitki eut quitté la pièce de sa manière silencieuse, la favorite déclara à son amant :

— Non, pas celle-ci !

— Que veux-tu dire ?

— Sitki n'entrera pas dans ton lit.

Le Suprême regarda Xo avec amusement :

— Sois tranquille ma toute belle, cette fille est certes très attirante mais trop sauvage pour me plaire. Si je la prenais je craindrais qu'elle ne se transforme en femelle jaguar !

— Le jaguar n'est-il pas notre emblème ?

— Laisse ces jouets aux astrologues, toi et moi savons que seule compte la force.

*

Sitki obtint facilement de Manco le quipu ordonnant à Tupac Hualpa d'arrêter son enquête à Choque-Colahu et de revenir à Cuzco. Elle ne sollicita pas directement le précieux document, se contentant d'activer la peur qui saisissait toujours son maître quand l'armée et son commandant en chef étaient en cause. Lorsque le chasqui portant l'ordre eut quitté le Palais, Manco proposa à sa yana de l'accompagner dans ce qu'il présenta comme une inspection des embarcadères sur l'Urubamba. Le gouverneur voulait effectivement mesurer les effets des crues sur le fleuve qui portait normalement une part des approvisionnements de Cuzco, mais surtout s'assurer que la résidence d'été de l'Empereur, située sur les hauteurs dominant la vallée, était demeurée accessible car il envisageait d'y loger la Cour à son retour de Tambo Machaï. Ils partirent dans l'après-midi accompagnés d'une discrète escorte. Sitki découvrit avec stupeur que Manco avait fait confectionner pour elle un costume de marche identique au sien : ascu d'alpaga doublé de coton, cape à capuche en peau de lama cirée, bottes en cerf enduite de sève de térébinthe. Depuis que l'empereur l'avait donnée à Manco la jeune femme n'avait pas quitté Cuzco. Malgré la pluie elle était donc heureuse de ce départ. Ils traversèrent les faubourgs maraîchers puis progressèrent jusqu'au soir dans un paysage malmené par la saison des pluies : champs de pommes de terre détrempés, maisons paysannes mises à mal par les orages, bosquets décharnés par la grêle, temples vides de fidèles. Comme l'avait espéré le gouverneur l'extrême modestie de leur équipage, huit humains et deux lamas, n'attira l'attention d'aucun chef de village et ils purent voyager incognito. Juste avant d'atteindre la tambo où ils devaient passer la nuit, Sitki s'arrêta pour observer le paysage. Devant elle la route impériale traçait ses dernières boucles à travers la steppe balayée de pluie. Quelques lamas désœuvrés erraient sous l'averse, un chien noir passa en courant. La jeune yana eut beau chercher sur les cultures en terrasses aménagées à flanc de collines, elle n'aperçut personne. Heureusement la fumée blanche de la tambo s'élevant sur le ciel sombre lui fut comme une promesse de réconfort. Au matin la pluie avait cessé, leur petite troupe reprit sa marche sur le plateau monotone. L'ennui gagnait Sitki lorsque soudain tout bascula. À l'à-pic d'une falaise vertigineuse, l'horizon sombrait vers le néant. Peut-être était-ce ainsi que de leur monde les Dieux voyaient l'abîme conduisant à la terre des humains ? Instinctivement, elle saisit la main de Manco. Elle perçut le grondement lointain du fleuve, se pencha. Un bon millier de coudées plus bas l'Urubamba brillait telle une parure d'argent. Elle demanda :

— Comment pouvons-nous descendre ?

— Ici c'est impossible. La route continue à longer la vallée, nous allons passer la nuit à Quillibamba.

— J'ai entendu ce nom à la Cour.

— Le père de Pachacuti y a fait bâtir une résidence d'été sur le site d'un très vieux palais.

Ils atteignirent Quillibamba en début d'après-midi. Quelques ouvriers grattaient la terre sous la conduite d'un jeune architecte. Manco l'interrogea :

— As-tu trouvé de nouvelles poteries ?

— Pas depuis que vous êtes venu, respecté gouverneur, mais je ne crois pas que vous ayez vu le poignard.

Il s'approcha d'un couffin d'osier et en tira avec précaution un objet long comme une main. Sitki et Manco se penchèrent sur la trouvaille : un couteau de pierre grise. Le tranchant était à peine ébréché et le dessin d'un singe avait été gravé sur le manche.

— L'ancien royaume de Chimu ? demanda le gouverneur.

— Plus vieux, beaucoup plus vieux !

— Le monde a donc des milliers de siècles, dit Sitki d'une voix songeuse.

— Servait-il pour la guerre ou pour la chasse ?

— Difficile à dire.

— Lorsque tu viendras à Cuzco apporte-le. Un de mes collaborateurs, l'enquêteur impérial Tupac Hualpa, saura peut-être dire si cette lame a été en contact avec du sang humain.

— Je le ferai.

— Vous avez trouvé d'autres maisons ?

— Je pense qu'il y a un temple sous la colline. Nous ne connaissons pas les Dieux de ceux qui l'ont bâti. Parfois je crains de commettre un sacrilège.

— Est-ce que ceux qui viendront après nous auront autant de scrupules que toi ? demanda Sitki. Que comprendront-ils du Tahuanti et de ses peuples ?

— Et nous, que leur laisserons-nous ? demanda le jeune architecte.

— C'est une question qui me hante, dit Manco. J'y pense souvent devant les chantiers de Cuzco. Lorsque la poussière grise des siècles aura recouvert le Tahuanti, qu'est-ce qui restera de nous, de nos rêves, de nos espérances, de nos souffrances aussi ?

Plus tard au cœur de la nuit, dans la tiédeur des bains, avant de s'unir à lui Sitki ordinairement si silencieuse fit à Manco une déclaration qui l'étonna. Elle était nue, allongée sur la table de massage d'ilangnuco, son corps clair rayonnait sur le sombre du bois précieux. Elle arrêta la caresse de son maître et raconta :

— La servitude est un état terrible pour une femme. Quand je suis sortie de l'enfance et que j'ai pris conscience de ma condition, j'ai beaucoup pleuré. J'ai même songé à mourir. Puis on m'a permis de fréquenter Yachay Huasi la Maison du Savoir où j'ai pu apprendre la médecine et la poésie. Enfin on m'a donnée à toi, j'ai eu de la chance, tu es un bon maître. Ta noblesse me touche, mon corps commence à t'accepter.

— J'en suis heureux !

— Tant de choses nous séparent ! Tu es le gouverneur de Cuzco, je ne possède rien hormis ma beauté qui souvent m'indispose, mon talent de flûtiste et la bienveillance de l'Empereur !

Elle s'arrêta, rien ne troublait le silence sauf le crissement des lampes à huile. Leurs flammes se reflétaient sur les parois de tumbaga comme des soleils hésitants. Manco eut le temps de penser que, par un insondable mystère, il aurait donné la moitié des honneurs qui étaient siens pour un mot d'amour sortant de ces lèvres pâles. Comme si elle l'avait pressenti Sitki continua :

— Je sens que ton désir pour moi se transforme en amour. Je ne peux te promettre qu'il en sera de même pour moi, la douleur de la servitude me l'interdira peut-être toujours. Sache cependant que si cela m'advenait, j'en serais heureuse !

Il caressa son visage, son cou, ses cheveux. Elle poursuivit, sa voix n'était qu'un souffle dans la nuit parfumée :

— Sache aussi que je n'abuserai jamais de ton affection. Si certains de mes actes te semblent déplaisants ou incompréhensibles, quelles que puissent être les apparences, fais-moi confiance !

*

Après une demi-journée d'une descente éprouvante par un étroit sentier militaire, la caravane de l'enquêteur impérial atteignit enfin les rives de l'Apurimac. Le fleuve en crue charriait des eaux tumultueuses et grises où flottaient éparses les preuves des dégâts qu'il avait provoqués : troncs d'arbres, barques brisées, restes de toits de paille, cadavres de lamas.

— Vraiment sinistre ! dit Roca.

— Heureusement le pont a tenu, lui répondit Tupac ; nous allons passer la nuit ici et traverser demain.

Le chef des caravaniers vint leur proposer un emplacement où dresser le camp. De la main il désigna un plateau d'environ deux cents coudées de long, couvert d'une herbe rase.

— Il y aura à manger pour les lamas et la position surélevée nous protégera du fleuve.

Miliciens et caravaniers allumèrent des feux sur lesquels ils firent bouillir viande de muru muru salée, pommes de terre séchées, haricots en grains et piments jaunes. Chacun se régala de ce ragoût consistant puis s'endormit sous la protection des sentinelles. Des cris lointains et inquiétants réveillèrent Ocllo qui avait le sommeil léger. Elle sortit de son édredon. Dans la tente, Tupac et Anas dormaient tout comme Roca et Pinca. Elle écoutait plus attentivement quand on appela à l'entrée. Elle reconnut la voix d'un milicien :

— Il se passe des choses étranges, il faut prévenir l'enquêteur impérial.

Elle n'eut pas à le faire, le bruit avait déjà réveillé Tupac. Ils sortirent de la tente. Une pluie froide tombait sur le camp, presque tous les hommes étaient debout et regardaient la montagne. D'immenses flammes vertes embrasaient le col conduisant à Choque-Colahu. Le cri retentit à nouveau comme le feulement d'un jaguar monstrueux. Il semblait se rapprocher.

— Aux armes ! cria un sergent.

Les archers engagèrent leurs flèches, les miliciens sortirent leurs poignards, les sentinelles jetèrent du salpêtre sur les brasiers. Les flammes s'élevèrent jaunes et ardentes. Tous les yeux scrutaient le cercle d'obscurité entourant le camp. Il y eut une attente angoissée mais rien ne surgit de la nuit.

— Je crois que c'est un écho, murmura Pinca à Roca.

L'enquêteur impérial entendant l'affirmation timide de la jeune paysanne lui demanda :

— Que veux-tu dire ?

— Dans la montagne autour de Simo-Pichu il existe plusieurs ravins aux esprits, si on y pousse des cris ils deviennent très forts et surtout ils semblent venir d'ailleurs.

— Certains s'en servent pour faire peur ? demanda Ocllo.

— Bien sûr ! Lorsque j'étais enfant, après une fête de Sitowa des rugissements ont commencé à résonner toutes les nuits. Les gens étaient terrorisés ! Notre précédent Sinchi avait été sergent dans l'armée de Viracocha-Inca qui avait vaincu les Chimus, il ne craignait pas grand-chose. Avec quelques hommes robustes ils se sont cachés près d'un ravin aux esprits et ont surpris un prêtre d'Inti qui imitait le puma afin d'obtenir plus d'offrandes pour son temple.

Sur le col les flammes vertes s'éteignirent, plus aucun cri ne se répercuta sur les monts. Une détente parcourut le camp. Tupac Hualpa doubla les sentinelles et resta avec elles sous l'averse à attendre le jour. Lorsque Inti projeta sur le monde d'en-bas une lumière pâle, l'enquêteur impérial constata la maladie de Jaya. Il crut d'abord que la grande guenon noire dormait, engourdie dans sa cage. Il l'appela. Devant son manque de réaction il prit une banane mûre dans les réserves d'Anas. L'odeur de son fruit préféré ne réveilla pas davantage la guenon, il la secoua. Jaya s'écroula sur le sol de la cage. Il cria :

— Roca, Roca !

Le jeune quipu-kamaoc bondit hors de la tente.

— Jaya est malade, dit Tupac.

Roca ouvrit la cage, saisit la guenon dans ses bras, colla l'oreille contre son torse et accusa d'une voix pleine de colère :

— Elle a été empoisonnée mais elle vit encore !

Il hurla :

— Vite, les antidotes qu'a préparés Ninancoro !

Anas approcha tenant un flacon, Roca entrouvrit les dents de Jaya et versa quelques gouttes du précieux liquide. La respiration de la guenon devint plus régulière, elle ouvrit les yeux :

— Elle est sauvée !

La nouvelle de l'attentat contre Jaya, le plus célèbre enquêteur de Cuzco aimait à dire Manco, se répandit dans le camp comme un incendie. Venant après les peurs de la nuit, cet événement apparut à beaucoup comme la marque des esprits mauvais rôdant dans la montagne. D'autant que malgré un examen attentif de son pelage, Roca ne put déceler aucune blessure sur le corps de sa guenon. Peu de temps après, le chef des conducteurs, un Colla à l'autorité tranquille qui avait mené trente ans durant des caravanes à travers toutes les provinces du Tahuanti, se présenta à Tupac.

— Respecté enquêteur impérial, trop de choses inquiétantes se sont produites, mes caravaniers refusent de continuer.

— L'antidote a sauvé Jaya, cependant il faut la conduire à Cuzco pour la soigner. Je crois que cet empoisonnement tout comme les feux et les cris n'a rien de surnaturel. Des humains, comme vous et moi, les ont imaginés pour nous faire rebrousser chemin.

— Peut-être avez-vous raison, hélas mes caravaniers sont terrorisés. Ils craignent que les esprits ne tranchent les cordages du pont.

— Vous m'apportez la preuve de ce que j'affirme : enfin, maître caravanier, si des Dieux voulaient s'opposer à notre avance ils feraient déborder l'Apurimac et briseraient le pont ! Seulement voilà, ceux qui veulent m'empêcher de rejoindre Choque-Colahu sont des hommes qui ont besoin du pont et ne veulent pas le détruire.

— Vous êtes instruit et convaincant, je vais transmettre vos paroles.

Seuls cinq caravaniers se portèrent volontaires pour continuer, les autres acceptèrent toutefois de laisser douze lamas à l'enquêteur impérial. Tupac Hualpa décida de scinder en deux l'escorte de miliciens. La moitié redescendrait vers Cuzco avec Jaya, Roca, Pinca et les caravaniers, l'autre poursuivrait avec lui vers la citadelle. Le jeune quipu-kamaoc, ordinairement peu bavard, était muré dans son inquiétude. Jaya et lui avaient partagé tant de choses, certains avaient même parfois murmuré que si Roca n'était pas remarié après la mort en couches de sa première épouse, c'était à cause de l'affection excessive qu'il portait à sa guenon. Avec son quipu-kamaoc, l'enquêteur impérial n'était jamais parvenu à la proximité fraternelle existant entre lui et Cusi mais il appréciait ses qualités et comprenait son inquiétude. Lorsque le groupe retournant vers la capitale eut disparu au détour d'un virage, Tupac Hualpa réorganisa ce qui restait du convoi. Il dut répartir les lamas beaucoup plus nombreux que les conducteurs restant. Ocllo hérita ainsi d'une vieille femelle, animal robuste au pelage jaunâtre et au caractère irascible. Lorsqu'elle voulut mettre la bête en marche celle-ci ne bougea pas. Ocllo s'énerva, commença à l'injurier, la frappa sur le train arrière sans obtenir le moindre résultat. Furieuse, la jeune yana commit l'imprudence de se présenter devant la lama voulant la tirer par le licol. Brusquement la bête furibonde cracha sur Ocllo un jet d'une salive gluante et verdâtre. La jeune femme poussa un cri de dégoût. Toutefois sa curiosité reprit vite le dessus et s'essuyant, elle demanda au plus proche conducteur :

— Pourquoi a-t-elle fait ça ?

Le caravanier, homme de très petite taille à la peau cuivrée, venait d'un peuple de l'extrême nord de l'Empire et parlait mal le langage des Incas, il compris cependant la question d'Ocllo et répondit avec son étrange accent :

— Lama fâché, lama cracher !

Anas qui apportait à sa sœur une cruche d'eau pour se nettoyer entendit cette réponse lapidaire et partit de son rire communicatif qui entraîna Ocllo. Avec l'incident du lama cracheur, une onde de bonne humeur inespérée parcourut la caravane qui traversa sans encombre le pont suspendu sur l'Apurimac puis continua sa marche vers Choque-Colahu. Au milieu de la matinée le vent se leva chassant les nuages. Le soleil se réverbérant sur les rochers transforma en une fournaise inattendue le sentier militaire. Lorsque bêtes et gens épuisés, souffrant de la soif, débouchèrent sur un terre-plein aménagé, leur joie éclata en entendant le murmure d'une fontaine. Une source coulait dans une vasque de céramique bleue protégée par un toit de schiste, se déversant ensuite dans deux abreuvoirs permettant de faire boire les lamas. La dernière image que conserva Tupac fut le visage souriant d'Anas étincelant d'eau fraîche.

*

Au quatrième jour d'attente Zambiza, posant et reposant sa paume sur les moules, jugea qu'ils étaient désormais assez froids pour qu'on procède au démoulage. Munis de maillets de bois, le sourd-muet et lui commencèrent à fracturer la céramique. Leurs coups devaient être assez forts pour briser la terre cuite et assez retenus pour ne pas risquer de déformer l'or. Au fur et à mesure de l'avancée de leur travail, la foule grossissait autour de l'atelier. Méthodique et silencieuse, Urma évacuait les bris puis frottait le métal jaune avec un chiffon mouillé révélant sa splendeur aux paysans et aux soldats rassemblés. Lorsque le premier demi-disque d'or fut entièrement mis en lumière des clameurs d'enthousiasme éclatèrent. Au second, Zambiza s'agenouilla sur le sol et se prosterna en prière. À la fin du jour un grand-prêtre d'Inti arriva au village accompagné de ses aides, de lamas blancs et d'une vierge à sacrifier. Urma observa la jeune accla durant le banquet : elle mangeait peu et semblait calme. Seuls ses yeux sombres dérangeaient, rendus trop brillants par la coca. Toute la nuit les prêtres la gavèrent de chicha forte et l'épuisèrent de danses. Elle n'esquissa aucun geste de fuite, aucune crainte ne semblait l'habiter. Dans la lumière pâle du matin sous un crachin glacé, une longue procession accompagna les lamas blancs et la vierge au rocher des sacrifices. La liturgie commença ponctuée d'invocations à Inti, de chants et de danses. Lorsque le sacrificateur perça la jugulaire du premier lama blanc, Zambiza ne put s'empêcher d'observer la vierge. Elle paraissait sereine et assista, comme absente, à la mort des autres bêtes. Lorsque vint son tour, des villageoises parsemèrent de fleurs de tarwis séchées les marches de pierre la séparant de l'autel où elle serait immolée puis elles la dévêtirent. Elle se tourna sous la pluie, offrant son corps splendide à la vénération des croyants et peut-être à la concupiscence de ceux qui l'étaient moins. Enfin, guidée par deux femmes la vierge s'assit sur la dalle de schiste et écarta les cuisses pour l'examen. Au-dessus d'elle de longs nuages gris venus de l'océan filaient vers les cordillères. Une matrone se pencha, observa sa chair et déclara certaine sa virginité. Le grand-prêtre lui tendit une coupe qu'elle but avant de s'allonger. Il y eut encore des chants et des danses. Quatre prêtres saisirent chacun de ses membres la maintenant fermement couchée sur la pierre aux sacrifices. On noua un bandeau sombre sur ses yeux. Sans hésiter le sacrificateur plongea le poignard d'obsidienne dans le corps cuivré, ouvrit sa poitrine, sectionna ses artères vitales et tendit vers le ciel sombre son jeune cœur sanglant. La sacrifiée poussa un long hurlement plaintif, son corps tressauta avec violence avant de retomber inerte. La foule se dispersa, silencieuse et grave sous la pluie de plus en plus violente.

À l'approche du soir une cohorte de nuages sombres venus de l'océan lointain heurta les pentes froides du massif du Salcantay. La grêle succéda à la pluie. L'officier commandant le détachement du troisième régiment de Sillustani ne parvenait pas à dormir. Il lui semblait que la fureur d'Inti Illapa n'allait pas tarder à engloutir ce village perdu et il se demandait pourquoi le Dieu des orages était si mécontent du cadeau fait à son frère le Soleil. Quelque chose, dans l'ordre qu'il avait reçu, le perturbait. L'image de la mer au large des rives du pays tacna loin vers le sud traversa sa mémoire. Il n'était qu'un jeune matelot sur les longs radeaux de balsa de la flotte impériale lorsque, porté par les jambes rapides d'un chasqui, un ordre était arrivé à leur commandant. Un lieutenant devait être exécuté pour participation à un complot contre le Sapa-Inca. Le commandant avait tourné et retourné le quipu plusieurs jours durant puis il avait désigné quatre exécuteurs dont lui. Le présumé coupable avait été lesté de pierres et jeté aux bêtes marines. Plus tard le quipu s'était révélé faux et le matelot avait su qu'il avait participé à l'assassinat du fils qu'un intendant du Chincha avait fait dans sa jeunesse à la fille du chef d'un village côtier ; il s'apprêtait à reconnaître ce fils malgré l'hostilité de sa famille officielle ! Aujourd'hui, il n'y avait même pas de quipu, le colonel Guacra s'était contenté d'un ordre oral :

— Le Suprême souhaite que le fondeur Zambiza soit exécuté secrètement dès qu'il aura terminé le disque d'or.

Cette instruction lui avait paru si incompréhensible que malgré la discipline militaire il avait failli en demander la raison à Guacra ! Le colonel était reparti dans un nuage de mystères le laissant seul avec cet ordre d'exécution. Tant que se poursuivaient les travaux le commandant avait pu différer sa décision. Maintenant elle était en face de lui et il ne pouvait plus la contourner. Il se leva, enfila une cape de cuir ciré, traversa la cancha sous un déluge, pénétra dans l'atelier. Le disque d'or luisait faiblement. Sur leur paillasse Zambiza et sa jeune aide dormaient. Le commandant resta quelques instants à observer la scène, les pensées se bousculaient dans sa tête. Il était sous les armes depuis plus de vingt ans et ne se souvenait pas avoir désobéi une seule fois. De l'autre côté toute cette affaire présentait des aspects étranges qui le troublaient. Le Suprême ne passait guère pour proche de son frère l'Empereur et sa décision de faire fondre un immense disque d'or pour l'offrir à Pachacuti était surprenante. Bien que Guacra jouisse de toute la confiance de Capac Yupanqui, il était aussi capable d'intriguer pour son compte ou pour celui de cet intendant Sotaurco qu'une bonne partie des officiers détestaient. À ces soucis terrestres le commandant du détachement en ajouta un autre touchant aux Dieux, plus préoccupant pour l'homme courageux mais superstitieux qu'il était : comment ce gamin aurait-il pu fondre le plus grand disque d'or jamais réalisé sans la protection personnelle d'Inti ? À l'aube, il convoqua le vieux sergent qui s'était pris d'affection pour Zambiza et lui demanda :

— Dans combien de temps le disque sera-t-il terminé ?

— Deux jours ! Un premier polissage sera fait ici puis les deux moitiés seront emballées. Leur soudure et la brillance seront effectuées à Pachacamac.

— Depuis combien de temps sers-tu dans l'armée ?

— Il y aura vingt-huit ans à la prochaine lune.

— As-tu déjà désobéi à un ordre ?

— Je ne crois pas.

— T'es-tu déjà trouvé seul sans instructions de tes supérieurs ?

— Oui, quand j'étais affecté dans l'Anti.

— Qu'as-tu fait ?

— J'ai essayé de réfléchir, d'imaginer ce que nous pouvions faire pour échapper aux guerriers chachapoyas qui nous poursuivaient.

— Ta réflexion a dû être bonne puisque tu es ici devant moi, vivant !

— Je crois.

— Tu te demandes pourquoi je te pose des questions aussi étranges ?

— En effet, où voulez-vous en venir commandant ?

— J'ai reçu l'ordre de tuer Zambiza.

Le silence s'établit où les deux hommes ne perçurent plus que le fracas de l'orage puis le vieux sergent déclara d'une voix ferme :

— Mettez-moi aux arrêts mon commandant ! Je suis au regret de vous dire que, pour la première fois de ma vie, je ne vais pas exécuter un ordre.

Le commandant regarda son sergent avec un sourire bienveillant :

— J'ai dit que j'avais reçu cet ordre pas que je t'ordonnais de l'exécuter.

— Que m'ordonnez-vous ?

— Tu vas les réveiller lui, la jeune aide qui partage sa couche et le sourd-muet. Tu prendras quatre lamas, pas plus, trop de bêtes seraient difficiles à mener. Tu les chargeras de vivres et de couvertures chaudes et vous fuirez vers la montagne.

Je vous laisserai deux jours d'avance. Mes hommes n'aiment guère s'aventurer dans les parages du grand Salcantay. Ils ne pourront pas vous rattraper d'autant que je vais renvoyer aujourd'hui dans sa famille le seul qui pourrait les guider, celui qui a conduit Zambiza à l'argilière.

— Que répondrez-vous quand Guacra demandera si son ordre a été exécuté ?

— Le disque d'or n'était pas terminé quand Zambiza a répondu à un appel d'Inti... En fait je vais essayer de vérifier cet ordre, de comprendre qui veut faire tuer un jeune homme si manifestement placé sous la protection du Dieu Soleil !

Lorsque quatre silhouettes humaines et quatre lamas disparurent dans la brume, le commandant s'interrogeait toujours sur la pertinence de sa décision. Il regagnait son campement lorsque le premier flocon énorme et scintillant se posa sur le cuir ciré de sa cape militaire. Il sut qu'il avait fait le bon choix, que de leur monde d'en-haut Inti et son frère approuvaient son action ; en déversant la neige sur le monde d'en-bas Inti Illapa allait faire disparaître les traces des fugitifs et rendre impossible leur traque.

*

Tupac Hualpa émergea et sentit que tous ses membres lui faisaient mal. Autour de lui régnait une nuit profonde, il lui sembla entendre quelqu'un dormir. Il s'assit sur ce qui lui parut être de la paille, constata qu'il n'était pas attaché comme il l'avait d'abord craint et que d'en-haut tombait une vague lueur. Il appela. Dans un coin de la pièce une ombre remua :

— Comment vous appelez-vous ?

— Pusca. Je suis milicien, je ne connais pas les autres, ce sont des caravaniers.

Brusquement l'enquêteur impérial perçut un chant. Le son était lointain et déformé, pourtant il reconnut le chant sacré invoquant la marche de la Terre dans le fleuve du temps qu'aimait psalmodier Ocllo lorsqu'elle priait. Il cria :

— Où êtes-vous ?

— Dans un cachot tout rond, sans doute pas loin de toi.

— Vous n'avez pas été maltraitées ?

La réponse lui parvint à travers l'écho :

— Nous n'avons vu personne.

L'évidence le frappa, l'ennemi ne possédait pas de visage. Il hurla :

— Je suis l'enquêteur Tupac Hualpa, détenteur d'un mandat de l'Empereur, je veux rencontrer un de vos chefs !

Comme celle d'Ocllo, sa parole roula sur les parois de pierres. Il attendit un long moment, personne ne répondit. L'obscurité lui semblait moins profonde. Ses yeux s'étaient-ils habitués ou la lumière du soleil parvenait-elle de manière indirecte dans leur cellule ?

— Nous sommes dans une fosse, dit une voix.

— Que chacun de vous dise son nom, nous pourrons nous compter, proposa une autre.

— Et on précise aussi quel est son emploi !

Lorsque le dernier se fut nommé Tupac sut qu'ils étaient dix prisonniers : cinq miliciens, trois conducteurs de lamas, un des chasquis et lui. Il songea que leurs geôliers ne semblaient guère se soucier de trier ceux qu'ils détenaient. Il demanda :

— L'un de vous a-t-il trouvé de l'eau ?

— Non !

— Alors cherchons.

Il y eut un temps de tumulte et d'angoisse où ils remuèrent la paille à la recherche d'une preuve que leurs gardiens ne les avaient pas condamnés à mourir de soif et de faim. Il fallut se rendre à l'évidence, il n'y avait rien. « Nous sommes prisonniers de gens cruels », pensa Tupac. À la guerre ou dans l'exercice de son métier, l'enquêteur impérial avait plusieurs fois côtoyé la mort. Il savait que s'il ne craignait guère de périr d'une flèche ou d'un pont qui s'écroule, la maladie le tourmentait déjà plus et la perspective de mourir de soif lui paraissait une des plus douloureuses manières de quitter le monde d'en-bas. Le récit de la fin tragique d'une escouade perdue dans le désert du Sud lui revint par bribes. Le vieux sergent en était le seul rescapé ; outre la bienveillance d'Inti, il attribuait sa survie au fait qu'il n'avait jamais cessé de sucer un caillou. Une proposition tira Tupac de sa sinistre méditation. Il reconnut la voix de Pusca, le premier à lui avoir répondu :

— Je suis bon grimpeur, j'ai atteint plusieurs fois des nids de condor. Je vais essayer de sortir d'ici et de trouver des cordes.

Un corps d'homme brilla faiblement dans la pénombre, Pusca venait d'ôter ses vêtements pour qu'ils ne le gênent pas dans son ascension. On l'entendit se frotter les mains sur la paille, il commença à grimper.

— Ça va ?

— Les prises sont bonnes, je crois que je vais y arriver, si seulement il faisait plus clair !

« Nos gardiens nous ont donc abandonnés », pensa Tupac. Une crainte s'empara de lui, tout semblait trop simple : lorsque Pusca serait en haut ils surgiraient et rejetteraient le malheureux dans des rires féroces. Il attendit leur intrusion. La voix d'un de ses codétenus brisa sa peur, une voix étonnée et amusée :

— Il y a une échelle !

Tous se précipitèrent dans sa direction. Une échelle de bambou était effectivernent appuyée contre la paroi. Celui qui l'avait découverte l'emprunta le premier, Tupac entendit son cri de joie avant de gravir à son tour la première marche. Lorsqu'il fut lui aussi parvenu au sommet, l'enquêteur impérial découvrit une salle large d'une vingtaine de coudées. Des cuves y avaient été creusées, sur le sol dallé gisaient des cordes. La pièce paraissait n'avoir qu'une unique sortie. La porte pas complètement fermée laissait filtrer un peu de lumière. Il régnait maintenant un tohu-bohu de cris heureux et de rires. Les prisonniers sortaient des cachots ! Au moment où il atteignit la porte Tupac sentit le parfum d'Anas. Il se retourna, son amante se blottit contre lui. Lorsqu'il effleura ses lèvres il perçut le goût de ses larmes, elle murmura :

— Je ne sais pas si je ris ou si je pleure.

— Viracocha n'a pas permis que la mort nous sépare !

Toute crainte les avait quittés. Poussant le lourd vantail, ils débouchèrent sur une terrasse de granit. Très haut dans l'azur délavé du ciel, un condor cria. Ils s'approchèrent de la balustrade. Au-dessous, la citadelle s'étendait, majestueuse et déserte. Ils eurent beau scruter aussi bien le découpage régulier des canchas que les remparts et les tours, ils n'y virent personne. Creusé dans le roc un escalier monumental semblait vouloir atteindre le monde d'en-haut mais aucun prêtre ne le gravissait. Nulle sentinelle ne parcourait les chemins de ronde, nul yana ne s'activait dans les champs en terrasses où des fleurs de tarwis frémissaient dans le vent, nul astrologue ne gagnait l'observatoire dont les quatre lames de porphyre bleu désignaient les quatre horizons. Ils descendirent vers les cours. Un aqueduc déversait toujours son eau sur la roue du moulin à quinoa mais il n'y avait plus de meunier. Les feux sacrés n'étaient plus que cendres. L'enquêteur impérial dut se rendre à l'évidence : ils étaient libres ! L'armée avait abandonné Choque-Colahu.

Le reste du jour, miliciens et caravaniers fouillèrent l'immense citadelle sans trouver signes de vie hormis leurs lamas installés dans un parc avec du fourrage. Armurerie, herboristerie, réserves à grains, archives, tout avait été vidé. Les sols de terres cuites avaient été lavés à grande eau. Tupac eut beau visiter avec des torches les cuves où leur groupe avait été retenu, parcourir tous les souterrains qui auraient pu servir à loger les prisonnières dont l'ingénieur Anquimarca avait parlé dans son quipu, il ne trouva aucune trace des jeunes femmes.

— Comment ont-ils fait ? demanda Ocllo.

— Sans doute avaient-ils évacué la citadelle avant de nous capturer.

— Pourquoi alors nous avoir retenus prisonniers ?

— Je crains que ta curiosité ne soit cette fois en échec.

— Qu'est devenue la garnison ? Il devait y avoir ici des centaines de soldats et autant de yanas.

— Impossible à dire ! Je vais envoyer un chasqui prévenir Manco, nous devons rentrer à Cuzco le plus vite possible.

— La route sera longue.

— Si nous trouvons une barque ou un radeau nous descendrons l'Apurimac.

— Avec cette crue ?

La caravane prit le chemin de Cuzco le lendemain matin sous une pluie fine. La soif leur fut épargnée et de toutes façons ils se gardèrent bien de boire l'eau de la vasque bleue ! Au moment de franchir le pont sur l'Apurimac Tupac observa le fleuve. Une certaine décrue était perceptible, pourtant il roulait toujours des flots sales, encombrés de débris. Dans sa jeunesse l'enquêteur impérial avait été très bon nageur. Le jour mémorable où, sautant dans l'eau verte du lac Nepu, il avait sauvé Pachacuti et par là transformé sa propre existence, Tupac Hualpa avait contracté une grande passion pour les rivières, les lacs et les fleuves. Durant les années de son mariage avec Chimpu, il avait beaucoup nagé. À partir de cet autre jour terrible où son épouse et ses enfants avaient péri dans l'éclatement d'un radeau descendant l'Urubamba alors qu'ils venaient le rejoindre, il avait arrêté. Aujourd'hui il ne savait que penser de l'eau, l'aimait-elle ou le détestait-elle ? L'avait-il gravement offensée toutes ces années heureuses où il la parcourait sans y prêter attention ?

— Regarde, près de l'embarcadère ! cria Ocllo.

Creusée dans le tronc d'un balsa, la pirogue semblait de petite taille mais de bonne construction. Un toit d'écorce couvrait la moitié de sa longueur, les bouts des rames étaient renforcés de cuivre pour résister aux chocs. Tupac voulut y embarquer avec trois miliciens et laisser ses yanas redescendre à Cuzco avec le reste de la caravane. Cette suggestion se heurta à l'opposition immédiate des deux sœurs.

— J'ai souvent voyagé en pirogue lorsque nous étions à l'orphelinat, affirma Ocllo ; nous savons très bien tenir la pagaie.

— Nous serons mieux en sécurité avec toi, dit Anas.

— Des événements graves se passent en ce moment, nous ne voulons pas être loin de toi. Peut-être devras-tu lire le sang, alors tu auras besoin de moi !

Tupac se préparait à faire observer à Ocllo qu'il était peu probable qu'il doive lire le sang dans cette vallée sauvage quand Anas emporta la décision en répétant la phrase qu'il avait lui-même prononcée lorsqu'ils s'étaient retrouvés au sortir de leur prison :

— Viracocha n'a pas permis que la mort nous sépare à Choque-Colahu, ce n'est pas un fleuve en colère qui le fera.

— Vous avez gagné, nous allons partir tous les trois. Espérons que je n'aurai pas peur de l'eau.

— Je vais demander à Chimpu de nous aider !

Tupac Hualpa regarda Anas avec étonnement, surpris de l'avoir entendue prononcer ce nom tant aimé :

— Tu sollicites parfois Chimpu, que lui demandes-tu ?

Anas, baissant la tête de cette manière inimitable venue de l'enfance, répondit dans un souffle :

— Je la prie de ne pas être jalouse de nous et de te permettre de nous féconder.

Elle croisa le regard attentif de Tupac et celui furibond d'Ocllo. Voilà, c'était dit ! Sa sœur lui reprocherait une nouvelle fois de ne pas savoir tenir sa langue.

La descente de l'Apurimac commença rapide et éprouvante, le courant était terrible, les obstacles nombreux. Tupac put constater que ses deux yanas maniaient la pagaie avec dextérité. Tout se passa pour le mieux jusqu'à ce qu'éclate l'orage. Il survint de l'ouest comme le plus souvent, amenant avec lui l'immensité des eaux et la colère du grand océan. La voix furieuse d'Inti Illapa grondait formidable et menaçante dans l'étroite vallée, les éclairs tranchant le ciel sombre se reflétaient sur le fleuve.

— Que Viracocha nous protège, voilà la grêle ! hurla Ocllo de l'avant de la pirogue.

Devant la proue le ciel était maintenant parcouru de fines lignes d'argent, quelques instants plus tard les premiers grêlons s'abattaient sur l'embarcation. Très vite les passagers ne distinguèrent plus rien. La pirogue, échappant à leur contrôle, se mit à dériver. Un tronc énorme les frôla emporté par le flot. Le bruit était insoutenable, l'obscurité presque totale.

— Il faut parvenir à s'échouer, hurla Tupac à travers la furie de l'orage.

— Là-bas ! répondit Ocllo, je crois qu'il y a une plage.

Elle murmura une courte prière à Viracocha pour qu'il lui évite de confondre sable et rochers puis d'un formidable coup de pagaie fit virer l'embarcation. Tout se joua en peu d'instants, ils se rapprochèrent très vite de la rive. La pirogue pénétra violemment dans le sable avant de s'immobiliser dans un craquement terrifiant.

— Descendons vite.

— Il faudrait l'attacher !

Anas noua l'amarre à ce qui lui parut le pied d'un ponton :

— Nous devons être proches d'un village.

Ils marchèrent un court moment en s'efforçant de se protéger la tête des grêlons, avant de sentir l'odeur du feu. Le village, trois longues maisons de bois couvertes de feuilles, était bâti sur un promontoire dominant le fleuve. Une ombre leur demanda :

— Qui va là ?

— Des naufragés ! Nous avons dû échouer notre barque. Conduisez-moi à votre sinchi, je suis Tupac Hualpa, enquêteur criminel titulaire d'un mandat de l'Empereur.

Quelques instants plus tard Titu-Acauchi, chef du village, les accueillait dans la plus longue des maisons :

— Respecté enquêteur impérial, que faites-vous à cette heure sur l'Apurimac en crue ?

— Nous venons de Choque-Colahu et regagnons Cuzco, nous avons perdu le contrôle de notre pirogue à cause de la grêle.

— Grande colère d'Inti Illapa que cette mauvaise saison humide ! Pêcher est devenu très difficile et personne ne veut plus de nos services de bateliers. Nous avons dû demander de l'aide alimentaire, dit-il tristement. Depuis le père de mon père qui était déjà sinchi, nous ne l'avions jamais fait.

Pendant que Tupac, en se restaurant de poissons grillés et de galettes, poursuivait la conversation avec le chef de village et les anciens, Ocllo s'était endormie. Anas observait la vie de la maison longue. Le bas constituait une vaste salle commune où l'on préparait la nourriture, où les femmes cousaient et les hommes réparaient leurs filets, où jouaient les enfants. Le premier étage qui n'occupait que la moitié de la maison et était ainsi visible du rez-de-chaussée, avait été divisé en une vingtaine de pièces accessibles par des échelles. Elle supposa que chaque pièce recevait un couple et sa progéniture. De nombreux marmots circulaient au milieu des grands malgré les exhortations à aller dormir. Plusieurs jeunes mères nourrissaient leurs bébés pendant que d'autres les préparaient pour la nuit. Anas observa que, comme chez les Incas mais à la différence de son peuple les Tacnas, les nourrissons étaient lavés à l'eau froide ce qui déclenchait leurs pleurs et langés d'une manière serrée interdisant tous mouvements. Anas n'avait guère de souvenirs de sa mère tuée par un serpent laki, pourtant elle était certaine que jamais elle ne l'avait lavée sans réchauffer l'eau sur le feu ou en la tiédissant dans sa bouche. Elle fixait avec une telle insistance mêlée d'envie une mère offrant le sein à son nourrisson que celle-ci leva les yeux :

— Il ne mange pas, ma poitrine me fait mal.

— Pourtant il semble robuste.

— Il a la fièvre ! Son frère est mort durant la dernière saison des pluies. Si seulement nous retrouvions son cordon ombilical, je pourrais le lui donner à sucer, cela sauve beaucoup d'enfants. Hélas, sa grand-mère l'a perdu.

— Avez-vous essayé de lui faire boire sa seconde urine du matin ?

— Je l'ai fait pour moi l'an dernier quand je toussais beaucoup, ça m'a soulagée. Mais lui ne veut rien avaler, pas plus mon lait que son urine.

— Ma sœur Ocllo connaît bien les plantes et les drogues, demain quand elle sera réveillée nous lui montrerons votre bébé, si vous le voulez bien.

— Oh bien sûr, j'ai si peur de le perdre ! Peut-être en fait veut-il simplement être sevré ; dans ce cas mon mari serait content.

— Pourquoi ?

— Je ne peux plus avoir de commerce avec lui tant que je nourris notre fils.

Lorsque plus tard Anas et Tupac furent allongés l'un près de l'autre, elle lui annonça :

— Les femmes tacnas ne se refusent pas à leurs époux quand elles allaitent.

Il l'observa étonné et demanda :

— Pourquoi penses-tu à cela ?

— Pour que tu saches que je ne m'écarterai pas de toi, ni durant ma grossesse ni lorsque j'aurai mon bébé à la mamelle.

— Tu es enceinte ?

— Non, je te le dirai dès que je le saurai !

— Alors pourquoi en parles-tu ?

— Je ne sais pas !

Puis se blottissant contre lui :

— Si, je sais !

Mais Tupac Hualpa renonça à lui poser une nouvelle question.

Le lendemain matin, la migraine le réveilla. Sa gorge lui faisait mal, il peinait à respirer. Lorsqu'il posa la main sur la croupe d'Anas comme il aimait à le faire au réveil, il constata que la jeune femme brûlait de fièvre. L'Apurimac grondait dans le lointain, la pluie tombait tristement sur le toit de palmes, un enfant toussait, quelqu'un allumait un feu, un couple faisait l'amour. Il se leva, s'approcha d'Ocllo. Elle remuait en dormant. Il effleura son front : elle était bouillante.

— Maladie de l'eau noire ! Pas dangereuse pour les adultes mais très fatigante, déclara Titu-Acauchi. Donnée par un esprit contrariant qui glace avant de mettre la fièvre.

— Que faire ? Nous devons rentrer rapidement à Cuzco.

— Vous rester patients, pas retourner sur le fleuve avant d'être frais à nouveau, sinon l'esprit tuer ! Hutte à sudation, meilleur traitement !

Un peu à l'écart du village s'élevaient des cabanes rondes construites sur des pilotis et recouvertes de terre. Les épouses du chef y conduisirent Tupac et ses yanas. Elles les installèrent à l'intérieur sur des matelas d'herbes odorantes, les massèrent avec une huile parfumée, enfin fermèrent la porte en leur souhaitant de bien suer et de passer de bons moments ensemble.

— Que vont-elles faire ? demanda Ocllo.

Tupac lui sourit malgré sa fièvre :

— Je crois que sur ton lit de mort, tu poseras encore une dernière question… D'après ce que m'a expliqué le chef, elles vont remplir d'eau les cuves creusées au-dessous du plancher, feront chauffer de grosses pierres et les jetteront dedans. Il y aura beaucoup de vapeur, nous aurons très chaud et la maladie nous quittera.

— Ça durera longtemps ?

— Jusqu'à ce que nous soyons guéris, un ou deux jours probablement.

Les femmes firent comme Tupac l'avait expliqué. Ils les entendirent verser de l'eau, casser du bois, allumer le foyer d'argile. Elles chantèrent jusqu'à ce que le chuintement des pierres chauffées à blanc et précipitées dans l'eau ne les rende silencieuses. La hutte fut envahie de vapeur. Anas s'endormit la première. Son esprit dériva longtemps dans la chaleur humide. Mille images passaient devant ses yeux : le miroitement des eaux sur les étangs de Mazalda, sa mère trempant la bière de maïs, Tupac venant les chercher à l'orphelinat militaire, la beauté de Cuzco le jour de son arrivée. Sa mémoire coulait comme une rivière paisible, elle revit sa découverte de l'inspection criminelle, le premier soir où elle s'était offerte nue au regard de son maître. Jamais encore elle ne s'était unie à un homme. Elle avait eu peur lorsque son sang avait coulé. Il l'avait rassurée puis conduite aux thermes. Elle s'était vite aperçue de la tristesse infinie qui le rongeait depuis la mort de son épouse, mais aussi qu'elle lui plaisait. Elle s'était soumise à lui presque chaque nuit, appréciant sa douceur. À l'orphelinat, la mère éducatrice leur avait rappelé qu'une yana appartient corps et âme à son maître. Beaucoup de filles se révoltaient contre cette servitude, certaines fuyaient même vers les hautes montagnes où ne survivent que les condors et les pumas des neiges. Anas avait accepté l'homme rond qui dormait près d'elle. Quelques semaines lui avaient été nécessaires pour comprendre l'activité singulière de Tupac. Ses fonctions d'enquêteur impérial passionnèrent tout de suite Ocllo, elle demanda à l'assister dans ses enquêtes ce qu'il accepta. Anas portait à sa sœur aînée un amour proche de la vénération ; que leur maître ait su reconnaître sa grande intelligence malgré son bracelet de servitude la bouleversa. Elle se mit à attendre avec impatience le moment où ils se retrouveraient sous l'édredon d'alpaga et commença à le désirer. Un matin lumineux elle connut le cadeau du plaisir ! À partir de ce jour, elle devint une amante inventive et ardente. Maintenant elle savait qu'elle était la femme de Tupac. Sa générosité naturelle la conduisait souvent à parler à Chimpu pour l'assurer qu'elle respecterait toujours sa mémoire et solliciter des conseils. Anas était donc en plein conciliabule avec la morte lorsqu'un bruit la réveilla. Sur la couche proche Tupac faisait l'amour à sa sœur. Ocllo avait adopté la posture qu'elle semblait préférer : tournant le dos à son maître, elle lui offrait ses fesses tout en lui cachant ses yeux. Anas qui n'aimait rien davantage que fondre son regard dans celui de son amant quand la flèche de l'orgasme les traversait, ne comprenait guère cette manière de faire. Elle s'approcha de son aînée pour la caresser. Elle effleurait la poitrine de sa sœur quand Ocllo émit un faible gémissement de plaisir qui les surprit tous les trois. Anas se glissa vers eux, ils s'endormirent. La nuit était profonde lorsque les mains de Tupac sur son visage réveillèrent Anas. Elle avait perdu le sens du temps, depuis combien de jours étaient-ils dans cette hutte ? Il ne pleuvait plus, autour de la cabane la forêt était silencieuse. N'entendant plus le fleuve elle interrogea à voix basse :

— Crois-tu que c'est la décrue ?

— Je l'espère !

Leurs lèvres se cherchèrent, elle s'installa sur lui, sur ces bourrelets qu'elle aimait tant, poussa un soupir de bonheur. Lorsque leurs ébats eurent cessé, Tupac murmura à son oreille :

— Comment faisons-nous pour nous aimer dans cette étuve ?

Alors elle se souvint de la prédiction de Mama Tami affirmant qu'il ferait très chaud lorsque Tupac les engrosserait sa sœur et elle.

*

Depuis près d'une semaine, Xo attendait le Suprême. Elle le savait coutumier des retards. Une chasse à terminer, une beuverie à conclure, une ultime réunion d'état-major à présider, tout lui était bon. Pourtant cette nuit elle se sentait inquiète. Dès le crépuscule la favorite se tenait sur la terrasse du harem, immobile sous la pluie. Son ascu était trempé. Elle frissonnait mais avait renvoyé sa chambrière venue lui porter une cape de cuir. Elle avait besoin de réfléchir et ne pouvait le faire qu'en retrouvant les sensations de sa jeunesse : le ruissellement des gouttes sur sa peau, le gémissement du vent dans ses oreilles, la saveur épicée des feuilles de damiane. Bientôt deux nuits qu'elle mâchait sans relâche cette drogue tant elle voulait le satisfaire ! Sa lucidité était accrue, par contre elle devait uriner souvent et la tension de ses seins devenait intolérable. Pourquoi n'arrivait-il pas ? Jusqu'à la disparition de Sotaurco, Xo avait cru en leur projet, maintenant elle avait peur. L'intendant était un homme dur mais fidèle. Son ambition paraissait sans limites aussi avait-il tout à gagner à leur triomphe. Qu'il n'ait pas donné de nouvelles depuis plusieurs jours lui semblait incompréhensible. La milice l'avait-elle arrêté malgré les dénégations de la yana de l'enquêteur impérial ? Xo médita un instant sur une possible trahison : qui ? pourquoi ? Soudain elle crut entendre un tumulte lointain. Était-ce l'escorte du Suprême ? Arrivait-il enfin ? Elle s'approcha de la balustrade. Cuzco dormait de sa nuit parsemée de mille lumières. Elle chercha du regard le Cercle du serpent et son plan d'eau, repéra la forme sombre de Yachay Huasi, la Maison du Savoir. Depuis qu'elle avait appris que Sitki avait fréquenté cet établissement prestigieux, une sourde angoisse l'habitait. Comment une yana même aussi belle et aussi bonne flûtiste avait-elle pu être admise dans une telle institution ? Elle perçut la marche cadencée caractéristique du troisième régiment de Sillustani. Quelques instants plus tard, l'équipage de Capac Yupanqui déboucha sur l'allée monumentale conduisant au harem. Xo prit le temps de se vêtir, se faire coiffer et farder avant de descendre à sa rencontre. Dès que le Suprême entra dans le grand déambulatoire qu'ornaient des silhouettes de femmes gravées dans la malachite, elle perçut son humeur maussade. Il jeta sa cape de vigogne mauve brodée d'or sur un siège.

— Cette pluie m'exaspère !

— Mon astrologue affirme que la constellation du jaguar amène ces terribles orages mais que ceci nous est favorable.

— Tu ne crois tout de même pas ce fainéant bien assis et le nez levé vers les étoiles qui parvient à gagner sa quinoa en suant moins que ses parents !

Elle s'approcha de lui, tout son corps vibrait, et répondit d'une voix désenchantée :

— Qui croire alors ? Il n'a certes pas envie de manier la pioche, pourtant il se contente de peu, passe de longs jours à ses calculs et nous est tout dévoué. Dis-moi plutôt ce qui t'exaspère.

Il la sentait inquiète, la regarda mieux : un superbe et dangereux animal hésitant devant la traversée du fleuve. Il fallait qu'il se calme, il avait besoin d'elle et ne pouvait prendre le risque de la décourager.

— Certains de mes officiers réclament une enquête sur la mort d'Anquimarca. J'avais cru désamorcer leur demande en annonçant l'ouverture d'une procédure pour meurtre par l'inspection criminelle. Hélas je crains qu'ils ne veuillent prendre contact avec Tupac Hualpa.

— Ils ne pourront pas le rencontrer de sitôt, les fosses de Choque-Colahu sont profondes.

— J'ai fait évacuer la citadelle et donné l'ordre de libérer les enquêteurs.

— Tu as donné à tes troupes l'ordre de quitter Choque-Colahu… je ne comprends pas !

— Anquimarca en était le constructeur, la garnison lui demeurait trop attachée. À Sillustani ils seront mêlés à d'autres régiments, je dois regrouper mes forces.

— As-tu aussi fait évacuer les femmes ?

— Elles sont arrivées en bonne santé.

Croisant son déroutant regard clair, il ajouta :

— Nous allons aussi partir pour Sillustani, nous monterons sur la plus haute des tours et face à la nuit étoilée nous concevrons l'héritier de l'Empire.

— Plusieurs d'entre elles devront périr.

— Je répugne à tuer des femmes. Pourtant tu m'as convaincu que leurs morts nous sont nécessaires pour régénérer le Tahuanti.

— Le disque d'or est-il fondu ?

— Ce gamin a réussi ! J'ai donné l'ordre qu'on l'exécute, je ne peux prendre le risque qu'il parle ; et le disque doit apparaître comme un don d'Inti.

Xo observa son amant. Elle et lui étaient des tueurs sans pitié, leurs ambitions et leur goût du crime les unissaient plus sûrement que leur attirance sensuelle. Parfois lorsqu'elle réfléchissait sur elle-même, elle en avait souvent le temps en l'attendant, la favorite parvenait à établir un lien entre l'extrême violence qu'elle avait subie et son propre désir de revanche et de destruction. Par contre, avant d'offrir à son amant ses seins gonflés par la damiane, elle se demanda ce qui avait pu faire d'un prince élevé dans la splendeur des palais impériaux un fauve sanguinaire.

*

Comme l'avait assuré le chef de village, la hutte de sudation fit merveille. En deux jours Tupac Hualpa et ses yanas furent rétablis. L'Apurimac ayant retrouvé son étiage habituel, ils purent embarquer sur une barque et arriver en proximité de Cuzco. Prévenu par un chasqui, Cusi les attendait au débarcadère. En voyant se rapprocher la robuste silhouette de son ami, l'enquêteur impérial s'étonna de deux choses : le lieutenant, ordinairement maître de lui, paraissait en proie à une grande agitation et une femme en costume traditionnel chimu l'accompagnait. Avant même que les amarres soient fixées Cusi était à bord, il prit Anas dans ses bras, la souleva en riant :

— Je suis si heureux de votre retour ! On m'a tout raconté jusqu'à votre départ en pirogue.

— Tu pourras encore manger mes cornets de maïs, rétorqua la jeune femme très émue.

La posant délicatement sur le pont, Cusi se tourna vers Tupac :

— J'ai eu peur de ne plus te revoir !

Il était au bord des larmes. Cette démonstration d'amitié bouleversa l'enquêteur impérial qui saisit le lieutenant aux épaules.

— Viracocha nous a sauvés mais je ne vois toujours pas clair : notre voyage à Choque-Colahu a été inutile, l'armée avait évacué la citadelle.

— Le poste de milice de Tachora a adressé un quipu annonçant que plusieurs régiments faisaient marche vers Sillustani. Ce message n'ayant pas de nœud d'identification et arrivant par un caravanier, Manco a douté de son authenticité.

— Et Roca ?

— Il va bien, les préparatifs de son mariage le distraient de l'attentat contre Jaya qui se rétablit lentement.

La Chimu qui attendait sur le quai monta dans la barque. Avec une autorité tranquille elle posa la main sur le bras de Cusi.

— Quilaco, ma sœur !

Tupac Hualpa la regarda mieux, étonné de l'apparition de cette proche parente dans la vie de son ami. Elle avait le même corps large et brun que son frère.

— Quilaco vivait au nord près du fleuve Guallabamba, son mari a été tué. Elle est venue vivre avec moi. Nous n'avons plus aucune autre parenté, tous nos frères et sœurs sont morts.

— La famille de votre époux vous a laissée facilement partir ?

— Ils sont décédés eux aussi.

Dans le silence bercé par le clapotis du fleuve, Ocllo demanda :

— Une épidémie ?

— Non, une tribu insoumise.

— L'armée n'a pas pu les arrêter ?

— Les militaires avaient reçu l'ordre d'évacuer le poste quelques jours avant.

— Voilà qui est bien étrange !

— Criminel serait plus juste.

— C'est pourtant Nitila qui commande sur la frontière Nord.

— Il a regroupé tous ses régiments autour de Tambo Machaï.

Tupac Hualpa incrédule fixa son ami :

— Tu m'annonces qu'une moitié de l'armée est avec l'Empereur pendant que l'autre a rejoint le Suprême ?

— Exactement ! La circonscription de Cuzco est vide de troupes comme les frontières. J'ai eu des nouvelles de Chichan : pour assurer la garde dans l'antique royaume de Chimu il ne reste que les deux régiments de parade dont notre roi avait obtenu le maintien dans le cadre du traité d'alliance conclu avec le père de Pachacuti.

— Il n'y a pas de troubles en ville ?

— Cuzco est calme, pour le moment. J'ai une autre nouvelle : nous avons retrouvé Sotaurco.

— A-t-il parlé ?

— Il est mort, un javelot en plein cœur !

— Quelque chose ne va pas : ce meurtre n'est pas cohérent par rapport au complot que nous commencions à mettre au jour.

— C'est ce que je pense aussi. D'après nos informations, Xo paraît inquiète de la disparition de son intendant. Les femmes du harem ont été évacuées sur Sillustani, j'ai pu interroger quelques chambrières restées pour garder les lieux. Je ne crois pas que la favorite l'ait fait tuer.

— Alors qui ?

— Viens, j'ai laissé le corps dans la maison où nous l'avons trouvé. Ninancoro doit déjà être sur place.

C'était une cabane de caravanier dans une vieille cancha délabrée des faubourgs ouest de Cuzco, au départ de la route de l'Océan. Le toit de paille pourrissait, il n'y avait plus de volets. Dans un foyer éteint une galette de quinoa se desséchait. Lorsque Cusi et Tupac s'approchèrent du cadavre, un rat s'en échappa. L'enquêteur impérial tança le milicien qui gardait la pièce :

— Tu ne pouvais pas éviter que les preuves soient dévorées ?

Le jeune homme se justifia :

— Un chien est entré, je l'ai chassé. Je pense que ce rat en a profité.

L'intendant Sotaurco était allongé sur une natte de joncs verts comme en tressent les Uros. La pointe de bronze d'un javelot lui avait traversé le cœur. Tupac se pencha sur le corps inerte, lui secoua un bras. La raideur cadavérique commençait à s'installer. L'intendant était vêtu d'une tenue d'apparat en laine brodée d'argent incongrue dans ce décor misérable. Le sang avait coagulé sur l'étoffe en longues traces brunes. La rumeur avait prêté à ce robuste métis une grande influence, une grande cruauté aussi.

— La mort a été immédiate, dit Ninancoro. Son agresseur était certainement plus fort que Cusi !

— Il a été exécuté ici ?

— Difficile à dire.

L'embaumeur pressa fortement un avant-bras : une tache violette apparut et persista sur la peau de Sotaurco.

— Son décès remonte à plus d'une journée, deux peut-être. Il fait exceptionnellement froid cette saison, cela peut retarder la décomposition. Nous devons le transporter à la Maison des Morts pour l'autopsier. On a pu le tuer ailleurs et replanter le javelot.

— Pourquoi cette mise en scène ? demanda Ocllo.

— Le meurtrier veut sans doute envoyer un message.

— À qui ? À nous ou aux amis de Sotaurco ? demanda Cusi.

— Rien ne s'éclaircit dans cette affaire, dit l'enquêteur impérial d'une voix lasse. Nous pensions être près de déjouer une conspiration et voici que l'un des principaux protagonistes est assassiné.

Dehors un convoi se préparait au départ, deux lamas se querellaient, un caravanier hurla pour séparer les bêtes. « Cette saison des pluies interminable rend tout le monde nerveux » songea Tupac. Ocllo regardait la scène. Cette maison vétuste, cet homme autrefois puissant mort dans son costume d'apparat. Une image traversa sa mémoire, celle d'un aimable jeune homme portant la tenue jaune et verte de l'administration des subsistances. Sa voix avait résonné dans l'atelier d'Onitola : « Priez pour que mon frère ne retrouve pas l'assassin de sa femme avant votre maître, sinon vous devrez constater que je disais la vérité ! »

— Je sais qui a tué l'intendant.

Tous les enquêteurs se tournèrent vers elle, l'interrogeant du regard.

— Quizo le potier. Un homme d'une force hors du commun et qui possède un mobile.

— Tu as sans doute raison ! dit Tupac, mais comment a-t-il retrouvé Sotaurco ?

— Peut-être trouverons-nous une explication en fouillant cette maison, affirma Cusi.

À la fin de l'après-midi ils n'avaient encore rien découvert. La lumière déclinait, Tupac fit allumer quelques précieuses torches de salpêtre et le travail continua. Le découragement gagnait lorsque du fond d'une pièce une voix appela :

— Venez voir !

L'enquêteur impérial se précipita. Il reconnut le jeune milicien qui avait laissé le rat s'installer sur le cadavre.

— Il existe une pièce secrète !

Une grosse pierre avait pivoté ouvrant un accès. Le milicien s'y engagea le premier suivi de Tupac et Cusi. À la lueur d'une torche, ils découvrirent un cabinet de travail. Un des murs était garni de casiers de bois remplis de laines à quipus, de flèches, de poignards, d'innombrables fioles et flacons bien alignés. De l'autre côté une penderie renfermait des dizaines de tenues différentes : prêtres de Viracocha, marchands chimus, princes nazcas, officiers de différents régiments, fonctionnaires des ponts et chaussées, paysans maraîchers, conducteurs de lamas…

— Incroyable !

Ocllo et Ninancoro les avaient rejoints et découvraient à leur tour le repaire de Sotaurco.

— Il pouvait se déguiser à loisir ! dit Cusi d'une voix quasi admirative.

Ils reprirent la fouille avec un zèle accru. Ce fut encore le jeune milicien qui trouva. En sondant le lit de paille où l'intendant avait dû se reposer de ses intrigues, il découvrit un sac de cuir. Tupac qui inventoriait les casiers lui demanda amicalement :

— Veux-tu devenir enquêteur ?

— Enquêteur ?

— Je crois que tu as plus de talents pour ce métier que pour chasser les rats…

— Voulez-vous l'ouvrir vous-même ?

Avant d'en dénouer le lacet, Tupac Hualpa observa le cuir. Un dessin y avait été gravé : un jaguar se préparant à bondir cerclé de cinq étoiles. Il ouvrit le sac qui ne contenait que des quipus. Il en retira trois et se trouva devant l'évidence : c'était des laissez-passer aux couleurs du gouverneur de Cuzco. Il examina attentivement les nœuds d'authentification, cherchant le subterfuge, espérant la contrefaçon. Il dut se rendre à la réalité, il ne s'agissait pas de faux. Tupac avait reçu tant de quipus de son supérieur qu'il fut certain de leur provenance, le secrétariat de Manco. Il s'assit pensivement sur le lit. Son cœur battait plus vite, sa respiration au bord de la douleur. Ocllo le surprit dans cette posture accablée :

— Qu'y a-t-il ?

— Nous avons été trahis ! répondit-il d'une voix lasse.

*

Tout le temps que dura son entretien avec Tupac, Manco parvint à conserver son comportement public habituel, mélange d'orgueil distant et de familiarité bienveillante. Il écouta d'un air faussement attentif les explications sur les rebondissements de l'enquête, la mort de l'intendant Sotaurco et la découverte des laissez-passer, fit mettre au cachot ses quipus-kamaocs mais se garda aussi bien de les interroger immédiatement que d'explorer les diverses pistes suggérées par le récit de l'enquêteur impérial. Ce fut seulement lorsque celui-ci eut quitté le Palais que le gouverneur s'autorisa à pleurer. Les larmes coulaient sur son visage de guerrier avec une facilité qui le surprit. Ayant ordonné à tous ses collaborateurs de se retirer, il resta seul dans la salle d'audience. Toute sa vie il avait été sensible au luxe, à la beauté. Pourtant rien n'attirait plus son intérêt, ni les filets d'argent sertissant les pierres grises, ni les animaux de tumbaga, ni les lézards peints sur les murs et qu'on aurait dit vivants. Le murmure des fontaines ne lui semblait plus qu'un tintamarre dérisoire. Il ne retrouva pas le nom de son professeur de philosophie, c'était au temps de sa jeunesse étudiante, dans un des déambulatoires de Yachay Huasi, la Maison du Savoir, mais trente ans plus tard la phrase résonna à nouveau : « Que vaine semble la splendeur des palais pour celui qui a connu le goût âcre et doux de l'amour ». Il essaya de se remémorer quels gestes, quelles attitudes avait eus Sitki pour le conduire à l'aimer. Il ne trouva rien, il pensa que la jeune femme s'était contentée d'être vraie. Elle n'avait jamais simulé ni l'attachement ni le plaisir. Dans l'intimité obligée où l'avait conduite la servitude, quelque chose d'elle-même s'était curieusement dénoué. Il essaya de fouiller à travers l'écran de sa douleur, par-delà les soubassements de possibles illusions et l'évidence s'imposa à lui : Sitki commençait à l'aimer. Était-ce parce que dépassant, pour la première fois, le triomphe brutal de la possession il avait porté sur elle un regard de tendresse ? Ou à l'inverse, son cœur avait-il été touché parce qu'il devinait chez sa yana tant de blessures douloureuses et d'espérances vives ? La certitude l'éblouit : elle ne l'avait trahi que contrainte. Il descendit vers les cachots, se fit ouvrir la porte de celui où était détenu le chef de ses quipus-kamaocs. L'homme tremblait sous son uncu.

— N'aie pas peur, dis-moi la vérité et tu seras libre !

Le prisonnier le regarda avec crainte :

— J'ai toujours loyalement servi votre grandeur.

— Je sais. Pourquoi t'es-tu décidé à me trahir à l'approche de tes vieux jours ? Sitki t'a séduit ?

— Elle m'a menacé, au début.

— Menacé ?

— Elle avait surpris mon neveu, que j'ai élevé et qui travaille depuis peu ici, avec un jeune garçon. J'étais effrayé : soit mon neveu risquait le bûcher soit je devais lui remettre des laissez-passer et vous trahir. Comme je n'arrivais pas à me décider, elle a pris l'habitude de se promener quasiment nue devant moi chaque fois qu'elle me convoquait. Je suis devenu comme fou. Un jour elle m'a dit que je pouvais tout avoir pour quelques quipus : la vie sauve pour mon neveu et son corps clair…

Manco appela le garde :

— C'est une erreur, il est innocent, comme les autres : relâche-les tous !

Il remonta vers le jardin couvert, marcha à pas vifs à travers la végétation artificielle. Sitki l'aimait, Sitki l'avait trahi. Quelle incroyable pression avait-elle subie ? Il ne savait pas. L'évidence s'imposa à lui : il ne pouvait ni la dénoncer ni trahir l'Empereur. L'idée d'imaginer son corps aimé déformé par la torture lui était insupportable. Lire la terreur dans ses beaux yeux clairs où il avait cru découvrir comme une possible communion lui sembla encore plus intolérable. Il songea qu'elle allait bientôt revenir de la Maison du Savoir. Une telle flûtiste ! L'unique solution lui apparut. Manco était un guerrier, il avait affronté plusieurs fois la mort. L'ère du condor se terminait disait son astrologue. Il n'était pas sûr d'avoir envie de connaître les années du jaguar. Sa crainte jusque-là avait moins été de quitter le monde d'en-bas que de périr sans raisons. Il versa dans deux gobelets la bière de Conoc aromatique et fraîche qu'elle appréciait tellement, ouvrit le coffre à drogues. Le flacon que lui avait remis Ninancoro exhala l'odeur du venin terriblement amère et sucrée à la fois. Il en versa quelques gouttes dans chaque gobelet et attendit. Soudain il sut qu'elle arrivait. Sitki chantait un des couplets de « la musicienne amoureuse », le plus célèbre, celui où la flûtiste dit son désir pour son amant lorsqu'un autre homme veut l'aborder :

« Laisse-moi noble guerrier, ne sais-tu pas que cet air de musique m'appelle, qu'à si douce tendresse mon cœur ne peut résister, qu'à si grand désir ma peau ne peut se dérober ! Laisse-moi, par ta vie, car l'amour m'appelle et je dois lui répondre ».

Elle entra dans la pièce de son pas inimitable et silencieux. Était-elle femelle jaguar glissant sans bruit pour fondre sur sa proie ou esprit bienveillant dépêché par Viracocha sur la terre des hommes ? Un instant Manco imagina leur fuite, une pirogue les emportait dans le dédale sombre des grands fleuves, la jungle se refermait sur eux, les protégeait. Est-ce qu'ils parviendraient à échapper à la main de l'Inca lorsque serait connue leur double trahison ? Tout risquait de finir dans l'horreur de la séparation et des supplices ou dans la cruauté banale des marécages.

— Le palais est bien vide, où sont-ils tous ?

— Je les ai libérés ce soir.

Il se leva pour l'accueillir, lui tendit le gobelet. Elle le porta à ses lèvres.

— Cette bière est amère.

— Il faut la boire, toute ! Nous ne pouvons plus revenir en arrière. J'ai bien réfléchi, il n'y a pas d'autre solution, pour toi et moi !

Elle l'observa dans un sourire mélancolique, se força à avaler le breuvage. Il fit de même. Le soir tombait, les lueurs du brasier coloraient la pièce de pourpre et de rose. Elle s'approcha, se blottit contre lui dans un abandon qu'il ne lui avait encore jamais connu et dit d'une voix douce, infiniment désespérée et pourtant sereine :

— Tu aurais dû te souvenir de mes paroles : si mes actes te semblent déplaisants, quelles que puissent être les apparences fais-moi confiance !

Il revit leurs gestes dans la résidence impériale déserte au-dessus de la vallée de l'Urubamba. Tout était silencieux comme ce soir, les serviteurs s'étaient retirés. Les flammes des lampes à huile se reflétaient sur l'or des murs comme des astres incertains. Comme là-haut il caressa son visage, son cou, ses cheveux. Elle poursuivit, sa parole n'était plus qu'un souffle :

— Je t'avais dit : sache aussi que je n'abuserai jamais de ton affection. Tu crois que je t'ai trahi gouverneur, alors que je t'aime !

Il se sentit calme et heureux, incroyablement heureux. Il songea que toute sa vie il avait attendu cet instant où une femme apaiserait la douleur jamais cicatrisée de la mort de sa mère, en même temps il sentit que le poison était déjà à l'œuvre dans leurs veines. Il demanda :

— Pourquoi ces laissez-passer à nos ennemis ?

Elle eut un rire éteint qui l'atteignit comme une boule de neige en plein cœur.

— Comme toi, je suis au service de l'Empereur ! Il suspectait un complot de son frère et m'a promis la liberté pour moi et tous ceux de mon village si je parvenais à infiltrer les conjurés. Leur remettre tes laissez-passer m'a permis de gagner leur confiance, de connaître leurs projets, d'en informer Pachacuti.

— Pourquoi ne m'as-tu rien dit ?

— Pourquoi as-tu caché à ton vieux compagnon Tupac Hualpa la mort du prince héritier ? Toi et moi jouons dans une partie compliquée. J'espère simplement que le jeu de l'Empereur est sincère, qu'il veut vraiment réformer le Tahuanti, intégrer tous ses peuples sur un pied d'égalité, adoucir ses lois.

— Est-ce pour protéger ce rêve que tu as accepté la mort, que tu as bu le venin sans protester ?

Elle se serra contre lui, posa un baiser sur ses lèvres :

— Parfois tu es bête gouverneur ! Comment peux-tu être si instruit de la complexité de l'univers…

— Tu as choisi de mourir pour notre amour ?

— Finalement tu n'es pas si sot ! J'aurais été ennuyée d'aimer un benêt. Je suis une femme servile et toi un des plus grands Princes de l'Empire. On m'a donnée à toi comme un bijou d'émeraude ou un ara blanc, quelque chose de beau, de rare et d'inutile. Comment expliquer à ta famille, à la Cour ce qui nous est arrivé ? Est-ce que nous-mêmes le comprenons ? Votre peuple a ses coutumes, ni pires ni meilleures que d'autres, quel futur pouvions-nous avoir toi et moi ? Oh, je suis certaine que Pachacuti aurait tenu sa promesse, je serais devenue une ancienne yana douée pour la flûte. J'aurais pu rester quelque temps ta concubine, puis l'ordre du monde nous aurait séparés aussi sûrement que le tamis du chercheur trie l'or du gravier. Si j'avais été seule à souffrir j'aurais peut-être accepté, à l'idée que tu souffriras aussi je ne peux pas.

— J'ai froid !

— Étendons-nous près du feu ! Viracocha, ému par notre amour, lui fera bien une place dans le monde d'en-haut. Il n'en existait pas pour lui dans celui d'en-bas.

En apportant à son maître son habituel bol de soupe à la tortue, le vieux cuisinier du palais — il avait déjà nourri le père de Manco — découvrit les corps enlacés des deux amants. Le feu s'était éteint, quelques braises rougeoyaient encore. Plus tard le vieil homme jura qu'une flûte jouait « la musicienne amoureuse ». Ses amis mirent cette affirmation sur le compte du chagrin. Un chasqui courut prévenir l'enquêteur impérial. Toute la nuit Tupac avait été inquiet pour son supérieur et ami, il se précipita au Palais, à peine vêtu. Anas qui l'avait suivi, le trouva immobile, tremblant de froid devant les cadavres. Lorsqu'elle posa sur ses épaules la cape d'alpaga dont elle s'était munie, il éclata en sanglots.

Peu de temps après, une escouade du troisième régiment de marche de Sillustani prit le contrôle du Palais du gouverneur et atteignit la chambre mortuaire. Des lunes plus tard, après qu'il ait eu le loisir de réfléchir sur les événements, Tupac Hualpa déclara à l'Empereur que dans ces heures terribles la situation à Cuzco avait été sauvée par un capitaine Chimu et une serve de vingt ans. Pachacuti ne contesta jamais cette analyse, nommant Cusi enquêteur impérial à Chichan et vouant à Anas une reconnaissance qui étonna toujours la Cour. En effet lorsque les soldats avaient voulu emmener Tupac, la jeune yana s'était dressée devant eux :

— Cet homme est sacré ! Ne savez-vous pas qu'il a sauvé la vie du fils du Soleil ? Un tel être appartient autant au monde d'en-haut qu'au monde d'en-bas. Si vous le maltraitez, Inti et Viracocha uniront leurs forces pour le venger ! Aucun temple, aucune grotte, aucun abîme ne pourront vous protéger de leurs courroux.

Les hommes rudes qui assuraient la protection du Suprême avaient affronté bien des dangers, ils n'avaient peur que des Dieux. Devant cette jeune femme ronde à la peau couleur de mangue, ils hésitèrent.

— Peux-tu prouver ce que tu avances ? demanda l'un d'eux.

À l'étonnement stupéfait de Tupac, Anas sortit d'un pli de son ascu la médaille aux trois couleurs. L'émeraude, le saphir et le rubis brillèrent dans la lumière. Douze personnes seulement dans tout l'Empire pouvaient porter semblable distinction, les soldats le savaient. Ils prirent conscience que leurs chefs les avaient fourvoyés, qu'ils allaient lever la main sur un des proches de l'Empereur, que sans le savoir ils allaient s'opposer au Sapa-Inca ! Ils lâchèrent leur prisonnier et quittèrent le Palais, complètement désemparés. Pendant ce temps Cusi avait pris en main la milice de Cuzco et évité de nouveaux affrontements interreligieux. Il n'était qu'un lieutenant, issu de surcroît d'un peuple soumis, mais personne ne contesta ses ordres. La nouvelle du suicide du gouverneur avait fait le tour de la ville comme portée par le vent, créant stupeur et désarroi. Dans la milice, chacun connaissait la proximité de Cusi avec l'enquêteur impérial et par-delà avec l'Empereur. Ils avaient besoin d'un chef et d'ordres précis. Il se révéla ce chef, ils exécutèrent ses ordres. Il fit fermer les temples, garder les greniers, surveiller les fontaines, les aqueducs et les routes menant au Nombril du Monde, assigna à résidence les meneurs des deux partis religieux, interdit marchés et rassemblements. Plus tard certains prétendirent même qu'il avait exercé des pressions sur les astrologues pour que leurs prédictions deviennent plus rassurantes ! Enfin, jugeant que l'Empereur ne pouvait plus ignorer les événements survenus dans sa capitale, il organisa le convoi devant conduire Tupac Hualpa aux sources de Tambo Machaï.

*

Durant leur marche vers ce lieu, célèbre dans tout l'Empire pour la douceur particulière de son climat et les qualités thérapeutiques de ses eaux, Anas et Ocllo surent que leur maître les avait toutes deux fécondées. Leurs règles, toujours simultanées au vif déplaisir de Tupac, étaient en retard de près d'une lune. Les deux sœurs vomissaient à la moindre mauvaise odeur et souffraient d'un point au côté quand la route montait trop. Elles se réjouirent en secret mais résolurent de n'en parler à Tupac qu'après sa rencontre avec Pachacuti. Lorsque leur convoi atteignit le complexe balnéaire, le couchant illuminait les statues des jardins, irisait les cascades, colorait les piscines.

— Tant de beauté et tant de cruauté ! Le monde est incompréhensible aux humains, déclara Ocllo.

Bâtie à même la montagne, Tambo Machaï semblait avoir été taillée dans la roche par un géant débonnaire. Des terrasses de marbre reliées par des escaliers descendaient les collines. Des murs d'enceinte finement sculptés délimitaient des vergers somptueux. Des sources bouillonnantes jaillissaient des murs. Malgré la multitude de ses bâtiments, l'ensemble thermal ne suffisait pas à abriter tous ceux qui séjournaient près de l'Empereur. De vastes tentes avaient été dressées sur toutes les surfaces planes. Des dizaines d'oriflammes aux couleurs des peuples du Tahuanti parsemaient cette cité éphémère. L'enquêteur impérial et ses deux yanas furent logés sous la toile. Épuisés par leur voyage, ils ne tardèrent pas à sombrer dans le sommeil. La nuit était avancée lorsqu'une ombre se glissa parmi les dormeurs. Une main parfumée effleura Tupac pendant qu'une voix féminine murmurait à son oreille :

— Yupanqui vous demande.

Il ouvrit les yeux. Quelques lampes à huile éclairaient vaguement la tente qui abritait une centaine de personnes : un homme parlait dans ses rêves, d'autres ronflaient, un bébé gémissait.

— Yupanqui vous attend !

Tupac se réveilla, perçut une silhouette accroupie à son chevet, se dégagea doucement des bras d'Anas pour se lever. Ainsi l'Empereur le faisait demander en usant du prénom qu'il avait porté durant sa jeunesse avant le sacre. Cette attention lui réchauffa le cœur ; il allait probablement rencontrer Pachacuti hors du pesant cérémonial officiel. Pour cela il fallait d'abord sortir sans réveiller personne ! Il s'inquiétait lorsque la silhouette lui prit la main :

— Mettez vos pas dans les miens.

Avançant sans hésiter dans la pénombre, semblant connaître la position de chaque dormeur, de chaque obstacle, elle le guida vers la sortie. Lorsqu'ils furent enfin dehors elle souffla :

— Excusez-moi, je ne peux plus attendre !

Soulevant prestement son ascu, elle s'accroupit sur l'herbe et urina. L'enquêteur impérial aperçut fugitivement une croupe brillant sous la lune.

— Je dis souvent à Pachacuti que ses palais gagneraient à compter moins de statues d'or et plus de lieux d'aisance.

Lorsqu'ils arrivèrent à l'entrée d'un déambulatoire, les soldats préposés à sa garde écartèrent leurs lances sans un mot. Dans la lumière du salpêtre il parut à Tupac Hualpa qu'il connaissait, lui aussi, son accompagnatrice. Il éprouva la même stupéfaction devant sa beauté, la même incrédulité à la voir effleurer les dalles de marbre dans sa grâce féline. Il allait crier que c'était impossible, que Sitki était morte, que d'ailleurs sa peau était plus pâle, quand la jeune femme dit dans un souffle :

— Je suis Inguill Opima, la musicienne de l'Empereur. Sitki et moi sommes nées du même père. Ma mère était une princesse de sang impérial, la sienne une captive chachapoya.

Il s'arrêta, la regarda mieux. Une phrase de Ninancoro traversa son esprit : « les choses les plus simples sont les plus faciles à cacher ». Il s'était attendu à toutes sortes de révélations, pas à cet aveu. Sitki était la demi-sœur de la mythique musicienne de l'Empereur, celle dont on murmurait qu'elle régnait sur le cœur, le lit et les oreilles de Pachacuti et dont les rares auditeurs étaient demeurés émerveillés.

— Vous existez vraiment ?

Elle rit, un rire doux et aimable qui roula sur la nuit, il poursuivit :

— On raconte tant de choses sur vous ! Que vous avez donné une fille à Pachacuti et que malgré cela l'impératrice est votre amie.

— La Coya et moi sommes sœurs de lait. Elle est celle qui doit mettre au monde l'héritier de l'Empire et moi une simple musicienne. Nous ne sommes pas rivales et avons convenu que nous n'étions pas trop de deux pour protéger l'Empereur de tant d'intrigues et de complots. Elle s'occupe de la Cour et de ses lumières, moi je surveille…

Elle parut hésiter :

— … les zones d'ombres.

Au détour d'un couloir elle ouvrit une tenture de vigogne écarlate. Derrière, dans une pièce nue, assis sur une chaise d'osier se tenait le neuvième empereur. Il ne portait aucun ornement. Quand Tupac entra, il se leva à sa rencontre et posant familièrement les mains sur ses épaules :

— Il y a si longtemps !

— Yupanqui !

Les deux hommes s'étreignirent en silence, puis l'Empereur commença à parler d'une voix nouée par l'émotion :

— Quelle tragédie ! J'ai perdu une espionne hors pair et l'un de mes meilleurs gouverneurs. Comment imaginer que Manco allait tomber amoureux d'une yana, même aussi belle, aussi talentueuse ?

La question vint aux lèvres de l'enquêteur impérial sans même qu'il l'ait voulu :

— Pourquoi ne m'as-tu pas prévenu ?

— Prévenu ?

— De tout, de la mort du prince héritier, du complot, du rôle de Sitki. J'aurais pu les protéger !

Pachacuti baissa la tête, son regard se voila. Un instant il parut à Tupac qu'il n'était plus ni le Sapa-

Inca ni le fils du Soleil mais simplement le jeune homme glacé de froid qu'il avait un jour arraché à la noyade.

— Je pourrais inventer une réponse mais en vérité je ne sais pas. Tout est trop compliqué !

— N'avais-tu pas confiance en moi ?

— Tu m'as sauvé la vie, comment pourrais-je perdre ma confiance en toi ? Parfois la nuit j'écoute le souffle d'Inguill ou de la Coya, il arrive que nous dormions tous trois ensemble. Mes prêtres bien sûr le désapprouvent, une concubine ne peut souiller la couche conjugale, le lieu sacré où doit se concevoir l'héritier de l'Empire. Foutaises, elles ont tété au même sein ! Quand je n'arrive pas à dormir je me lève et me jette aux pieds de Viracocha pour qu'il m'éclaire. Des milliers de fonctionnaires attendent mes ordres et je pleure parce que je ne sais quoi ordonner.

Il s'arrêta avant de poursuivre d'une voix apaisée :

— Quelques lunes avant la maladie de Canchari, une espionne qu'Inguill avait réussi à introduire auprès de Xo nous a indiqué que la favorite de mon frère avait commencé à faire venir de villages chachapoyas certains de ses affidés. Comme tu le sais, Capac et moi nous ne nous sommes jamais entendus. Il s'est toujours jugé plus beau, plus fort que moi, plus digne de régner. D'un certain point de vue il a raison. Mon frère est un guerrier magnifique et moi un homme physiquement ordinaire. Pourtant, je crois posséder mieux que lui les deux qualités indispensables pour gouverner le

Tahuanti : la ténacité et la patience. Même nos prénoms de naissance si proches étaient une source de disputes dans notre jeunesse. Longtemps je ne suis pas parvenu à le croire décidé au coup d'état, malgré les manigances de Xo. Lorsque Canchari est mort, j'ai compris que les conspirateurs entourant mon frère tenaient enfin un prétexte, que les pressions sur lui allaient devenir énormes. J'étais écrasé de chagrin. Inguill s'est occupée de tout et a demandé à Sitki d'infiltrer leur complot. Son origine chachapoya la rendait crédible.

Les premières lueurs du jour entraient dans la pièce, un serviteur apporta le maté chaud.

— C'est donc Inguill qui a indiqué au mari d'Onitola l'implication de l'intendant Sotaurco ?

— Le moment était arrivé de contre-attaquer.

Tupac Hualpa regarda la pièce qu'éclairait l'aube, observa attentivement le Maître des quatre horizons, le fils bien-aimé du Soleil. Il avait en face de lui un homme de taille moyenne au visage fin et délicat malgré ses oreilles déformées, il était seul avec cet homme. Une pareille situation ne se reproduirait peut-être jamais. Il demanda timidement :

— N'y avait-il pas moyen d'être plus économe en vies humaines ?

L'Empereur regarda celui qui l'avait sauvé avec une sorte de patience désespérée :

— Te souviens-tu de nos discussions dans le palais de mon père ? Souvent nous avons évoqué cette question des moyens et de la fin. Elle m'a beaucoup hanté ces dernières lunes. Je ne sais si ce que j'ai fait est juste mais je crois avoir fait de mon mieux. Nous devons réformer l'Empire, modifier nos institutions, donner des droits aux nouveaux peuples fédérés… Nous ne gouvernons plus la vallée de Cuzco mais des territoires immenses. Ces gens-là, je veux dire l'entourage de mon frère, avec leur chauvinisme, leur goût immodéré pour les solutions de force conduiraient le Tahuanti à sa destruction. Ils ne croient qu'en la puissance des armes. Certes elle peut parfois se révéler nécessaire pour administrer si vaste Empire mais sans l'attrait de nos Maisons de la connaissance, la beauté de nos temples, la séduction de nos arts, la pertinence de nos lois, sans tout cela notre force ne serait que folie impuissante et dangereuse. Je les ai laissés avancer le plus loin possible dans leur trahison puis j'ai donné l'ordre d'exécuter Sotaurco, leur âme damnée. Il poussa un soupir las :

— Le Tahuanti est au bord de la guerre civile, l'armée divisée. Mes troupes font marche sur Sillustani où mon frère a rassemblé ses régiments.

L'enquêteur impérial se tenait silencieux, incapable maintenant de formuler une seule question, d'élever une seule objection.

— Dans cette dure partie, Viracocha m'a pourtant fait don d'un bel atout : la Coya est enceinte ! L'Empire aura bientôt un nouvel héritier, tous les calculs astraux montrent qu'il s'agit d'un garçon.

— J'en suis infiniment heureux, dit Tupac, permets-moi puisque tu as tenu à m'accueillir en ami…

— Tu es mon ami même si trop souvent je te néglige, et tu n'aimes guère la vie de Cour.

— Donc mon Empereur et ami, je voudrais te féliciter !

— Tu as bien raison, d'autant que celle-là aussi est enceinte, dit-il d'une voix tendre en montrant Inguill Opima endormie. Mes devins prédisent que l'ère du Jaguar sera un temps de fécondité : beaucoup d'enfants et de lamas vont naître !

*

Venues du pays nazca, la pluie et la grêle frappaient depuis plusieurs jours la citadelle de Sillustani. Xo contemplait avec inquiétude le ciel sombre parcouru d'éclairs. Elle harcelait son astrologue sans que celui-ci puisse expliquer ce phénomène : la constellation du Jaguar approchait bien de l'apex de la voûte céleste, moment idéal pour concevoir un héritier de l'Empire, les cieux auraient dû être d'un bleu éclatant, l'air doux et parfumé, pourtant les orages succédaient aux orages. La favorite avait fait éloigner les femmes du harem, dans un village discret loin de la concupiscence du Suprême. Capac Yupanqui s'était d'abord amusé de ces mesures. Au cinquième jour passé à jouer aux osselets avec ses officiers, il avait maugréé que, n'en pouvant plus d'attendre, il la prendrait le soir même fût-ce sous un déluge ; car après le temps de la fécondation viendrait celui des combats, les troupes impériales n'étant plus qu'à une semaine de marche ! Xo monta donc sur la plus haute tour pour veiller aux préparatifs. À Sillustani l'air restait toujours frais, ce matin il était glacial. Elle avait ingéré tant de drogues aphrodisiaques que le froid lui parut tout de même supportable. Aidée de sa chambrière de confiance elle se déshabilla offrant son corps clair au vent. Audessous d'elle, à perte de vue, s'étendait la steppe ponctuée par les eaux de la lagune d'Umayo. L'armée avait tracé des routes vers les quatre horizons et disposé le long de ses axes tentes et réserves, si bien que la puna s'était transformée en un vaste camp militaire. Xo ordonna qu'on allume des feux de cannes à sucre, elle aimait leur odeur et les croyait capables de brûler malgré l'orage. Elle fit dresser un dais en cuir ciré pour protéger de la pluie l'autel de marbre blanc gravé du jaguar cerclé d'étoiles où elle poserait son buste pour la fécondation. Satisfaite de ses préparatifs, elle donna l'ordre :

— Va t'occuper des trois que je t'ai indiquées, il me faut leurs fœtus avant l'accouplement ! Prévois aussi du maté et un bain de fleurs de roseaux, l'idée de me voir ensanglantée comme une femelle puma après la chasse semble amuser Capac Yupanqui, je ne sais pourtant si l'odeur du sang lui plairait vraiment.

Dans les sous-sols où étaient détenues les prisonnières, l'ordre de la favorite créa un tourbillon de souffrances. Quelque temps plus tard, Xo découvrit les trois fœtus dans une coupe d'or et une bouffée de nostalgie la submergea. Elle revit le rideau de pluie sur la jungle, entendit à nouveau les cris de son peuple. Ils avaient vaincu ! Les hommes avaient écorché et dévoré leurs prisonniers. Les femmes avaient fait avorter leurs captives et repues d'elles s'étaient mises à danser lascivement devant les guerriers. La voix de sa chambrière la tira de ce songe :

— Il arrive !

Xo saisit le premier fœtus, le renifla, l'avala d'un coup. La chambrière lui tendit un gobelet de maté. Le bruit des pas du Suprême montant l'escalier lui parvint lorsqu'elle dévorait le deuxième. Il n'y avait toujours pas d'étoiles, la pluie avait succédé à la grêle. Les brasiers que l'armée avait allumés sur la steppe lui parurent comme une promesse des dieux cruels de l'Anti.

*

Ce fut vers la fin de cette nuit singulière, peut-être au moment même où, arc-boutée à l'autel de pierre au-dessus de la steppe endormie, Xo sut que le Suprême la fécondait, qu'une patrouille impériale arrêta quatre ombres au passage d'un gué : un jeune officier et trois servantes fuyant la Citadelle. Dans le petit jour on les conduisit jusqu'à la tente du général Nitila. La pluie roulait sur le feutre sombre, il flottait dans l'air une odeur de maté. Deux hommes vêtus de cuir attendaient devant un brasero. Ne leur prêtant guère attention le jeune officier s'inclina devant le général :

— Je désire informer votre Grandeur que certains événements se sont passés à Sillustani et me paraissent contraires à mon serment à l'Empereur, j'ai pris la décision de déserter et de me placer sous vos ordres. Je vous demande aussi de mettre sous votre protection les trois femmes qui m'accompagnent.

— Tu es nommé à mon état-major et ma protection est accordée à tes courageuses compagnes.

Le murmure de gratitude des servantes fut interrompu par une question de l'un des hommes en cape de cuir :

— Que se passe-t-il au juste à Sillustani ?

Hésitant à répondre à l'inconnu, le jeune homme chercha du regard l'avis de Nitila. Le général l'interrogea :

— Comment te nommes-tu ? quel âge as-tu ?

— Mes parents m'ont donné le nom de Ronpa, celui de mon grand-père, un archer émérite et je vais vers mes vingt-deux ans.

— Eh bien, incline-toi devant ton Empereur !

Ronpa demeura un instant incrédule, déconcerté par l'extrême modestie apparente de celui que le général lui désignait comme le neuvième Sapa-Inca. Pachacuti sortit d'une poche une tresse écarlate, posa sur son front la Maskapaicha, le symbole de la dignité impériale, et dit avec un sourire amusé :

— Me reconnais-tu maintenant ?

Le jeune officier tomba à genoux et ferma les paupières.

— Relève-toi ! Nous ne sommes pas à la Cour, j'ai besoin de savoir ce que tes yeux ont vu. Combien mon frère a-t-il regroupé de régiments ?

— Douze pour le moment, on dit qu'il attend des renforts.

— Le moral des troupes ?

— Notre commandant en chef a un grand ascendant sur ses hommes, beaucoup d'officiers cependant répugnent à s'engager dans une guerre civile. Ils veulent…

Brusquement Ronpa se tut.

— Que n'arrives-tu pas à dire à l'Empereur ? demanda Tupac Hualpa de sa voix douce. Tu es ses yeux et ses oreilles à Sillustani, quel homme sensé ferait reproche à ses yeux et ses oreilles si le spectacle est déplaisant ?

Le jeune officier hésita encore quelques instants avant de poursuivre, en se tournant vers Pachacuti :

— Pour rallier ses troupes à l'idée de vous combattre, le Suprême affirme que l'Empire n'a plus d'héritier, que le jeune prince Canchari est mort et que la Coya ne peut plus porter d'enfant viable.

— Mon épouse est enceinte.

— C'est une merveilleuse nouvelle qui devrait éviter les affrontements ! affirma Nitila.

Ronpa poursuivit :

— On prête également au Suprême la volonté de se faire proclamer Sapa-Inca. Sa favorite Xo serait élevée à la dignité de Coya et fonderait avec votre frère une nouvelle dynastie. Ceci serait même inscrit dans les astres : la constellation du Jaguar remplaçant celle du Condor.

— Tu ne crois pas aux signes ? demanda l'Empereur.

— Un de mes cousins est astrologue, je le sais capable de faire dire aux étoiles ce qui l'arrange.

— Je peux donc te confier une mission aux frontières du ciel.

— Ordonnez, mon Empereur !

— Mon frère a fait fondre un énorme disque d'or qu'il comptait présenter comme un don d'Inti et utiliser pour la cérémonie le consacrant Sapa-Inca. Il a donné l'ordre d'exécuter le jeune fondeur dont le nom est Zambiza. Je veux que tu gagnes au plus vite les pentes du grand Salcantay où il se cache et que tu le ramènes à Cuzco. S'il hésite, dis-lui que l'Empereur Pachacuti connaît ses talents et veut lui commander une statue de Viracocha.

*

Les sapeurs impériaux, cinq Chimus silencieux, vêtus de sombre et couverts de cendres des pieds à la tête atteignirent la première ligne des troupes rebelles à la pointe du jour. Une lumière grise baignait la lagune d'Umayo, un bola tournoya silencieusement. À trente coudées une sentinelle s'écroula foudroyée par la balle d'argile. Les sapeurs mirent à l'eau une barque, y chargèrent des outres et s'éloignèrent. Attentifs aux patrouilles comme aux cris des veilleurs, ils progressèrent avec prudence et atteignirent l'aqueduc provisoire alimentant le camp militaire en eau potable. Une autre sentinelle fut mise hors de combat, les sapeurs déversèrent dans la canalisation le contenu des outres : un naphte clair et inodore. Cette tâche accomplie, ils se dissimulèrent derrière un rocher et attendirent sous la pluie jusqu'à ce que leur parvienne le roulement des tambours de guerre.

Le tumulte réveilla Capac Yupanqui. Contre lui Xo dormait d'un sommeil sans rêves. Après leur accouplement sacré au sommet de la tour, ils étaient descendus pour trouver refuge dans une salle de garde. C'est dans cette pièce sans fenêtre, éclairée d'une seule lampe à huile que Guacra le chef d'état-major du Suprême les trouva. Vieux compagnon d'orgies, le colonel pouvait se permettre de parler sans détour au frère de l'Empereur :

— Ils approchent, levez-vous !

— Tout est prêt ? Les archers ont-il reçu leurs nouvelles tenues ?

— Oui, mais il n'est pas certain que Pachacuti veuille combattre.

— Mon frère refuse la bataille ?

— Son armée est en retrait, il avance sur une tour mobile entourée de cinquante tambours.

— Le jour est levé ? demanda Xo.

— Oui et il pleut toujours.

— La constellation du Jaguar sera bientôt au zénith.

— Fais sonner l'inspection ! ordonna le Suprême à son chef d'état-major.

Lorsque Guacra eut quitté la pièce, les deux amants demeurèrent silencieux puis Capac Yupanqui demanda :

— Tes entrailles portent-elles l'héritier de l'Empire ?

— Tu m'as fécondée j'en suis certaine. La vieille recette de mon peuple est imparable : quelques jours d'abstinence pour le guerrier, beaucoup de suc de damiane et trois fœtus encore chauds pour la femme. Reste à savoir si ce sera un mâle. Là encore j'ai suivi la coutume chachapoya, nous verrons.

— Tu sembles bien hésitante ce matin.

— C'est que ton frère est au pied des tours.

— Mon armée est supérieure à la sienne.

— Certes, mais te suivra-t-elle contre le Fils du Soleil ?

À ce moment retentit la corne d'inspection :

— Je dois me montrer. À tout à l'heure !

— Que les Dieux de l'Anti te protègent, ô Suprême !

Il la regarda avec attention, effleura de la main son ventre pâle où germait peut-être le futur Sapa-Inca et sortit sans parler. Dès qu'il eut rejoint ses officiers au poste de commandement et que se furent tues les clameurs guerrières provoquées par chacune de ses apparitions, Capac Yupanqui prit conscience de la singularité de la situation : l'armée impériale était invisible. Au-delà des palissades dressées par ses troupes la puna était déserte à perte de vue. Toute l'activité se concentrait sur la lagune où un grand radeau de balsa surmonté d'une tour de bois progressait lentement tiré par une dizaine de pirogues. Tout autour sur des radeaux plus petits avaient été installés des dizaines de tambours qui résonnaient sur la plaine avec une régularité hypnotique. À cette distance le Suprême était incapable de reconnaître formellement l'Empereur, il n'avait pourtant aucun doute. C'était bien son frère qui se tenait en haut de la tour flottante. Les longues franges écarlates de la Maskapaicha flottaient dans le vent comme un rappel de la majesté impériale. Il demanda :

— Pourquoi ne les arrête-t-on pas ?

— Nos barques et nos pirogues ont été détruites dans la nuit.

— Nous n'avons plus d'embarcations ?

— Plus aucune !

— Qu'on fasse venir le capitaine des bateliers.

— Il s'est enfui.

— De quelle corruption mon frère aura-t-il usé ? Ne pourra-t-il jamais combattre à la loyale, déjà tout enfant il préférait la ruse à la lutte franche.

Brusquement des cris s'élevèrent sur la gauche arrêtant sa harangue : l'aqueduc brûlait dans de courtes flammes jaunes surmontées de fumées.

— Nous nous passerons d'eau de source, faites construire des filtres de sable, la lagune nous désaltérera.

— Les hommes craignent d'être envoûtés par les déesses des marais.

— Dites plutôt qu'ils en rêvent ! Chaque section a-t-elle reçu ses femmes publiques ?

— Une pour dix hommes comme vous l'avez ordonné.

— Alors ils ne penseront plus aux déesses des marais. J'avais oublié jusqu'à leur existence, le Tahuanti compte tant de dieux et d'esprits. Dire que mon fou de frère veut tout interdire au bénéfice de son seul Viracocha. Comment un peuple de guerriers comme le nôtre pourrait-il adorer un berger ?

Ses officiers approuvèrent dans des rires. Soudain l'un d'eux s'interrompit :

— Une femme se trouve aux côtés de l'Empereur.

— Il n'aura quand même pas eu le front d'amener avec lui sa musicienne.

— Je crois que c'est la Coya.

— L'Impératrice, ici !

Une vague d'inquiétude parcourut l'état-major. Personne n'osa pourtant formuler leur crainte : si la Coya accompagnait Pachacuti n'était-ce pas parce qu'elle portait un nouvel héritier ? Amplifiée par une longue conque en bois d'ilangnuco, la voix de l'Empereur leur parvint.

— Officiers et soldats de Sillustani, bergers de la puna, pêcheurs des lagunes et des lacs et vous aussi leurs épouses et leurs filles, je suis ici devant vous et sans armes…

— Mais quand même protégé par les eaux ! Mon frère a toujours su transformer sa fourberie en courage, notre père s'y laissait toujours prendre.

— … avec comme seule protection la bienveillance de Viracocha pour vous faire part d'une grande et réjouissante nouvelle : mon épouse la Coya porte un fruit. La perte douloureuse — ici la voix de Pachacuti s'infléchit de tristesse — de mon cher fils Canchari…

Il se tut ; dans le silence tous, archers et servantes, piquiers et cuisinières, astrologues et lavandières, perçurent ses sanglots avant qu'il ne reprenne :

— Le petit prince joue dans les jardins de Viracocha et nul doute que son âme magnanime ne soit intervenue auprès du Créateur des Mondes pour que ses parents connaissent la joie d'une autre naissance et les peuples du Tahuanti la certitude d'une succession sans troubles…

De la terrasse du poste de commandement à l'enclos aux lamas, du balcon de l'armurerie à la cour des cuisines, tous et toutes étaient suspendus à la voix de l'Empereur.

— Les plus âgés d'entre vous savent l'horreur de la guerre civile où les frères s'entre-tuent, où les villages voisins se déchirent permettant à nos ennemis de redresser la tête avant d'attaquer sauvagement…

Pachacuti s'interrompit, il n'y eut plus sur la citadelle grise, sur l'immense camp, sur la puna sans limite, que le bruit aigre du vent.

— … C'est pour éviter à notre peuple cette terrible épreuve que mon frère très aimé, le commandant en chef de mes armées, Capac Yupanqui, le Suprême comme nous le surnommons tous avec affection…

— On va se faire berner encore une fois, murmura Guacra.

— … craignant pour notre dynastie et soucieux du devenir de l'Empire, se préparait à assumer le pouvoir, à ceindre son front de la Maskapaicha pour sauver l'État des quatre horizons. À ce frère courageux je veux dire : le chagrin a quitté le fils du Soleil ! Je suis de nouveau en mesure de gouverner et je sais pouvoir compter sur ta présence et ta compétence à mes côtés…

Pachacuti ne put terminer sa phrase, une clameur de triomphe secoua la forteresse. On hurlait de toutes parts : « Viracocha protège le fils du Soleil », « Que les deux frères s'embrassent ! » et surtout : « la Coya ! la Coya ! »

L'Impératrice s'approcha de la conque, attendit que le tumulte s'apaise et prit la parole :

— Viracocha a permis que mon cher époux me féconde. Je désire que ceci soit confirmé, que votre commandant en chef désigne trois sages-femmes qui me visiteront et attesteront de mon état…

Elle dut aussi se taire tant les cris de joie et d'allégresse fusaient de partout. Comme pour ajouter à la force de l'instant l'armée impériale apparut sur la plaine, bouclant Sillustani dans un impressionnant cercle de piques et de boucliers. Alors, ce que le colonel Guacra craignait depuis un moment se produisit : ses propres soldats commencèrent à abattre les palissades, se ruant dans un élan fraternel vers les régiments de l'Empereur. Sur la tour flottante Pachacuti ferma l'embouchure de la longue conque qui lui avait permis de s'adresser à son peuple. Se tournant vers Nitila et Tupac Hualpa, il distribua rapidement ses ordres.

— Général, tu appliques le plan prévu : fraternisation complète entre les deux armées et occupation des points sensibles par des troupes sûres. Il n'y aura aucune répression politique, mon frère a agi pour le bien de l'Empire en raison de ma faiblesse passagère.

Tupac, en ce qui te concerne, tu as les mains libres pour interroger tout le monde. Des enlèvements et des assassinats ont été commis, les coupables doivent en répondre.

— Dois-je arrêter Xo ?

— Personne n'est au-dessus des lois.

*

Une délicieuse odeur de porcelet rôti montait aux narines de l'enquêteur impérial par la fenêtre ouverte de la salle d'armes où il s'était installé pour conduire les interrogatoires. L'heure du repas approchait. Ce cochon de lait serait-il accommodé avec des patates douces comme Anas le réussissait si bien ou avec des cœurs de roseaux et des piments à la manière des Uros ? L'eau lui en venait à la bouche et avec elle la nostalgie de sa yana. Depuis quatre jours il se nourrissait de galettes d'intendance et dormait quelques heures par nuit à même le sol, tant il avait d'officiers, de soldats, de serviteurs et de chambrières à entendre. Tupac Hualpa était si désireux de démêler au plus vite ce qui relevait d'une conspiration politique hors de ses compétences et ce qui signait des crimes qui, pour être effroyables, n'en étaient pas moins de droit commun, qu'il avait négligé pendant quatre longues journées les deux principales sources de joie de son existence : des repas savoureux et le plaisir de l'amour avec sa tendre Anas. Il l'avait promis à la jeune femme, ce soir ils dîneraient tous deux à la table impériale et dormiraient ensemble sous l'édredon d'alpaga. Il renouvela sa question :

— Que signifie le signe du jaguar cerclé d'étoiles ?

Face à lui, assis dans un fauteuil en bois de chontce, le colonel Guacra l'observait avec un sourire distant :

— Je ne sais pas, je vous l'ai déjà dit.

— Je ne comprends pas votre obstination ni d'ailleurs celle des autres officiers de l'état-major. Ma curiosité est anecdotique, je ne dispose pas de pouvoirs me permettant d'arrêter un conjuré. L'Empereur a été très clair, il a conclu un accord avec son frère : personne ne sera inquiété pour des agissements concernant le gouvernement du Tahuanti. Pourquoi ce silence un peu insultant à mon égard ?

Il s'arrêta un instant, croisa le regard d'Ocllo ; assise à ses pieds elle ne perdait pas un mot de sa conversation avec le chef d'état-major du Suprême. Il poursuivit de sa voix douce qui surprenait toujours témoins et accusés :

— J'ai recueilli une déposition vous mettant en cause dans l'évacuation hors du harem du cadavre de la potière Onitola. Cela s'appelle une complicité dans un crime de sang et, si l'on ajoute son transport à Coricancha, un sacrilège. Je suis donc en mesure de vous déférer au tribunal. Votre condamnation ne sera certainement pas inférieure à cinq ans aux mines de Potosi. Vous êtes encore bel homme colonel, vos concubines et même, dit-on, celles du Suprême vous accueillent avec joie dans leur couche. Mais après cinq années à creuser la terre noire…

— Capac Yupanqui l'empêchera.

— Voulez-vous prendre ce risque ? Il est toujours plus facile d'entrer dans les prisons de l'Empereur que d'en sortir.

— J'ai besoin de réfléchir.

— Gardes !

Deux Chimus robustes ouvrirent la porte du déambulatoire. L'enquêteur impérial salua les hommes à qui Cusi avait confié sa sécurité.

— Le colonel a besoin de marcher ! Faites-lui faire quatre tours de la place d'armes et ramenez-le.

Lorsque les gardes et Guacra eurent quitté la pièce, Ocllo demanda :

— Crois-tu qu'il va parler ?

— Je l'ignore, je ne comprends pas pourquoi ils se taisent tous.

— La magie chachapoya les effraie.

— Ce sont des guerriers valeureux.

— Que peuvent les armes et le courage contre des poisons foudroyants ou des serpents dressés à tuer ?

Elle ajouta d'une voix hésitante :

— J'ai connu Xo.

Tupac Hualpa fixa sa yana avec étonnement.

— Où l'as-tu rencontrée ?

— Elle m'a fait enlever ! Comme cela n'a duré que quelques heures, toi et Anas ne vous en êtes pas aperçu.

— Que voulait-elle ?

— Savoir si nous détenions Sotaurco.

— Elle t'a droguée ?

— Comme la millaquita était inopérante, elle m'a relâchée.

— On dit pourtant que cette drogue provoque chez les femmes des ruts violents débouchant souvent sur la mort.

— Pas chez moi ! Et elle a deviné que j'étais frigide…

— Tu parais l'être moins ?

— Peut-être est-ce un effet heureux de la millaquita. Mama Tami m'a expliqué que tous les poisons sont aussi des médicaments.

Tupac Hualpa méditait l'affirmation de sa yana lorsque les gardes firent rentrer le colonel Guacra. Il s'assit, observa l'enquêteur impérial et dit de manière abrupte :

— Je crois que vous ne comprenez rien !

— …

— Il y a la conspiration : une histoire somme toute banale de rivalité entre deux frères et officiers ambitieux qui se voient gouverner l'Empire, puiser à profusion dans ses réserves et atteindre le sommet des honneurs. Il y a aussi le rêve fou de

Xo : l'intendant Sotaurco avait réussi à la persuader que les Chachapoyas étaient la prochaine race impériale et qu'elle concevrait l'héritier du Tahuanti. Sotaurco a dessiné le symbole du jaguar cerclé de cinq étoiles, Xo est parvenue à convaincre le Suprême d'adopter ce dessin comme signe de ralliement. Nous autres Incas sommes à la fois effrayés et fascinés par les forêts immenses de l'Anti, par la magie chachapoya et par tout ce qui vient de ce peuple. Nous les méprisons et la peau blanche de leurs femmes excite nos aristocrates blasés par le harem ! J'ai toujours pensé que cette aventure allait mal finir. J'ai essayé de dissuader le Suprême de se dresser contre son frère. Capac Yupanqui contrôlait certes une partie des armées mais Pachacuti était aux yeux de tous les sujets de l'Empire le fils du Soleil.

— De quoi est morte Onitola ?

— D'un excès de drogue entraînant un avortement. Ce n'est pas une victime : elle ne voulait pas de ce nouvel enfant.

— Qui a décidé de faire porter son corps dans le temple de Coricancha ?

— Capac Yupanqui ! Xo était opposée à cette idée, elle craignait que ce sacrilège n'indispose Inti. Le Suprême ne croit à rien, pas plus aux Dieux sanguinaires de l'Anti que Xo aime tant évoquer, qu'à Inti ou à Viracocha. Il voulait simplement pousser Huascar qu'il jugeait trop mou, à s'opposer au culte de Viracocha et par là à l'Empereur.

— Pourquoi le Suprême a-t-il laissé Xo continuer ses pratiques magiques malgré la mort d'Onitola ?

— Je pourrais vous répondre parce qu'il n'en savait rien et c'est partiellement exact. Xo et Sotaurco ne rendaient pas compte de toutes leurs manigances. Mais en vérité elle l'avait envoûté. Capac Yupanqui a toujours possédé des dizaines de concubines. Toutes les femmes de ses officiers étaient prêtes à coucher avec lui. Je ne connais pas une seule femelle, des aristocrates de sang impérial aux dernières de ses yanas, qui n'ait soupiré après lui. Pourtant, seule Xo l'intéressait vraiment parce qu'elle était aussi cruelle que lui, aussi violente, aussi courageuse.

— On peut donc la considérer comme la responsable des enlèvements et des meurtres ?

— Elle seule connaissait les drogues des sorciers de l'Anti.

Il s'arrêta, regarda avec ironie Tupac Hualpa et dit :

— De toutes façons c'est la seule que vous puissiez faire juger, Sotaurco est mort et les militaires sont hors de votre portée.

— Qui selon vous a tué l'intendant ?

— Il me semble, respecté enquêteur impérial, que vous êtes mieux à même que moi de répondre à cette question.

*

Le procès de Xo commença une lune après le ralliement de la citadelle à l'Empereur. Le Suprême ne fit rien pour l'empêcher, se contentant d'exiger que le président du tribunal soit un dignitaire à l'impartialité évidente. Pachacuti désigna à ce poste le gouverneur maritime du Cunti, homme d'âge auréolé d'une réputation de sagesse, qui n'avait jamais rencontré l'accusée et dont la fille aînée était l'épouse d'un Chachapoya célèbre pour ses talents de constructeur de radeaux. L'acte d'accusation précisait la liste des crimes imputés à la favorite : il s'agissait de vingt-deux enlèvements, huit meurtres de jeunes mariées, de l'exécution sacrilège du répartiteur général des postes et de son amante, une Vierge consacrée, ainsi que de l'assassinat de l'ingénieur militaire Anquimarca. Xo ne reconnut aucun crime renvoyant tout sur Sotaurco qui, précisa-t-elle, avait fait d'elle son esclave soumise grâce à un sorcier venu des forêts de Parilango et qu'on ne retrouva pas. L'accusation, ne pouvant faire citer aucun militaire, s'enlisait et l'accusée se voyait déjà acquittée quand le président se tournant vers Tupac Hualpa fit basculer le cours du procès :

— Estimé enquêteur impérial, personne ne voulant ou ne pouvant témoigner des crimes prêtés à cette femme, je me tourne vers vous qui savez, dit-on, lire dans le sang le lien unissant victime et bourreau, pour éclairer le tribunal. Est-ce possible ?

— Votre grandeur, nous disposons de plusieurs vêtements appartenant à l'accusée et maculés de sang. Par ailleurs le corps de la dernière victime a été conservé dans le salpêtre car elle était originaire de la côte océane. Une délégation de son village doit venir la chercher pour la jeter en mer conformément à leurs coutumes. Hélas, tous ces sangs sont anciens, séchés, sans vie et il sera difficile de les faire parler.

— Voulez-vous nous dire que vous renoncez ?

— Afin de revivifier ces sangs anciens il me faudrait procéder au rituel de Pacha Mama et, pour cela, m'unir à ma yana, les yeux bandés. C'est malaisé dans ce tribunal.

— Jeune femme, seriez-vous disposée à vous accoupler avec votre maître dans une salle voisine pour qu'éclate la vérité ?

— Je le suis, dit Ocllo dans un souffle.

Xo fut confondue de cette manière, le sang trouvé sur son ascu et celui de la dernière victime étaient bien le même, et condamnée à mort. Comme elle était enceinte l'exécution fut différée jusqu'à l'accouchement et le Suprême obtint de son frère qu'il transforme la peine capitale en bannissement dans les déserts du Nord. Le soir où fut connue sa grâce elle fit demander Ocllo.

Une lampe à huile éclairait la cellule. Des peaux de lamas blancs avaient été disposées sur le sol, un brûle-parfum distillait une senteur fruitée. Assise dans un fauteuil de cèdre incrusté d'or, Xo paraissait davantage une reine qu'une prisonnière. Deux gardiennes surveillaient pourtant la pièce. Ocllo demanda :

— Pourquoi avez-vous souhaité me voir ?

— Parce que tu dois être la seule à ne pas me détester dans cette citadelle.

— En acceptant le rituel de Pacha Mama j'ai pourtant contribué à votre condamnation.

— Tu ne pouvais pas te refuser à ton maître.

— Et Capac Yupanqui ?

— Il aura trouvé d'autres bras où se consoler.

— Pourtant vous êtes enceinte de ses œuvres…

— Les hommes sont presque tous violents et lâches. Pour être un grand prince, celui-ci ne fait pas exception.

— On vante souvent son courage.

— Mettons qu'il soit courageux au combat… et lâche dans la vie !

— Que me voulez-vous ?

— J'aimerais que tu intercèdes pour moi.

— Je ne suis qu'une yana.

— Bientôt tu seras la femme de l'enquêteur impérial !

— Que dois-je demander pour vous ?

— J'aimerais qu'on protège mes herboristes. La magie chachapoya peut le pire et le meilleur, je ne voudrais pas que par crainte ou stupidité tout soit dispersé et perdu. Tu demanderas audience à Inguill Opima la musicienne de l'Empereur.

— Que peut une musicienne dans une affaire si importante ?

Xo se mit à rire :

— Ton maître ne t'a-t-il pas expliqué que cette femme règne sur un royaume d'ombres ?

— Est-ce une sorcière ?

— Peut-être ! Surtout, elle dirige les espions de l'Empereur, Sotaurco et moi l'avons compris trop tard. Comment craindre une femme qui ne quitte officiellement jamais le harem impérial ? Mon intendant a payé de sa vie notre inattention. Te rends-tu compte qu'elle a réussi à infiltrer sa propre demi-sœur, au cœur même de notre conspiration !

On entendit un bruit de pas, la porte s'ouvrit. Une gardienne entra portant une coupe de fruits. Lorsque la porte fut refermée Xo dit d'une voix brusquement enfantine :

— Je rêve de l'Anti chaque nuit. La vie y était dure, la jungle grouillait d'animaux dangereux. J'ai été piquée par des mygales, mordue par un serpent d'eau, couverte de boutons purulents par des scolopendres géants. J'ai dû fuir devant des jaguars et me cacher dans des marais putrides pour échapper aux guerriers ennemis. Pourtant la forêt me manque…

Xo se suicida le lendemain. Comme chaque matin elle monta sur la plus haute tour de Sillustani, celle où elle s'était unie au Suprême. La chambrière qui l'accompagnait avait les jambes lourdes et renonça à gravir les escaliers trop raides. Personne n'avait songé à ôter l'autel de marbre gravé du jaguar et des étoiles. Xo se dévêtit dans l'air frais. Pour la première fois depuis des lunes le soleil inondait la plaine, sur la lagune des pêcheurs tiraient leurs filets. Le camp militaire semblait presque totalement démonté. Quand elle commença à chanter personne n'y fit d'abord attention puis, comme sa voix mélancolique roulait sur les pierres, un cercle de curieux se forma en bas de la tour. À la fin, prévenu par Guacra, le Suprême arriva. Xo arrêta son chant et usant de ses mains comme d'un porte-voix, se mit à crier :

— Regardez-moi Incas et vous gens des peuples soumis, regardez ma peau blanche et ma toison claire, vous ne les verrez plus. Je vous laisse, je suis lasse de votre hypocrisie. Vous vous dites le peuple le plus sage et le plus raffiné de la terre, vous nous méprisez, nous les Chachapoyas, car nous aimons trop le sang. Mais comment donc a été bâti le Tahuanti si ce n'est grâce au sang de ceux que vous avez vaincus. Regardez derrière la beauté de vos temples, vous verrez des monceaux de cadavres, écoutez les chants de vos flûtes et vous entendrez les hurlements de ceux que vous avez percés de vos flèches, brûlés sur vos bûchers, de celles que vous avez arrachées aux bras de leurs parents pour les enfermer dans vos harems.

Elle s'arrêta un instant, se tourna dans la direction de l'est vers les forêts sans fin et les fleuves immenses de sa jeunesse, elle conclut dans un cri :

— Vous nous avez vaincus, martyrisés, je vous maudis. D'autres viendront un jour, à votre tour vous connaîtrez la souffrance et la honte.

Elle enjamba la balustrade et sauta dans le vide.

Il faisait chaud sur l'immense parvis du temple de Pachacamac

La foule attendait bon enfant. Se tenait là toute la multitude des peuples de l'Empire : Chimus, Tacnas, Incas, Collas, Uros, Nazcas, Chachapoyas et bien d'autres encore que Tupac ne parvenait pas à désigner malgré les questions incessantes d'Ocllo. La diversité des âges était aussi représentée depuis les bébés encore dans le ventre de leurs mères et dont certains naîtraient sans doute avant la fin de la décade sacrée, jusqu'aux vieillards pour qui c'était assurément le dernier pèlerinage. Ocllo que sa grossesse ne rendait ni moins curieuse ni moins remuante circulait partout, s'extasiant devant une troupe de danseuses canaris aux cheveux parsemés de fils multicolores, contournant avec circonspection un groupe farouche d'aristocrates chimus exhibant leurs parures. Reconnaissant une fille de leur peuple, des pêcheurs tacnas vêtus de capes blanches improvisèrent un chant pour elle, sa beauté et l'enfant qu'elle portait. Tupac et Anas, elle aussi enceinte, la regardaient s'agiter avec tendresse, en restant tous deux paisiblement assis sur le socle d'une statue de tortue marine. Le bleu du ciel se confondait avec celui de l'océan. Des mouettes et des cormorans criaient au-dessus des flots et leurs appels se mêlaient à ceux des marchands de beignets et des vendeurs d'eau.

— C'est beau, dit Anas, je suis heureuse que nous soyons là.

Le regard de l'enquêteur impérial parcourut une nouvelle fois le sublime alignement des temples se découpant sur l'azur du ciel et par-delà sur les sommets enneigés des Cordillères. Le soleil faisait briller l'or des statues, le bruit des fontaines se mêlait à celui du ressac. Soudain une clameur parcourut l'assistance, Anas grimpa sur le socle de la tortue pour observer l'origine du tumulte. Elle ne distingua d'abord qu'un immense éclat métallique. Puis, ses yeux s'étant accommodés à la lumière violente, elle comprit qu'arrivait enfin ce que tous et toutes attendaient depuis le matin : la gigantesque statue de Viracocha que l'Empereur avait demandé à Zambiza de fondre avec l'or du disque réalisé pour obéir à l'ordre du Suprême, sans comprendre le rôle de cette œuvre dans le plan de destitution de Pachacuti. À ce moment Ocllo qui les avait rejoints proposa :

— Nous devrions entrer dans le Temple, l'Empereur aussi va arriver.

À l'instant même où retentit le roulement d'un énorme tambour, à l'autre bout de l'esplanade, portée par douze soldats du troisième régiment de Sillustani, la litière impériale pénétra sur le sable blanc de la cour sacrée accompagnée d'une centaine de prêtres et de musiciens. À cette distance il était impossible de reconnaître Pachacuti mais l'écarlate de la Maskapaicha se distinguait parfaitement. Tupac et ses deux yanas pénétrèrent à l'intérieur de l'édifice dont l'accès était filtré par un cordon de miliciens. Après la lumière éclatante du parvis, la pénombre du temple dégageait un charme apaisant que renforçaient les senteurs aromatiques diffusées par des dizaines de brûle-parfum.

— Je suis un peu lasse, dit Ocllo en s'asseyant sur un des nombreux coussins brodés disposés sur les dalles.

— Voilà Ninancoro, annonça Anas à la vue d'une magnifique chevelure blanche fendant la foule.

Quelques minutes plus tard le vieil embaumeur s'asseyait près d'eux. Ils ne l'avaient guère vu durant la matinée tant il était occupé à parler avec les nombreux amis qu'il connaissait à travers tout l'Empire et que seule une occasion aussi extraordinaire que la consécration à Viracocha de l'antique site sacré de Pachacamac permettait de rassembler.

— Le fils de mon ami Zopahua fait partie du groupe d'architectes qui a conduit la restauration de Pachacamac.

— Zopahua est là ? Je croyais qu'il habitait maintenant Quito !

— Tu as raison ! Mais il est quand même venu, par mer, et a été malade toute la traversée.

Autour d'eux la foule devenait plus dense, le temple se remplissait lentement. Au centre, vêtu d'un pagne bleu et ruisselant de sueur, un jeune homme en qui Tupac reconnut l'un des adjoints de Zambiza vérifiait une ultime fois le socle où serait posée la statue de Viracocha. D'autres tendaient et retendaient les câbles des palans qui permettraient de la hisser. Une sonnerie de conque retentit, l'ensemble de l'assemblée s'agenouilla et l'Empereur fit son entrée accompagné de la Coya et d'une multitude de dignitaires. Un instant Tupac Hualpa chercha des yeux la haute silhouette de Manco et son cœur se serra à la pensée que, dans le monde d'en-bas, il ne reverrait jamais plus son supérieur et ami. Un chambellan déclama la longue liste des terres et peuples bénéficiant de la protection de Pachacuti. L'enquêteur impérial se demanda où pouvaient bien se trouver ces îles Toctollsica dont il entendait parler pour la première fois, et qui y vivait ? Étaient-ce quelques rochers désolés au large des inhospitalières côtes du Nord que des pêcheurs de nacre avaient atteints par hasard sur leurs radeaux de balsa ou bien s'agissait-il d'une de ces terres froides de l'extrême Sud où abonde le poisson et dont les Caciques admirent tant le Tahuanti qu'ils viennent spontanément faire acte d'allégeance ? Chimpu bien sûr aurait su, cela faisait trois générations que sa famille fournissait à l'administration impériale ingénieurs, bâtisseurs de ponts et géographes. Une fois de plus, songeant à son épouse morte, l'enquêteur impérial se demanda comment il avait pu être tant aimé d'une femme si instruite et de si haute naissance. Peut-être parce que lui, fils d'un forgeron, avait su l'aimer avec la simplicité du cœur. Comme si elle pressentait ce monologue intérieur Anas se blottit contre lui. Il l'embrassa sur le front, toucha de la main son ventre rond. Il savait qu'il n'oublierait jamais Chimpu, ni ses yeux attentifs ni sa manière si personnelle de dire sur les êtres des choses fortes et vraies. Pourtant le parfum d'Anas avait envoûté son âme ; il songea qu'il s'attachait chaque jour davantage à la jeune femme, à la fois parce qu'elle était irréductiblement différente de Chimpu et qu'avec cette sagesse inexplicable qui était sienne elle respectait le souvenir de l'épouse morte.

Le palan se mit à crisser, très lentement l'énorme statue d'or commença à s'élever. La sueur coulait sur le torse des grutiers, un silence attentif avait saisi la foule. Zambiza et son aide guidèrent la base de la statue jusqu'à son socle de porphyre. Il y eut des bruits de poulies, des halètements inquiets d'ouvriers puis la statue de Viracocha se posa à son emplacement définitif. Dans l'ombre du temple le dieu nouveau brillait d'une lueur douce. Ocllo tomba à genoux pour prier. Avant de l'imiter Tupac Hualpa observa mieux l'œuvre de Zambiza. Le jeune fondeur avait réalisé le tour de force d'agrandir dix fois la statue originale du dieu telle qu'elle accueillait les fidèles dans la pyramide de son sanctuaire à Cuzco. C'était bien, moulé dans l'or pur, le même berger vêtu d'un simple pagne, ne portant aucune arme hormis un bâton. Autour de lui régnait le même silence attentif. La cérémonie dura jusqu'au milieu de l'après-midi ponctuée de musiques et de danses. Au fur et à mesure de l'avancée des solennités l'assistance relâchait son attention. Même Ocllo se lassa du défilé des troupes de danse venues de toutes les provinces de l'Empire. Seul un groupe de quatre danseuses de l'Inambari évoluant en compagnie d'un énorme anaconda parvint à réveiller l'inquiétude et l'intérêt de la foule. Une douzaine de lanciers armes en main surveillaient le gigantesque serpent qui regagna sa cage dans la plus totale soumission. Cette démonstration faite, marchandes de galettes et vendeurs de maté furent autorisés à pénétrer dans le temple. Il y eut ainsi une sorte de longue récréation où les gens mangèrent, se désaltérèrent, s'égaillèrent dans les jardins ou descendirent vers la plage avant que, rappelés par le son des tambours, ils regagnent le temple pour ce qui constituait l'autre attraction de ce jour mémorable : la célébration par les prêtres d'Inti et de Viracocha réconciliés grâce aux insistantes pressions impériales, de vingt-deux mariages. En découvrant Huascar au premier plan, l'enquêteur impérial se demanda quelles promesses de dotation avait dû faire l'Empereur pour convaincre le grand-prêtre de Coricancha d'être présent. Pinca et Roca faisaient partie des couples qui devaient s'unir. Conformément à la coutume ils avaient participé à une retraite de purification aux environs de Pachacamac durant une lune. Anas était donc en grande fébrilité à l'idée de revoir son amie. Les prières préalables à la cérémonie elle-même parurent interminables à la jeune yana. Lorsque enfin les prêtres des deux religions eurent épuisé cantiques et rituels, les couples, les hommes vêtus d'un uncu jaune et les femmes d'une ascu verte brodée de turquoises, se mirent en file face à l'Empereur. Pachacuti observait attentivement chaque couple, le faisait avancer jusqu'à lui puis, saisissant la main de la mariée, la mettait dans la main de son mari. Il conservait ainsi un court moment leurs mains unies dans la sienne en murmurant une formule secrète devant apporter joie et fécondité aux nouveaux époux. Lorsque les vingt-deux couples furent mariés, les jeunes femmes rejoignant ainsi l'élite de « Celles qu'a données la main de l'Empereur », la nuit était tombée sur Pachacamac. Autour du temple sur le parvis et dans les jardins, rougeoyaient des dizaines de brasiers où grillaient poissons de l'océan, biches et lamas. Des orchestres de flûtes et de tambourins jouaient un peu partout et le vent du large amenait enfin la fraîcheur à une foule fatiguée mais heureuse.

Le lendemain Tupac Hualpa et ses deux yanas furent conviés à la résidence de Pachacuti, construction peinte d'ocre comme l'ensemble des bâtiments du site et que les architectes avaient disposée un peu en retrait de la zone du pèlerinage, au flanc d'une colline couverte de fleurs de tarwis blanches et mauves par la magie de l'irrigation. Au cours d'une cérémonie regroupant une centaine de courtisans, l'Empereur proclama :

— Très cher Tupac Hualpa, œil vigilant du Sapa-Inca, terreur des voleurs et des meurtriers, réconfort des victimes, je t'accorde désormais le droit de porter et d'accoler à ton nom le titre illustre de « Celui qui sait lire le sang » en reconnaissance de ton savoir et du rôle essentiel qu'il a joué dans la mise hors d'état de nuire de dangereux criminels. Je demande à mes gouverneurs et à mes fonctionnaires de faire noter sur tous les quipus de commandement cette nouvelle distinction.

Cherchant des yeux Anas et Ocllo, Pachacuti poursuivit dans un sourire :

— Comme l'a sollicité votre maître je vous attribue les quipus mettant terme à votre état de servitude. Vous êtes désormais des femmes libres !

Enfin, s'adressant à Anas, Pachacuti lui tendit un manteau de vigogne et ajouta :

— En ce qui te concerne et en raison du sang-froid dont tu as fait preuve à la mort de notre regretté Manco, je t'autorise à porter ce vêtement princier en signe de ma reconnaissance.

Les deux yanas tombèrent à genoux. Mais, apparue derrière l'Empereur, Inguill Opima les releva en déclarant que compte tenu de leurs grossesses, Pachacuti les dispensait de la prosternation.

Cette nuit-là Ocllo dormait comme à son habitude seule à l'écart, quand une main douce la réveilla. Inguill se tenait à son chevet un doigt sur les lèvres. Ocllo se leva en silence, enfila l'ascu de laine bleue que lui avait confectionnée sa sœur. L'air marin entrait par les fenêtres ouvertes sur la nuit, il faisait presque aussi froid qu'à Cuzco, cela la surprit. Tupac et Anas dormaient sous leur édredon d'alpaga. La musicienne la conduisit par un dédale de couloirs jusqu'à un appartement aux murs peints de fleurs des champs. Une fillette dormait dans son berceau, la femme qui veillait l'enfant chuchota :

— Elle n'a plus pleuré, la dent a dû percer.

— Tu peux aller dormir, fais-moi porter un pot de rusca, la nuit est fraîche.

Lorsque la nourrice fut sortie, Inguill Opima dit :

— Tu seras heureuse de savoir que les herboristes de Xo vont être accueillis à la Maison du Savoir avec leurs collections.

— Je vous remercie.

— Cette femme était une dangereuse criminelle, cependant le savoir des herboristes chachapoyas mérite d'être sauvé de l'oubli. Par sa faute nous avons perdu des êtres précieux.

— Sans parler des jeunes mariées enlevées à leurs foyers !

— Tu as raison, chaque âme contribue à la grandeur du Tahuanti, l'humble éleveur de lamas comme le gouverneur. Toi, veux-tu y contribuer ?

— Je ne comprends pas votre question.

— Sais-tu qui je suis ?

— Inguill Opima, la musicienne préférée de l'Empereur, celle dont beaucoup parlent sans l'avoir jamais vue.

— Ta définition me plaît, je suis la musicienne de l'Empereur, sa concubine aussi. L'Impératrice et moi avons eu la même nourrice, ma mère. Ceci nous évite de sottes disputes. À sa manière chacune veille sur Pachacuti. Il existe tant de princes qui pensent avoir des droits à porter la Maskapaicha. La Coya a pris en charge les lumières de la Cour, moi je règne sur les ombres.

Ocllo se taisait, son attention suspendue au mince filet de voix. Une servante posa par terre une jarre de rusca, l'odeur des roseaux aromatiques emplit la pièce. Inguill versa l'infusion dans des gobelets avant de poursuivre :

— J'ai mis sur pied un groupe de fidèles, une étrange cohorte qui regroupe aussi bien de jeunes commandants que des lavandières, des astrologues que des ingénieurs, des navigateurs que des maîtres de tambo. Tu occupes une place de premier plan pour recueillir des informations, acceptes-tu d'être des nôtres ?

— Si vous m'en jugez digne ! Pourrais-je faire part de mon engagement à Tupac et à ma sœur ?

— En gardant le secret, tu les protégeras. Mais s'ils deviennent soupçonneux ou inquiets, dis-leur la vérité.

Inguill Opima parut hésiter. Un bref instant Ocllo perçut la lassitude de cette femme apparemment si forte, puis elle croisa son regard et sut que quelque chose, sa foi dans la grandeur du Tahuanti, sa confiance en Viracocha ou plus simplement l'amour partagé qui la liait à l'Empereur, distinguerait toujours la musicienne du commun des femmes.

— Nous avons tellement d'ennemis… Les envieux bien sûr mais aussi et surtout ceux, innombrables, qui ne voient pas que nous devons évoluer pour durer.

— Je ne comprends pas…

— Le Tahuanti, si on le compare à l'ordinaire durée de l'existence humaine, est un miracle. Si nous voulons que ce miracle perdure, que les choses restent en l'état nous devons sans cesse les transformer. Nous sommes passés en deux générations du rang de petit peuple habitant la vallée de Cuzco à celui de dirigeants d'un immense empire. Nous ne pouvons pas continuer comme avant, le temps des premiers empereurs ne reviendra jamais.

Elle s'arrêta, parut écouter la nuit. Le vent criait dans la vallée.

— Lorsqu'il est apparu au père de Pachacuti, Viracocha lui expliqua que le monde est semblable à un lac. Si d'une rive on y jette une pierre, le remous gagne l'autre rive, tout se tient ! Notre population s'accroît, nous devons donc développer la culture du maïs pour la nourrir sinon des troubles éclateront. Le maïs a besoin d'eau, nos ingénieurs savent construire de bons aqueducs ; mais nous ne pouvons pas faire garder par l'armée des centaines d'ouvrages hydrauliques. Nous devons donc convaincre tous les peuples que ces réalisations apporteront la prospérité à tous, même si elles bouleversent leur territoire. Ceci est impossible sans une nouvelle alliance !

Ocllo écoutait la voix de la musicienne, elle sentait peu à peu qu'elle lui insufflait sa foi en un monde plus juste et plus harmonieux.

— Il faut réformer l'armée, ouvrir l'état-major à des officiers issus de peuples récemment ralliés, promouvoir dans la haute administration des fonctionnaires de toutes origines, aussi bien des Chachapoyas que des Collas. La justice privée doit être combattue, le viol sévèrement réprimé, le Tahuanti a besoin de la paix pour ses filles et ses épouses. Le statut des yanas convient peut-être pour des gardiens de chèvres pas pour le grand nombre de prisonniers instruits que nous avons faits dans nos conquêtes.

Elle s'arrêta, essoufflée par sa démonstration :

— Veux-tu faire partie de ma cohorte ?

— J'accepte, dit simplement Ocllo.

En fin d'après-midi Tupac Hualpa gagna la plage avec Anas et Ocllo. La force de l'air marin le surprenait toujours, il préférait la pureté de ses montagnes natales au goût du sel, le cri du condor à celui du cormoran. Il en serait sans doute toujours ainsi. Il regarda les deux sœurs courir sur la grève, imagina les plaisanteries moqueuses que Manco n'aurait pas manqué de faire sur leurs grossesses simultanées. Comme toujours Ocllo posait des questions, pourtant ce fut Anas qui le surprit :

— Souvent je demande d'où viennent la violence et le crime. Depuis quelques lunes je fais le même rêve, un groupe d'hommes et de femmes parcourent le Tahuanti. Ils visitent toutes les maisons, des palais de Cuzco aux huttes des éleveurs de lamas. Partout ils découvrent des souffrances secrètes qu'ils regroupent dans de grandes jarres, puis ils portent ces jarres au bord d'un fleuve et allument un feu immense où ils brûlent toutes les souffrances rassemblées et où disparaît le mal !

Tupac Hualpa regarda sa yana, sa femme, la sagesse singulière d'Anas le bouleversait une nouvelle fois. Demain ils reprendraient la route de Cuzco. Il resterait certainement dans le Nombril du Monde beaucoup de crimes à élucider, d'assassins à arrêter, de voleurs à mettre hors d'état de nuire, de sangs à déchiffrer. Il contempla l'océan vide. Les vagues roulaient dans des éclats d'écumes, des bateliers tiraient sur le sable un radeau de balsa. Un oiseau blanc poussa un cri mélancolique en fuyant vers le couchant. L'enquêteur impérial rêva de partager le songe d'Anas, puis une vérité douloureuse s'imposa à lui : le mal était sans fin. Il n'était possible ni de le vaincre ni de le détruire, on pouvait simplement essayer de temporairement le contenir. C'était son travail. Prenant par la main chacune de ses compagnes, il tourna son regard vers le ciel comme si, avant de reprendre sa tâche, il cherchait le secours de plus grand, de plus compatissant que les hommes.

À PROPOS DES MOTS « INCAS »

Savoir quelle langue parlaient les Incas, comment désigner et orthographier les nombreux édifices, objets et institutions de leur civilisation prodigieuse n'est pas chose aisée. Cet immense empire regroupait des dizaines de peuples différents dont les langues se sont pour partie perdues. Comme il n'existe pas d'écriture inca, il n'y a pas de traduction de textes littéraires ou juridiques de l'« inca » vers l'espagnol. Communément on admet que les deux langues indigènes dominantes de l'actuel Pérou, le quechua et l'aymara, étaient les langues de communication des Incas. Ceci n'est pas absolument prouvé. Certains spécialistes pensent que, pour gouverner l'Empire, l'élite inca utilisait une langue aujourd'hui disparue, le runasimi, « le langage des hommes », qui aurait joué un rôle semblable à celui du latin dans le Moyen Âge européen. Enfin, même si on accepte l'idée que l'« inca » ressemblait au quechua, le problème de son orthographe demeure entier car les systèmes de translittération ont varié selon les époques et les auteurs. Le nom du dernier empereur inca a, par exemple, été noté Atabalipa par les chroniqueurs espagnols de la conquête. Les historiens européens du siècle dernier nous ont habitués à Atahualpa. Enfin, si on se réfère au décret du gouvernement péruvien fixant en 1975 les règles orthographiques du quechua, il faudrait le nommer Atawallpa ! N'ayant pas d'autre objectif que de procurer quelques heures de plaisir intelligent à mes lecteurs, je me suis gardé de trancher dans ces débats linguistiques ; j'ai utilisé la forme du mot qui me paraissait la plus familière ou qui me plaisait le plus.

J.S. VALDEZ

LEXIQUE DES PRINCIPAUX TERMES « INCAS » ET DES NOMS DE LIEUX

Accla : vierge vouée au culte du Soleil

Alpaga : ruminant proche du lama qui donne une laine de grande qualité ; par extension, tissu

Anti : province Est de l'Empire (Amazonie actuelle)

Apurimac : fleuve

Ascu : vêtement féminin

Ayllu : communauté rurale de base

Balsa : bois très léger

Bola : arme de jet, sorte de fronde

Cancha : cour fermée protégeant un groupe de maisons

Chachapoya : peuple à la peau claire de l'actuelle Amazonie

Chanca : peuple ennemi, puis allié des Incas

Chasqui : coureur de la poste impériale

Chicha : bière de maïs, parfois sacrée

Chimu : royaume et peuple fédéré dans l'empire inca

Chincha : province Nord de l'Empire (actuel Équateur)

Chontce : bois noir et très dur utilisé pour les armes

Choque-Colahu : ville citadelle

Colla : peuple du lac Titicaca, province Sud de l'Empire

Coricancha : le grand temple de Cuzco, enceinte d'or vouée au culte d'Inti le Soleil Dieu

Coya : première épouse de l'Empereur (généralement une de ses demi-sœurs)

Cunti : province Ouest de l'Empire (actuelle région de Lima)

Curaca : chef de vallée ou de groupe de villages

Cuzco : capitale de l'Empire, le « Nombril du Monde »

Guano : fiente d'oiseau utilisée comme engrais

Huaca : tout ce qui est surnaturel, sacré

Huajaipata : plus grande place de Cuzco

Ilangnuco : bois précieux

Ilautu : tresse de différentes couleurs, symbole de l'aristocratie

Inca : à l'origine désigne le chef, l'Empereur, puis par extension le Peuple de la Vallée de Cuzco dont il était issu

Inambari : fleuve, région de forêts

Inti : Dieu Soleil

Inti illapa : Dieu des orages et de la pluie

Lama : ruminant des Andes, la seule bête de somme des Incas

Maskapaicha : frange rouge, symbole de la dignité impériale

Maté : boisson tonifiante

Muru muru : variété de lama tacheté

Nazca : zone désertique du Sud de l'Empire, par extension peuple de cette région

Pachacamac : site sacré sur les rives du Pacifique

Panaca : premier cercle du pouvoir, la cour

Pisac : ville fortifiée protégeant Cuzco

Potosi : mines d'argent, dans l'actuelle Bolivie

Puna : steppe des hauts plateaux andins

Quinoa : graine et nourriture de base des Incas

Quipu : message exprimé par des nœuds sur des cordelettes de diverses couleurs

Quipu-kamaoc : tresseur de quipus, scribe, archiviste

Sacsahuaman : citadelle protégeant Cuzco

Sapa-Inca : l'Empereur

Sillustani : ville fortifiée

Sinchi : chef de village, officier subalterne

Sitowa : grande fête d'automne

Tacna : région et peuple des bords de l'océan

Tahuantitsuyu ou *Tahuanti* : Empire des Incas, l'État des quatre horizons ou des quatre quartiers

Tambo : relais auberge des routes impériales

Tambo Machaï : station thermale

Tataj : père

Titicaca : plus haut lac navigable du monde

Totoyrikok : inspecteur impérial, haut fonctionnaire

Tumbaga : mélange de cuivre et d'or utilisé par les orfèvres incas

Uncu : vêtement masculin

Uros : peuple des rives du lac Titicaca

Urubamba : fleuve

Viracocha : le Créateur, assez semblable au Dieu des Chrétiens, omniprésent, abstrait, compatissant

Viracocha-Inca : huitième empereur, père de Pachacuti

Vigogne : animal domestique (cousin du lama) fournissant une laine fine, capable de vivre à très haute altitude (+ de 4 000 m)

Yana : personne non libre, serf ou serve (souvent prisonnier de guerre)

LES PRINCIPAUX PERSONNAGES PAR ORDRE ALPHABÉTIQUE

ANAS : concubine de Tupac Hualpa, sœur d'Ocllo
ANQUIMARCA : ingénieur militaire
CAPAC YUPANQUI : dit « Le Suprême », frère de l'Empereur, commandant en chef des armées
CHIMPU : première épouse de Tupac, morte noyée
CUSI : lieutenant de la milice, assistant de Tupac
GUACRA : colonel, chef d'état-major du Suprême
HUASCAR : grand-prêtre du Soleil
JAYA : guenon appartenant à Roca
MANCO : gouverneur de Cuzco
NINANCORO : père spirituel de Tupac, embaumeur
NITILA : général
OCLLO : concubine de Tupac Hualpa, sœur d'Anas
ONITOLA : potière
PACHACUTI : Empereur, le neuvième Sapa-Inca
PINCA : jeune paysanne
ROCA : assistant de Tupac
SITKI : concubine de Manco
SOTAURCO : intendant de Xo
TUPAC HUALPA : enquêteur impérial
XO : favorite de Capac Yupanqui, le Suprême
ZAMBIZA : jeune fondeur d'or

DU MÊME AUTEUR

Aux Éditions L'Écailler du Sud

Les enquêtes de Tupac Hualpa

PUMA QUI SOMMEILLE, 2007.

CELUI QUI SAIT LIRE LE SANG, 2003, Folio Policier nº 492.

Les enquêtes de Clara Wyler

MEURTRE D'UNE MILLIARDAIRE SUISSE, 2005.

TRENTE LOUPS GRIS, 2001.

Composition Facompo
Impression Novoprint
à Barcelone, le 07 novembre 2007
Dépôt légal : novembre 2007

ISBN 978-2-07-034090-3 / Imprimé en Espagne.

145334